ISLANDE

NORVEGE

SUE

IRLANDE

ROYAUME-UNI

DANEMARK

PAYS-BAS

BELGIQUE   ALLEMAGNE

LUXEMBOURG

TCHEQ

FRANCE   SUISSE   AUTRICHE

SLOVENIE
CR

PORTUGAL

Andorre

ESPAGNE

ITALIE

MONT

세계의 역사와 문화 5

프랑스문화의 이해

김경랑 · 최내경 공저

⑩ (주)학 문 사

책을 펴내며

프랑스 하면 대부분의 사람들은 패션, 예술, 문화, 향수, 테제베, 상제리제 거리, 포도주, 개선문 등과 같은 단어들을 쉽게 떠올리게 된다. 이는 여러 분야에서 프랑스가 그 어느 나라보다 다양하고 독특하게 발전해 왔으며 우리 나라, 아니 세계 모든 사람들의 동경의 대상이 되기에 충분한 이유가 있음을 보여주는 것이다.

프랑스는 지형학적으로나 기후, 음식, 그 외 그들의 삶의 방식에 있어서도 다양한 양상을 띠고 있다. 그러므로 프랑스의 특징을 '다양성(Diversité)'이라는 한 마디로 표현해도 좋을 듯싶다. 개인적으로는 보들레르의 「여행에의 초대 L'invitation au voyage」의 후렴구가 프랑스의 다양성을 가장 잘 나타내 준다고 본다.

Là, tout n'est qu'ordre et beauté, luxe, calme et volupté.
거기에는 모든 것이 질서와 아름다움, 호화로움과 고요함 그리고 쾌락 뿐이다.

잘 조화될 것 같지 않은 것들이 모여서 완벽한 조화를 이끌어내는 곳…. 프랑스에 대해 많은 사람들은 동경을 하지만 그들의 생활에 대해서 구체적으로 아는 사람은 그리 많지는 않은 듯싶다. 프랑스 문화를 제대로 이해하지 못한다면 프랑스어로 의사소통을 원활히 하기도 쉽지 않기 때문에 좀더 구체적인 프랑스 문화의 접근이 필요하다고 생각한다.

몇 해 전부터 프랑스 문화수업을 하면서 적당한 교재의 필요성을 절감하게 되었고 부족하나마 자료를 수집, 분석하기 시작했다. 이 책에서는 〈프랑스 문화〉 전반에 걸친 내용을 통계자료들을 이용해서 좀더 구체적으로 다루려고 노력했다. 하지만 부족한 부분이 많을 것이고, 수업교재로 사용한다면 시청각 교재와 병행을 하는 것이 좋을 듯싶다.

추후 부족한 내용이나 통계자료 등은 계속 보강해 나가기로 하겠다. 참고로 이 교재는 *Francoscopie 2030 (2018년)*, *La France au quotidien*, *La France de toujours*, *Chez vous en France*, *À la recherche des Français et des francophones* 등을 참고하였으며, 이 책의 이해도를 좀더 높일 수 있도록 프랑스에 갔을 때 직접 찍었던 사진들도 함께 실었다. 이 책에서 쓰인 프랑스어의 한글 발음표기는 이미 한국에서 널리 사용되는 것은 외래어 표기법에 따라, 그 외 지명이나 이름 등 고유명사는 프랑스어 발음대로 표기하였다.

이 책을 통해 프랑스 사람들의 생활태도와 세계관을 포함한 그들의 문화를 좀더 가까이 접해 봄으로써, 프랑스인들에 대한 이해도와 수용 능력을 키움과 동시에 우리 문화와의 비교를 거쳐 보다 발전된 세계관을 갖출 수 있는 계기가 되기를 바란다.

끝으로 이 책의 출판을 위해 애쓰신 학문사의 김창환 사장님과 꼼꼼하게 편집해주신 이영숙 편집장님께 이 자리를 빌어 진심으로 감사드린다.

2021. 5.

김경랑 · 최내경

목차

프랑스는 어떤 나라인가

Hôtel de V

01 프랑스는 어떤 나라인가

 ## 지형과 자연환경

　프랑스는 유럽 대륙에 위치해 있으며, 주변의 6개 국가와 국경을 접하고 있다. 동쪽은 이탈리아, 스위스, 독일, 북동쪽은 룩셈부르크와 벨기에, 남쪽은 스페인과 마주하고 있다. 프랑스는 또한 서쪽으로는 대서양, 남쪽으로는 지중해, 북서쪽으로는 영국해협과 접하고 있다.

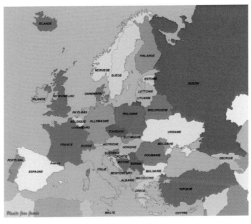

유럽속의 프랑스

육각형의 나라, 프랑스

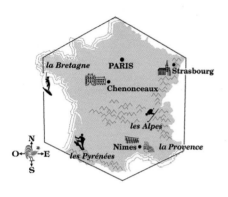

프랑스의 공식 명칭은 '프랑스 공화국(La République française)'이며 총 면적은 550,000㎢로서 유럽연합 국가 중 가장 큰 나라로 한반도의 2.5배 정도에 해당된다. 국토의 생김새로 인해 '육각형(엑자곤, Hexagone)'이라는 명칭으로도 불리며 수도는 파리이다.

프랑스는 유럽 대륙에 있는 프랑스 외에도 해외 영토를 포함하는데 남북아메리카와 카리브 해안, 태평양 그리고 인도양 등에 널리 퍼져 있다.

프랑스의 행정단위

프랑스는 코뮌느-데파르트망-레지옹의 3계층 중첩형의 지방 행정 체제이다.

코뮌느(Commune) : 프랑스의 가장 작은 행정단위로서 크게는 파리, 리옹과 같은 대도시에서부터 한국의 '면' 혹은 '리'에 해당되는 작은 마을 단위의 코뮌느도 있다. 제5공화국의 5대 대통령인 자크 시라크는 파리의 메흐, 즉 한국의 서울시장과 같은 직위를 역임하였다. 그러나 작은 마을 크기의 코뮌느에서는 메리가 동사무소 정도, 메흐는 마을 이장 정도에 해당한다. l'INSEE에 따르면, 주민 2,000명을 기준으로 2,000명 이상이면 도시(ville)로, 2,000명 미만인 경우는 마을(village)로 분류한다. 2020년 현재 프랑스 본토에 34,836개, 해외 영토에 129개로 총 34,965개의 코뮌느가 있으며,

각 코뮌느의 장(長)인 '메흐(maire)'는 '메리(mairie)'라는 곳에서 직무를 수행한다. 메리는 지역에 따라 '오뗄 드 빌(Hôtel de Ville)'이라고도 한다.

메리

오뗄 드 빌

데파르트망(Département):1789년의 혁명 이후 국민을 대표하는 의회는 몇 개의 코뮌느를 합하여 데파르트망이라는 행정구역으로 프랑스 전역을 분류하였다. 개별 권한을 가진 지방 단체로서 프랑스 본토에 95개(코르시카섬이 코르스 뒤 쉬드(2A)와 오트 코르스(2B)로 나뉘어 96개로 취급하기도 한다.) 해외 영토에 과둘루프(Guadeloupe), 귀안느(Guyane), 마르티니크(Martinique), 레이니옹(Réunion), 마이요트(Mayotte) 등 5개의 데파르트망이 있다. 이들 해외 영토의 데파르트망은 프랑스어 약자로 D.O.M(Département d'Outre-Mer)으로 표기한다. 각 데파르트망은 국가에서 선출한 도지사와 도의회에 의해 운영되는데, 수도인 파리는 유일하게 도시이며 동시에 하나의 데파르트망을 구성한다. 각 데파르트망은 고유의 번호가 정해져 있다. 예를 들어 파리는 75번이고, 그르노블(Grenoble)은 38번의 이제르(Isére) 데파르트망에 속한다. 자동차 번호판과 우편번호에는 데파르트망의 번호가 표시되어 있어 행정처리를 용이하게 한다.

유럽공동체 로고

국가 표시 알파벳

운전자는 자신이 원하는 지역 번호를 넣을 수 있다. 반드시 본인의 주거지 지역 번호를 넣을 필요는 없다.

자동차 표지판

2009년 4월 15일부터 모든 차량은 새로운 자동차 번호판이 도입되었다. 새로운 자동차 번호판은 흰색 바탕에 검은 글씨를 사용하고 오른쪽에는 파란 바탕에 지역 번호와 지역로고를 표시하는 것을 원칙으로 한다. 자동차 번호는 두 개의 알파벳과 세 개의 숫자 그리고 또 다른 두 개의 알파벳(AA-123-AA)의 조합으로 이루어지게 된다. "회색 카드(Carte Grise)"로 불렸던 자동차 등록증의 명칭도 "자동차 등록증명(Certificat d'immatriculation)"이라는 공식 명칭을 사용하도록 되었다.

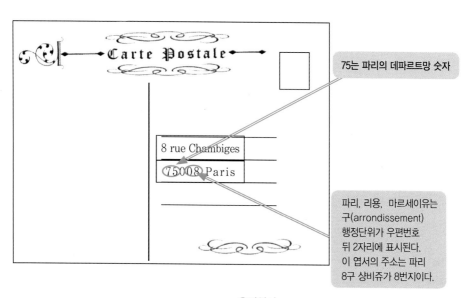

75는 파리의 데파르트망 숫자

파리, 리용. 마르세이유는 구(arrondissement) 행정단위가 우편번호 뒤 2자리에 표시된다. 이 엽서의 주소는 파리 8구 상비쥬가 8번지이다.

우편엽서

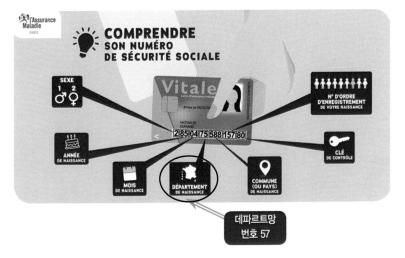

사회보험 카드

레지옹(région) : 1964년 2개에서 8개의 데파르트망(département)을 합쳐 레지옹이라는 행정단위를 만들었는데, 한국의 '～지방'과 비슷한 개념이다. 1983년 행정기구의 지방 분권화 정책으로 레지옹의 권력과 책임은 이전보다 더욱 강화되었다. 대륙 프랑스에는 13개의 레지옹이 있으며, 해외 영토에는 5개의 해외 자치령인 생 피에르 에 미크롱(Saint-Pierre-et-Miqueron), 누벨 칼레도니아(Nouvelle Calédonie), 프랑스령 폴리네시아(Polynésie française), 왈리스와 푸투나 제도(Iles Wallis et Futuna)와 마이요트(Mayotte)가 있다. 해외 레지옹은 해외 데파르트망의 위상도 겸하고 있다.

www.regions-departements-france.fr

01	Ain	15	Cantal
02	Aisne	16	Charente
03	Allier	17	Charente-Maritime
04	Alpes-de-Haute-Provence	18	Cher
05	Hautes-Alpes	19	Corréze
06	Alpes-Maritimes	2A	Corse-du-Sud
07	Ardéche	2B	Haute-Corse
08	Ardennes	21	Côte-d'Or
09	Ariége	22	Côtes d'Armor
10	Aube	23	Creuse
11	Aude	24	Dordogne
12	Aveyron	25	Doubs
13	Bouches-du-Rhône	26	Drôme
14	Calvados	27	Eure

28	Eure-et-Loir	65	Hautes-Pyrénées
29	Finistére	66	Pyrénées-Orientales
30	Gard	67	Bas-Rhin
31	Haute-Garonne	68	Haut-Rhin
32	Gers	69	Rhône
33	Gironde4 Hérault	70	Haute-Saône
35	Ille-et-Vilaine	71	Saône-et-Loire
26	Indre	72	Sarthe
37	Indre-et-Loire	73	Savoie
38	Isére	74	Haute-Savoie
39	Jura	75	Paris
40	Landes	76	Seine-Maritime
41	Loir-et-Cher	77	Seine-et-Marne
42	Loire	78	Yvelines
43	Haute-Loire	79	Deux-Sévres
44	Loire-Atlantique	80	Somme
45	Loiret	81	Tarn
46	Lot	82	Tarn-et-Garonne
47	Lot-et-Garonne	83	Var
48	Lozére	84	Vaucluse
49	Maine-et-Loire	85	Vendée
50	Manche	86	Vienne
51	Marne	87	Haute-Vienne
52	Haute-Marne	88	Vosges
53	Mayenne	89	Yonne
54	Meurthe-et-Moselle	90	Territoire de Belfort
55	Meuse	91	Essonne
56	Morbihan	92	Hauts-de-Seine
57	Moselle	93	Seine-St-Denis
58	Névre	94	Val-de-Marne
59	Nord	95	Val-d'Oise
60	Oise	971	Guadeloupe
61	Orne	972	Martinique
62	Pas-de-Calais	973	Guyane
63	Puy-de-Dôme	974	La Réunion
64	Pyrénées-Atlantiques	976	Mayotte

〈데파르트망과 레지옹〉

프랑스의 수도, 파리

파리의 문장(紋章)

프랑스의 수도인 파리는 정치, 경제, 문화의 중심지로서 행정상 20개의 아롱디스망 (arrondissement), 즉 구(區)로 나뉘어 있다. 프랑스의 도시 중 파리 이외에 마르세유와 리옹도 각각 16구와 9구로 구분된다.

거리 표지판에 적혀 있는 Arr.이 바로 아롱디스망의 표시로서, 예를 들어 1Arr.은 1구, 5Arr.은 5구라는 의미이다. 파리 우편번호의 마지막 두 숫자는 그 주소지가 파리의 몇 구에 속하는지를 알려 준다. 예를 들어 우편번호 75005는 파리 5구, 75014는 파리 14구를 가리킨다.

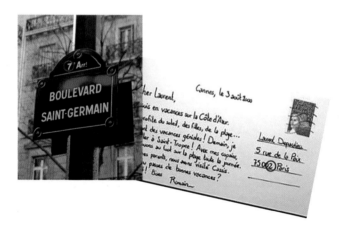

파리는 세느 강에 의해 좌안과 우안의 둘로 나뉘며 좌안에는 소르본 대학과 팡테옹 그리고 나폴레옹의 무덤이 있는 앵발리드가 있고, 우안에는 루브르 미술관이 있다. 세느 강 위로는 35개의 다리가 놓여 있다. '새로운 다리'라는 뜻의 퐁네프(Pont Neuf)가 가장 처

음 지어져 이제는 가장 오래된 다리가 되었고, 가장 최근의 다리는
1996년에 건축된 샤를 드골 다리(Pont de Charles de Gaulle)이다.

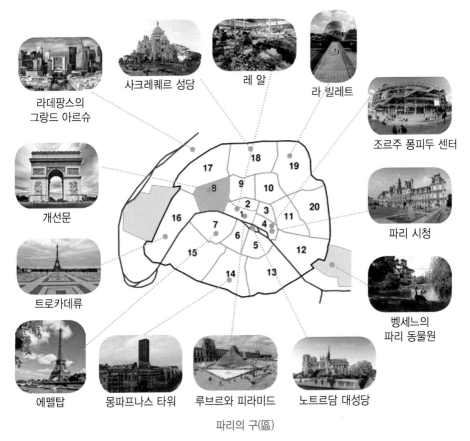

라데팡스의
그랑드 아르슈

사크레퀘르 성당

레 알

라 빌레트

조르주 퐁피두 센터

개선문

파리 시청

트로카데류

벵세느의
파리 동물원

에펠탑

몽파르나스 타워

루브르와 피라미드

노트르담 대성당

파리의 구(區)

일 드 프랑스(Ile de France)

파리(75)의 주변을 둘러싸고 있는
7개의 데파르트망을 합쳐 일 드프랑
스라 하는데, 지리적으로 프랑스의
한복판에 위치한다. 로마의 정복 이

후 프랑크인들이 처음 정착하여 세력을 넓힌 곳으로 여러 왕궁과 교회, 박물관 등이 이곳의 역사적 풍요로움을 말해 주고 있다.

이 지역의 특산물로는, 브리 드 모(brie de Meaux)와 쿨로미에(coulommiers) 등의 치즈가 유명하다. 일 드 프랑스 주변에는 세느 강(La Seine), 우아즈 강(L'Oise), 마른느 강(la Marne)과 에슨 강(L'Aisne)이 흐르고 있다.

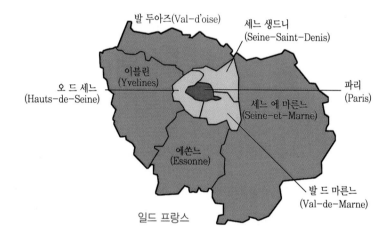

일 드 프랑스

프랑스의 거리 이름

프랑스의 거리는 흔히 유명한 인물이나 과거의 역사적 사건 또는 장소를 기념하고 상징하는 이름으로 지어진다. 프랑스의 여러 지방에서 백년전쟁의 영웅인 잔 다르크라든가 제5공화국의 첫 번째 대통령이었던 샤를 드골과 같은 역사적 인물은 물론이고 빅토르 위고, 라신, 에밀 졸라와 같은 문학 거장들의 이름을 딴 거리가 쉽게 눈에 띈다. 그러나 비단 프랑스 위인들 뿐 아니라 케네디, 윌슨, 프랭클린 루즈벨트 등 외국 위인들 이름의 거리도 적지 않다.

역사적 사건도 거리 이름의 좋은 소재가 되어, 프랑스 군인들이 외국과의 전쟁에서 승리한 장소들, 예를 들어 1859년 오스트리아와의 전투가 있었던 이탈리아의 도시, 솔페리노(Solférino)의 이름을 딴 거리며 나폴레옹이 프로이센에게서 대승을 거둔 독일의 이에나(Iéna) 거리가 있는가 하면, 제2차 세계대전 중 연합군의 노르망디 상륙을 기념하는 1944년 6월 6일(rue du 6 juin 1944)이란 거리 이름도 있다.

고대 신화의 내음을 풍기는 거리 이름도 있다. 바로 세계적으로 유명한 파리의 샹젤리제 거리인데, '샹젤리제'란 그리스 신화에서 '정직한 사람들의 영혼이 저승에서 머무는 곳'이라는 의미를 가지고 있다. 또한 세자르와 마지막까지 전투를 벌였던 골족의 대장, 베르셍제토릭스(Vercingetorix) 거리와, 그가 머물렀다는 알레지아(Alesia) 거리는 프랑스의 선조인 골족의 자취가 남겨진 거리들이다.

학교 이름도 유명한 인물의 이름을 따서 짓는 경우가 많아,『어린왕자』의 저자인 생텍쥐페리 학교, 시인 보들레르 학교, 정치가 쥘 페리 학교 등이 있다.

프랑스의 기후

북반구의 온대지방에 자리잡고 있으며 영국해협과 대서양, 지중해와 접하고 있는 프랑스는 다양한 기후조건과 자연환경을 가지고 있다. 서부는 대서양의 영향을 받는 해양성 기후로서 비가 자주 오며 습기가 많고, 남부의 지중해 연안은 여름에 덥고 건조한 지중해성 기후이며, 내륙산지는 여름에 덥고 겨울에 비와 눈이 오며 추운 대륙성 기후이다. 4계절이 구분되나 여름은 한국에 비해 건조하고 겨울은 비가 내리며 습한 날이 많다. 지형은 일반적으로 남동부가 높고 북서부쪽으로 갈수록 낮아지는데, 산악지대로는 몽블랑이 있는 알프스 산맥, 스페인과 국경을 접하고 있는 피레네 산맥, 중앙고원 등이 있으나 이들 산악지대는 프랑스 국토의 극히 일부분을 차지한다. 산악지대를 제외한 나머지는 파리, 루아르, 아키텐 분지 등 비교적 완만한 구릉과 평야로 이루어져 있다.

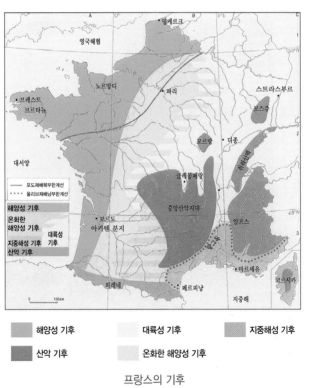

프랑스의 기후

역사

고 대

기원전 1500년경 지금의 프랑스 지역에는 켈트족이 정착하여 살았다. 긴 머리에 수염을 기른 켈트족의 신장은 독일인보다는 작고 로마인보다는 컸다고 한다. 로마인들은 이곳 주민들을 가리켜 갈리아(Gallia), 프랑스어식 발

켈트족의 신

음으로 골 Gaule)이라 칭하였는데, 골족은 전투사, 일반 시민 그리고 사제의 세 신분으로 나뉘어 있었다. 골족은 기원전 51년 줄리어

베르셍줴토릭스

스 시저가 이끄는 군대에 참패하면서 로마의 지배하에 들어 간다. 유명한 『아스테릭스』라는 만화는 실제 인물인 골족의 대장 베르셍줴토릭스(Vercingétorix)가 시저에게 저항하다 투항했던 이 시기를 배경으로 삼고 있다. 골의 문화는 2세기 이상을 지배한 로마 문화와 접목되어 갈리아로마

(Gallo-romain)라는 새로운 형태의 문화로 탄생된다.

프랑스의 탄생

5세기경 프랑크족은 클로비스의 지휘하에 골의 전 지역을 점령하고 프랑스라는 이름으로 새로이 태어난다. 프랑스(France), 프랑스인(Français), 프랑스의 돈 단위였던 프랑(Franc) 등의 어휘는 모두 프랑스의 첫 번째 선조인 프랑크(Francs)족의 이름에서 파생된 말들이다.

프랑크 왕족의 첫 번째 왕가는 메로빙거 왕조였는데, 751년 프티피핀의 쿠데타에 의해 무너지고 새로 카롤링 왕조가 수립된다.

샤를마뉴 대제

유명한 샤를마뉴 대제는 피핀의 아들로서 골지방 전체, 이탈리아 북부, 라인강 유역 일대에 걸치는 대제국을 건설하였을 뿐 아니라 문화와 교육의 신장에 힘썼으며, 8세기 경에는 이슬람교도의 유럽 침입을 막아내어 로마교황 레오3세로부터 서로마 황제의 칭호를 받기도 하였다. 「롤랑의 노래 (Chanson de Roland)」라는 유명한 서사시는 바로 이 당시의 샤를마뉴 대제와 롤랑(Roland)의 전투 이야기를 주제로 한 것이다.

843년 샤를마뉴 대제의 손자 3형제가 체결한 베르뎅(Verdun) 조약에 의해 프랑크 제국은 셋으로 분할되어 오늘날의 프랑스, 이탈리아, 독일이 생성된다. 이 중 샤를(Charles) 2세가 차지한 서부 프랑크가 현재 프랑스의 모체가 된다.

봉건사회

987년 위그카페(Hugues Capet)가 왕으로 추대되어 카페 왕조가 들어서면서 프랑스에는 중세 봉건 제도가 정립된다. 대지주들은 절대적 힘을 행사하면서 그들의 영지를 스스로 지

백년전쟁의 잔다르크 동상

켜나가며 왕권에 대항하였으나 필립 2세가 즉위하면서부터 왕권이 강화되고 필립 4세 시기에 이르러서는 전성기를 맞이한다. 필립 4세의 사망 후에는 그의 조카 필립 6세가 1328년 발루아(Valois)왕조를 수립한다. 발루아 왕조는 1337년부터 시작된 영국과의 백년전쟁을 치루는 동안 흑사병의 창궐로 인구가 격감하고 국토는 황폐해지며 왕권이 약화된다. 그러나 잔다르크의 등장으로 샤를 7세에 의해 백년전쟁이 마무리되면서 국가는 왕권을 강화하는 중앙집권국가 로의 길을 연다.

근 세

발루아 왕조는 1589년 앙리 3세의 암살로 종식되고 카페 왕가의 또 다른 방계인 앙리(Henri) 4세에 의한 부르봉(Bourbon) 왕조가 시작된다. 앙리 4세의 노력으로 낭트칙령에 의해 국내의 신

루이 14세의 상징인 태양

리고가 그린 루이 14세

교와 구교간의 종교전쟁이 수습되고 국가의 기반이 다져지며 그의 아들 루이13세를 거쳐 루이 14세에 이르러서는 프랑스 절대주의 왕권이 절정에 달하게 된다.

그는 유럽 뿐 아니라 신대륙과 인도에까지 식민지를 개척하여 해외영토를 확장하였고 17세기 후반에는 프랑스 고전주의의 문화를 꽃피워, 몰리에르, 코르네이유, 라신과 같은 문호와 파스칼, 데카르트를 비롯한 철학자들을 배출시킨다. 루이 14세는 '짐이 바로 국가(L'Etat, c'est moi)'라는 유명한 말을 남겼고 '태양왕'이라고까지 불리었다.

앙리 4세는 신교도의 교육을 받았으나 1589년 부르봉 왕가의 왕이 된 후 신교와 구교의 싸움을 종식시키기 위해 가톨릭으로 개종한다.

대혁명(1789~99)

루이 14세는 왕궁을 베르사유로 옮기고, 귀족들과 함께 지나치게 호화로운 생활을 영위하면서 궁전의 재정을 심각한 상태로 몰아갔고 민중의 생활을 핍박하였다. 재정난은 루이 15세, 16세를 거치면서 더욱 어려워졌고, 볼테르, 몽테스키외 등의 철학자들에 의한 계몽주의 사상이 시민 계급 사이에

성직자와 귀족을 업고 있는 제3계급, 1789년의 풍자화

전파되면서 자유와 평등의 사고가 확산되고, 시민들은 부패한 왕실과 구제도에 대한 불만을 갖게 된다. 마침내 1789년 7월 14일 파리 시민군에 의하여 정치범 수용소인 바스티유 감옥이 파괴됨으로써 프랑스 혁명이 일어나게 되었다.

혁명이 시작되자 봉건적 여러 특권은 폐지되고 입헌군주제가 성립된다. 1791년 루이 16세 일가는 국외 도피를 기도하다 실패함으로써 국민의 신임을 더욱 상실하게 된다.

제1공화국(1792~1804)

1792년 국민공회가 설립되어 왕정을 폐지하고 공화국을 수립한다. 공화국 초기에는 공화파 중에서 계몽 부르주아 중심의 혁명을 지향하는 온건 지롱드(Gironde)당이 우세하였으나, 1793년 초부터 당통, 로베스피에르 등의 급진 자코뱅(Jacobin)당이 지롱드당을 압도하고 공안위원회라는 일종의 혁명재판소를 구성하여 혁명을 반

클로드 콜라, ▶
바스티유 점령,
카르나발레 박물관

〈1792년 1월 12일 자코뱅당의 모임〉, 파리 국립박물관 소장

대하는 사람들에 대한 대규모 숙청을 감행하면서 이른바 공포정치
가 실시되고, 1793년에는 국왕 루이 16세와 왕비 마리 앙트와네트
도 단두대의 이슬로 사라진다.

공포정치는 1794년 7월 로베스피에르가 실각됨으로써 종식되고,
5년 동안 5인의 집정관(Directoire) 정치가 행해지나 힘이 약하고 재정
난에 부딪히는 등 정세가 불안해지자 국
민들은 사회의 안정을 되찾아 줄 강력한
지도자를 기대하게 된다. 이러한 분위기
를 틈타 나폴레옹이 1799년 12월 쿠데타
로 정권을 장악하고 통령정부를 세운 후
1804년 5월 18일 제위에 오름으로써 대혁
명은 일단 중단된다.

단두대

레 쌍 뀔로뜨(les sans-culottes)

혁명 당시의 시민계급을 가리키는 말로서 '쌍 뀔로뜨'란 '반바지를 입지 않은'이란 뜻으로 구체제에 대한 반항을 나타낸다. 즉, 시민계급 사람들이 구체제의 상징인 반바지(culotte)를 입지 않고 그들 특유의 줄무늬 바지를 입은 데서 연유된 말이다.

제1제정(1804~15)

나폴레옹이 황제로 집권한 시기는 1804년부터 1814년까지이다. 황제로 즉위한 해인 1804년에 영국 및 러시아, 오스트리아, 프러시아가 연합하여 나폴레옹에게 대항하였으나 나폴레옹은 승리를 거듭한다. 그러나 트라팔카르 해전에서 영국의 넬슨에게 패한 후 이

◀ 모제스, 〈시간의 영광에 둘러싸인 나폴레옹 법전〉, 1832년, 말메종

에 대한 보복으로 경제적으로 영국을 고립시키기 위해 영국과의 무역을 금지시키는 대륙 봉쇄령을 내리나 실효는 거두지 못한다.

시민법전, 1804년, ▶
파리 국립도서관

1812년 6월에서 11월에 걸친 러시아 원정에서 실패하고, 1813년 10월에 프러시아, 오스트리아, 영국 연합군에게 패한 나폴레옹은 1814년 퇴위하여 지중해의 엘바 섬으로 귀향을 간다. 그 후 엘바 섬을 탈출, 황제에 재집권하였으나 1815년 6월 워털루에서 영국, 프러시아 연합군에게 패함으로써 대서양의 세인트 헬레나 섬으로 다시 유배되고 그곳에서 일생을 마친다.

인권선언문

나폴레옹의 재집권 기간이 약 백일간이었으므로 '백일천하'라는 말이 생겨났다.

나폴레옹은 집권기간 동안 근대 민법전인 나폴레옹 법전을 제정하는 한편 행정, 사법, 교육, 군사제도에도 근대적 혁명 정신을 구현하였다.

부르봉 왕조의 복고(1815~30)

나폴레옹이 황제의 자리에서 물러난 후 부르봉 왕가의 루이 18세가 즉위함으로써 왕정복고가 이루어지나, 1824년에 샤를 10세가 즉위한 후 곧 이어 혁명이 재발되어 부르봉 왕조는 종식된다.

7월 왕정(1830~48)

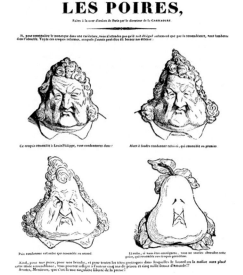

루이 필립의 풍자화

1830년 7월, 혁명의 발발로 샤를 10세가 물러나고, 오를레앙 왕가의 루이 필립이 즉위한다. 1830년부터 1848년까지의 기간이다.

제2공화국(1848~51)

1848년 2월, 혁명의 발발로 루이 필립이 퇴위하고 같은 해 12월 나폴레옹 1세의 조카 루이 나폴레옹이 대통령에 당선되면서 공화국이 선포된다. 제2공화국은 1852년까지 유지된다.

제2제정(1852~70)

1852년 12월 루이 나폴레옹은 쿠데타를 일으켜 황제로 즉위하고 나폴레옹 3세가 된다. 이 시기에는 크림전쟁에서 러시아에 승리를 거두고 수에즈 운하를 건설하며, 산업혁명의 완성기에 돌입하는 등 국내외로 큰 발전을 이룩한다. 그러나 나폴레옹 3세는 1870년 보불전쟁에서 비스마르크에게 패하여 퇴위하고 이로써 제2제정은 종료된다.

나폴레옹 3세

제3공화국(1870~1945)

1871년 나폴레옹 3세가 몰락하고 프랑스는 왕당파와 공화파가 함께 대립하는 혼란의 시기를 거쳐, 1875년 대통령제의 제3공화국을 수립한다. 제3공화국은 두 차례나 세계대전을 겪으면서 혼란의 시기를 경험한다. 제1차 세계대전(1914~18) 중의 프랑스는 초기에 고전을 겪기도 하였으나 대전 후반기에는 연합국의 주축으로 활동하였는데, 휴전 이후 전후 처리 문제를 위한 회의도 프랑스의 베르사유에서 개최되었다.

▲ 공화국의 승리, 1875년,
카르나발레 박물관

제1차 세계 대전의 휴전 협정일인 11월 11일은 지금까지도 프
랑스 국경일 중의 하루로 기념되고 있다. 제1차 대전의 혼란과 어
려움이 채 정비되기도 전에 1939년 제2차 세계대전이 발발한다. 제
2차 세계 대전 중 페탱 장군은 본토 내에 독일 나치군에 협력하는
비시정권을 수립하였으나(비시 임시정부) 이에 반대하는 드골 장
군에 의한 망명정부가 연합국에 의해 승인됨으로써 제3공화국은
실제로 종결되고 제4공화국이 발족한다.

제4공화국(1945~58)

1945년 10월 21일 국민투표에 의하여 제3공화국은 공식적으로 종식되고 1945년 11월 2일 드골 장군이 임시헌법에 의한 임시정부의 수반으로 취임한다. 그러나 좌파와의 대립으로 1946년 1월 사임하고, 1946년 10월 27일, 내각책임제 형태의 제4공화국이 수립된다. 제4공화국은 오리올에 이어 코티가 대통령이 되었으나 정당의 난립으로 정국은 혼란이 계속되다가 드골이 재출마하여 대통령에 당선되면서 제5공화국이 탄생한다.

제5공화국(1958~)

니콜라 사르코지(Nicolas Sarkozy, 2007-2012년) : 시라크 정부에서 내무장관, 재무장관을 지내면서 강력한 치안 정책과 과감한 경제개혁을 주장하며 주목받았다. 2005년 파리 교외 소요 사태 당시, 자신도 이민 2세(사르코지 가(家)는 헝가리 출신 가족이다)이면서 이민자들에 적대적인 정책을 펼쳐 비난받기도 했다. 2007년 프랑스 23대 대통령으로 취임하였다. 배우자는 이탈리아 가수 출신의 카를라 브뤼니(Carla Bruni)다. 2013년 프랑스 검찰은 사르코지를 불법 정치자금 수수혐의로 기소했다.

프랑수아 올랑드(François Hollande, 2012-2017) : 프랑스 사회당의 제1서기를 거쳐 2012년 대통령 결선투표에서 51.6%를 득표하며 48.4%에 그친 니콜라 사르코지를 꺾고 프랑수아 미테랑 이후 15년 만에 사회당 소속 대통령으로 당선된다. 긴축보다는 경기부양과 성장을 해법으로 제시하면서 재산이 100만 유로 이상인 부유층에게 75%의 최고세율을 부과하는 방침을 세워 이에 부유층들 가운데 국

외로 떠나는 사람들이 있었다. 한편, 그의 전담 이발사 월급이 9,900
유로(한화로 1264만원)에 달하는 것으로 확인되어 욕을 먹기도 하였
다. 한때 지지율이 4%를 찍어 정치적으로 재기할 수 없을 것이라 여
겨졌는데, 결국 2017년 12월 1일에 불출마 선언을 하자 4%였던 지지
율이 오히려 35%까지 올라가는 기이한 현상이 일어났다.

'레 상 당(Les Sans-Dents)'

2014년 9월 트리에르바일레(Valérie Trierweiler)가 올랑드가 가난한 사람을 '이
빠진 사람'(레 상 당, Les Sans-Dents)으로 희화화하면서 경멸했다고 폭로하면
서 그의 지지율이 엄청나게 떨어졌다. '레 상 당(Les Sans-Dents)'은 직역을 하
면, '이가 없는 사람'이란 뜻으로 프랑스는 국가 의료보험이 잘 운영되고 있지만
당시에만 해도 치과 치료비는 비싼 편이라 가난한 사람들은 치과 치료를 제대로
받지 못해 '가난한 사람들'이라는 뜻으로 확대되어 사용되고 있다. 프랑스 통계청
(INSEE) 발표에 따르면, 프랑스인 가운데 7%가 매년 치과 검진을 하지 않으며 이
들 가운데 50%는 치과 검진 비용이 비싸기 때문에 포기하는 것으로 나타났다. 그
런데 환자 부담이 없는 치과 진료비의 전액 환불이 2021년 1월 1일 부터는 모든 치
과 치료로 확대될 전망이다.

엠마뉘엘 마크롱(Emmanuel Macron, 2017-2022) : 2017년 25대
프랑스 대통령인 엠마뉘엘 마크롱은 프랑스의 역대 최연소 대통령
이자 G20에 속하는 정상들 중에서도 최연소이다. 파리 정치대학
과 국립행정학교를 졸업하여 프랑스 정부 경제부처의 공무원으로
근무하였고, 프랑수아 올랑드 대통령실 부실장과 경제산업 디지털
부장관을 역임하였다. 2016년에 정당 〈앙 마르슈〉를 창당하고 당
대표에 올랐으며, 2017년 5월 7일, 제25대 대통령 선거에서 국민전
선의 마린 르 펜 후보를 누르고 대통령에 당선되어 프랑스 최초의
최연소·비주류 정당 대통령이 되었다.

공화국 대통령

엠마뉘엘 마크롱
(2017~2022)

프랑수아 올랑드
(2012 ~2017)

니콜라 사르코지
(2007~2012)

자크 시라크
(1995~2002)

프랑수아 미테랑
(1981~1995)

발레리 지스카르
데스탱(1974~1981)

조르주 퐁피두
(1969~1974)

샤를 드골
(1958~1969)

르네 코티
(1954~1958)

뱅상 오리올
(1947~1940)

알베르 르브룅
(1932~1940)

폴 두메
(1931~1932)

가스통 두메르그
(1924~1931)

알렉상드르 밀랑
(1920~1924)

폴 데샤넬
(1920.2.~1920.9.)

레몽 프앵카레
(1919~1920)

아르망 팔리에르
(1906~1913)

에밀 루베
(1899~1906)

펠릭스 포르
(1895~1899)

장 카지미르 페리에
(1894~1895)

마리 프랑수아 사디
카르노(1887~1894)

쥘 그레비
((1879~1887)

에듬 파트리스
모리스 드 마크 마옹
(1873~1879)

아돌프 티에르
(1871~1973)

루이 나폴레옹 보나파르트
(1848~1952)

프랑스의 역사

50	갈리아-로마 문화	
	52	베르셍줴토릭스의 멸망
	메로빙거 왕조	
	496	클로비스
	카롤링거 왕조	
800	800	샤를마뉴 대제
	카페 왕조	
	987	위그 카페
	1100 ~ 1300	십자군전쟁
1300	1300~1400	백년전쟁
	1429	잔다르크가 오를레앙을 해방시킴.
1500	1515 ~ 1547	프랑수아 1세
	1562 ~ 1593	종교전쟁
	1598	낭트칙령
	1598 ~ 1610	앙리 4세
1600	1617 ~ 1643	루이 13세
	1643 ~ 1715	루이 14세
1700	1715 ~ 1743	오를레앙 공 섭정시대
	1743 ~ 1774	루이 15세
	1774 ~ 1792	루이 16세

	1789	대혁명 발발, 바스티유 점령
	1792~1795	프랑스 혁명으로 인해 국민의회가 열림
	1793	루이 16세의 처형
	1793	공포정치
	1794	로베스피에르의 몰락
	1795 ~ 1799	총재정부
	1799 ~ 1804	집정정부 기관
	1799	보나파르트 1세 집정관
1800	1804 ~ 1815	나폴레옹 1세의 제1제정
	1815 ~ 1830	왕정복고
	1830 ~ 1848	7월 왕정
	1830 ~ 1847	알제리 정복
	1848 ~ 1851	제2공화국
	1851 ~ 1870	나폴레옹 3세의 제2제정
	1870 ~ 1945	제3공화국
	1871	파리코뮌
1900	1914 ~ 1918	제1차 세계 대전
	1939 ~ 1945	제2차 세계 대전
	1945 ~ 1958	제4공화국
	1945 ~ 1954	인도차이나 전쟁
	1954 ~ 1962	알제리 전쟁
	1958	제5공화국 수립

정치체제

프랑스의 정치 제도는 강력한 중앙집권의 형태를 갖추고 있다. 이는 중세의 카페 왕조에서부터 비롯되어 프랑스 대혁명을 거치면서 더욱 강화되었다가 제3 · 4공화국 기간에는 잠시 정치적 불안 시기를 거치나 그 후 1958년 10월 4일 드골 장군에 의해 개정된 제5공화국 헌법에서 국가의 안정을 위하여 대통령의 권한을 대폭 강화함으로써 완전히 정착되었다. 오늘날 프랑스는 대통령이 외교, 국방, 내치에 걸치는 방대한 권한을 가지는 한편, 의회주의의 전통을 유지하는 이른바 절충형 헌법을 채택하고 있다. 제5공화국 헌법은 '프랑스는 비종교적이고 민주적이며 사회주의 공화국이며 국가의 권력은 국민에게 있으되, 투표에 의해 선출된 국민의 대표들에 의해 그 권력이 실행된다.'라고 명시하고 있다.

엘리제 궁

대통령은 1962년 드골 대통령의 헌법개정에 따라 국민들의 직선제에 의해 선출된다. 1차 투표에서 절대 다수 득표자가 없는 경우 1차 투표에서의 상위 득표자 2명 중 결선 투표를 통해 최다득표자가 대통령으로 당선된다. 제5공화국의 제5대 대통령 선거시 자크 시라크 후보는 죠스팽 후보와의 결선투표에서 승리하여 대통령으로 당선되었다. 대통령의 임기는 시라크 대통령의 임기 이후인 2002년 말부터 7년제에서 5년제로 바뀌는데, 이는 2000년 9월 24일의 국민투표에 의한 헌법 개정으로 결정된 사항이다. 국가를 대표하는 대통령은 정치체제의 중심으로서 수상을 임명할 권리가 있다.

대통령의 관저는 파리 8구의 포부르그 생 오노레(Faubourg-Saint-Honoré)거리에 있는 엘리제 궁으로, 이 궁은 1718년에 건축이 시작되어 1722년 완공되었다. 이곳은 루이 15세의 정부였던 마담 퐁파두르(Mme Pompardour)가 살았던 곳이기도 하고, 나폴레옹의 왕비였던 조세핀(Joséphine)의 궁전이기도 하였다. 프랑스 권부의 상징이었던 이 건물은 1848년 12월 12일 국민의회에 의해 공화국 대통령 관저로 결정되었다.

프랑스 의회는 상원과 국민의회인 하원으로 구성되어 있고, 전통적인 양원제를 채택하고 있다. 국민의회는 정부에 대해 정치책임을 물을 권한이 있으며 5년 임기의 국회의원으로 구성된다. 상원은 간접선거로 선출되며 법률제정에는 권한이 없다.

투 표

1944년 보통 선거권이 21세 이상의 남자에게 주어졌고, 여자에게는 1948년부터 인정되었다. 오늘날 18세 이상의 남녀에게 주어진 투표권은 1974년부터의 일

투표 홍보용 벽보

이다. 프랑스의 투표는 일요일에 행해진다. 선거 15일 전부터 후보자들은 공식적인 선거 캠페인을 벌일 수 있는데, 캠페인 기간 동안에 모든 후보자들은 텔레비전과 라디오에서 2시간씩 무료로 정견 발표를 할 수 있다. 그 외에 텔레비전이나 라디오에서의 정당 선전은 법으로 금지되어 있는데, 이는 돈이 없는 군소정당들을 보호하기 위함이다. 언론의 자유가 보장되어 있는 프랑스지만 후보자의 사생활에 대한 보도는 법적으로 금지되어 있다.

정당

프랑스 정당의 우파와 좌파라는 명칭은 프랑스 혁명시기에 등장한 말이다. 절대왕정을 옹호하는 사람들이 제헌국회의 오른쪽에 자리를 잡은 반면, 그 반대파 사람들은 왼쪽에 자리잡은 데서 기원되어 점차적으로 정치적 성격을 띠면서, 오늘날 우파는 보수주의자들, 좌파는 사회주의자들을 가리키는 정치용어가 되었다. 프랑스의 대표적인 정당들은 다음과 같다.

정 당	성 향
앙마르슈 (République En Marche: REM)	중도
공화당 (Les Républicains: LR)	중도 우파~우파
민주운동 (Mouvement Democratique: MoDem)	중도
사회당 (Parti Socialiste: PS)	중도 좌파
민주당-무소속 연합 (Union des démocrates et dépendantes:UDI)	중도~중도 우파
불복하는 프랑스 (La France insoumise : LFI)	좌익~극좌
프랑스 공산당 (Pari communiste français : PCF)	좌익
급진운동 (Agir)	중도 좌파
국민 전선 (Rassemblement National: RN)	우익~극우
약진하는 프랑스 (Debout la France: DLF)	우익

프랑스 정당들의 로고

국가 상징

　모든 나라에는 그 나라를 대표하는 상징물이 있다. 만화와 영화로 유명해진 아스테릭스가 살던 골(Gaule)시대로부터, 기사도 정신의 봉건시대와 잔다르크를 탄생시킨 기독교 사상의 중세를 거쳐, 루이 14세의 화려한 궁정생활과 1789년의 대혁명을 통해 오늘날 자유와 예술의 나라, 테제베(TGV)와 콩코르드 비행기, 유러터널과 같은 최첨단 과학의 나라로 표현되는 프랑스의 역사적, 문화적 상징물들에는 어떤 것이 있는지 살펴보자.

프랑스 공화국의 표어

　'자유(Liberté), 평등(Egalité), 박애(Fraternité)'는 프랑스 공화국이 내세우는 표어이다. 자유와 평등은 프랑스 대혁명 초기부터 주장된 가치이며, 1791년부터 여기에 박애 정신이 추가되었다. 이 세 가지 이념이 인권선언문의 기본사상을 이루고 있다.

프랑스의 국기

파랑, 하양, 빨강의 삼색으로 되어 있다. 프랑스 혁명으로 바스티유가 함락되고 국왕 루이 16세가 파리에 도착했을 때, 당시 혁명 근위대의 라파이예트(Lafayette) 사령관은 왕궁을 상징하는 백색 휘장을 파리 국민병의 상징인 파란색과 빨간색으로 이루어진 깃발에 덧붙임으로써 왕궁과 시민이 융합된 오늘날의 삼색 프랑스 국기를 탄생시켰다.

마리안느

1792년 제1공화국이 설립되자, 국가에서는 이 새로운 제도를 대표하면서 국민들의 마음을 이끌어 줄 무엇인가를 찾아내고자 고심한 끝에 1848년에 마리안느라는 이름의 여신상을 프랑스의 상징물로 공포한다. 마리안느라는 이름의 기원은 정확하지 않으나 18세기 프랑스에 가장 널리 퍼져 있던 이름인 마리와 안느가 프랑스 국민을 대표할 수 있는 이름이기 때문이라는 이야기가 있다. 들라크루아의 그림 〈민중을 이끄는 자유의 여신〉에서 깃발을 들고 민중을 지휘하는 여인 역시 마리안느이다. 프랑스에서는 매년 10년마다 그 시대를 대표하는 인기 여성을 모델로 하여 마리안느 흉부상을 만들며 마리안느의 흉부상은 각 지역의 시청 입구에 놓여진다.

브리지드 바르도
(1970년대)

이네스
드라프레상쥬
(1990년대)

래티시아 카스타
(2000년대)

카트린느 드네브
(1980년대)

에블린 토마
(2010년대)

마리안느 흉부상 모델

국가, 라 마르세예즈

프랑스 국가 라 마르세예즈(La Marseillaise)는 프랑스 혁명 당시 스트라스부르(Strasbourg)의 장교였던 클로드 조세프 루제 드 릴(Claude-Joseph Rouget de Lisle, 1760~1836)이 1792년 4월에 작사, 작곡하였다. 프랑스가 오스트리아를 상대로 선전포고를 했다는 소식을 듣고 그의 숙소에서 하룻밤 사이에 가사와 멜로디를 작곡하였다고 한다. 라 마르세예즈라는 이름은 혁명 당시 프랑스 시민군이 마르세예즈에서 파리까지 행진하며 이 노래를 불렀던 데서 기인하며 처음 이 노래의 제목은 〈라인강 군대를 위한 군가〉였다고 한다. 노래가 만들어진 상황이 전시였던 만큼, 마르세예즈의 노랫말이 지나치게 전투적이어서 현대에 이르러 가사를 바꾸자는 일부의 의견도 있었으나, 프랑스 국민들 스스로가 원치 않아 지금까지 그대로 불리고 있다. 마르세예즈 가사를 잠시 살펴보면 "조국의 아이들이여! 나아갑시다! 영광의 날이 왔습니다. 독재자에 대항하여 피로 물든 군기가 들어 올려졌습니다. (…) 시민들이여, 무기를 들어라! 군대를 모아 전진합시다. (…)"

이시도르 필스, 디에트리크의 집에서 라마르세예즈를 부
르는 루제 드 릴, 스트라스부르 역사박물관

국 화

프랑크 왕국의 메로빙거 왕조를 세운 클
로비스 1세가 크리스트교로 개정하면서 세
례를 받을 때 하늘에서 내려온 천사들에게
한 송이의 백합을 받았다는 전설이 있다.
이후 백합은 프랑스왕가의 상징으로 자리
잡았으나 현재 백합은 파리 시
의 상징 로고에 남아있

프랑스 국화, 붓꽃

프랑스 왕가의 상징 백합

다. 프랑스의 국화는 아이리
스(iris), 붓꽃이다. 그리스 신화에 나오는 아이
리스는 제우스와 헤라의 말을 전하기 위해 지상
으로 내려왔다는 이야기도 전해지고 있다. 보라
색 아이리스는 '행운', 노란색 아이리스는 '믿
는 사람의 행복'이라는 꽃말을 지니고 있다.

수탉

수탉이 프랑스의 상징이 된 것은 기원전 52년경 시저의 승리로 로마인이 골 지방에 정착하게 되면서부터라 할 수 있다. 라틴어로 gallus란 '골지방 사람'이란 뜻과 함께— 프랑스인은 옛 골(갈리아)인의 후손 —'닭'의 의미도 있어, 이 이중적 의미로부터 수탉이 프랑스를 상징하는 동물이 되었다. 1998년 프랑스에서 열린 월드컵의 마스코트인 푸틱스(footix) 또한 수탉을 의인화한 것이다.

푸틱스

독수리

1804년 5월, 제1통령이었던 나폴레옹 보나파르트(Bonaparte)가 프랑스의 황제가 되었을 때, 그는 새로운 제도와 국가를 대표하는 황제의 상징으로 샤를마뉴 시대의 상징이었던 독수리를 채택하였다.

레지옹 도네르(Légion d'honneur) 훈장

1802년에 생긴 레지옹 도네르 훈장은 훌륭한 군인이나 시민에게 수여된다. 프랑스인들에게는 진정 영예로운 훈장 중의 하나이다.

레지옹 도네르 훈장

7월 14일과 프리지아 모자

프리지아 모자

7월 14일은 프랑스의 가장 큰 국립 기념일이다. 이 날은 1789년 대혁명 당시 바스티유를 점령한 것을 기념하는 날로서 프랑스 전역에 걸쳐 성대한 행사가 치루어진다. 약 백만명의 군인들의 행렬이 샹젤리제 거리를 지나고, 폭죽과 불꽃놀이가 파리를 비롯해 대도시와 작은 마을의 거리와 하늘의 여기저기를 멋지게 물들이며, 곳곳에서 춤의 향연이 벌어진다. 한국의 프랑스 대사관에서도 이날은 국내외 귀빈들을 초대하여 프랑스 국가를 부르고 포도주와 음식을 함께 나누며 경축한다.

혁명 당시 프랑스 시민들이 썼던 프리지아 모자는, 예전에 그리이스와 로마의 노예들이 자유를 얻게 되면 썼던 모자로서 자유의 상징으로 사용된 것이다.

아스테릭스(Astérix)

프랑스인들의 조상인 골(Gaulois)족(族)이 로마에 대항하던 시절을 배경으로 하는 만화로 아스테릭스와 그의 친구 오벨릭스가 주인공이다. 르네 고시니가 글을 쓰고 알베르 우데르조가 그림을 그린 『아스테릭스』는 지금까지 모두 31개의 시리즈로 되어 있고 42여 개의 외국어로 번역되었다. 특히 1961년의 첫 번째 작품인 『골족의 영웅 아스테릭스』는 가장 많이 번역된 작품이다. 1989년에는 루아씨(Roissy) 공항의

북쪽으로 15km 정도 떨어진 플라이리(Plailly)에 아스테릭스 공원이
개장되어 많은 관광객의 사랑을 받고 있다.

아스테릭스 공원

> 프랑스인들이 생각하는 프랑스를 대표하는 것 세 가지는 포도주(33%), 테제베
> (30%), 콩코르드(19%)의 순이다.

프랑스어

프랑코포니(Francophonie)

'프랑코포니(francophonie)'란 모국어나 공식어로 프랑스어를 사
용하는 사람들을 가리키는 용어로서, 1880년경 프랑스의 지리학자
오네짐 르클뤼(Onésime Reclus)에 의해 만들어졌다.

　　1970년에 국제무대에서 프랑스어의 위상을 지키고 보급을 확대하기 위해 프랑스를 중심으로 창설된 국제기구의 이름 또한 '프랑코포니(La Francophonie)'다. 이 경우에는 통상적으로 대문자를 사용한다. 공식적으로는 "프랑스어권 국제 기구"(Organisation internationale de la Francophonie: OIF)라고 한다.

프랑코포니(La Francophonie)의 세계

　　전세계적으로 프랑스어를 사용하는 나라는 유럽, 아프리카, 아메리카, 오세아니아 주 및 아시아의 5개 대륙에 모두 걸쳐 있다.

　　유럽의 프랑스, 벨기에, 룩셈부르크와 스위스의 일부 지역 및 모나코 등과 아메리카대륙의 캐나다 퀘벡 주, 카리브해 연안, 남태평양의 타이티 섬 등에서는 프랑스어를 모국어로 사용하고 있으며, 아프리카의 알제리, 모로코, 튀니지, 카메룬, 세네갈 등지에서는 공식언어로 사용하고 있다. 또한 오세아니아 주의 바나투와 아시아의 베트남, 캄보디아 등 인도차이나 반도에서는 프랑스어가 주요 외국어로 자리잡고 있다. 모국어나 공식언어가 아니더라도 프랑스어는 세계 각지에서 교수 · 학습의 언어로 채택되어 있다.

베트남과 한국에서 발간되는 프랑스어 잡지

프랑스어를 사용하는 프랑코포니는 2010년 기준 전세계에 4억 명 정도 분포되어 있으며 2050년에는 7억 명으로 급속히 늘어날 전망이다. 2050년 프랑스어를 사용하는 7억 명 중 85%를 아프리카 국가가 차지할 것으로 추정된다.

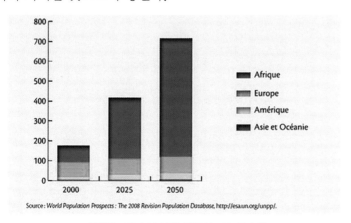

대륙별 프랑스어 사용자(2000–2050년대)

프랑스어의 변천

현재의 프랑스는 예전에 골(Gaule)이라 불리던 지역으로 그 곳의 주민이었던 골족이 오늘날 프랑스인의 조상이다. 이들은 골어(語)를 사용하였는데, 기원전 50년경 로마의 시저가 골 지역을 정복하여 골어는 로마의 라틴어로 대체된다. 이 때의 라틴어는 고전라틴어(latin classique)가 아니라 라틴 속어(lantin vulgaire)였다. 라틴 속어는 3세기부터 시작된 게르만족의 이동으로 게르만어의 영향을 받게되고 다시 6세기 프랑크족의 정복으로 변모, 대체되고 동화되면서 결국 갈로 로망어를 형성한다.

봉건시대에 접어들어 갈로 로망어는 남부 지방의 오크어(langue d'oc)와 북부지방의 오일어(langue d'oil)로 분화되었다. 이는 툴루즈, 몽펠리에, 님 등의 도시를 중심으로 한 남부지방에서는'예'라는 말을 '오크(oc)', 라틴어로 'hoc'라 하였고 북부지방에서는 '오일(oil)', 라틴어로 'hoc ille'이라 했던 데서 기인된 것이다. 그런데 북부지역이 프랑스의 중심으로 자리잡아 가면서 오일어가 프랑스의 표준어로 발전하였고, 남부의 오크어는 프로방스어(Provencal)라 불리며 사투리로 밀려났다.

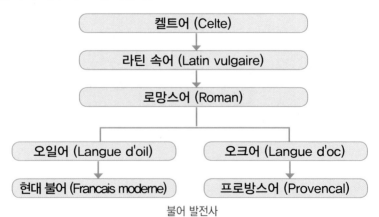

불어 발전사

그러나 오늘날 프랑스어의 직접적인 기원은 스트라스부르 조약을 그 효시로 삼는다. 서기 842년 프랑스가 프랑크 제국으로 불리던 시기에, 지금의 동부 프랑스에 있는 알자스 지방의 도시인 스트라스부르에서 서프랑크 지방의 왕인 샤를과 동프랑크 지방의 왕인 게르만 루이는 조약을 체결한다. 형제간인 두 왕은 프랑크 제국을 독차지하려는 또 다른 형인 로테르(Lothaire)에 맞서 두 왕국이 연합할 것을 상대방의 모국어로 선서하는데, 게르만 루이가 로망 프랑스어로 선서한 문헌에 적힌 프랑스어가 고대 프랑스어의 효시로 여겨지고 있다.

프랑스어는 17, 18세기에 프랑스의 정치 및 외교적 힘에 의해 전성기를 맞이하나, 제2차 세계대전 이후 제2외국어로 밀려나게 된다. 하지만 정부는 순수 프랑스어 사용을 권장하고 영어 사용을 규제하며, 해외의 프랑스 학교와 프랑스어 관련 기관의 설치 등 그들의 언어와 문화를 지속적으로 발전시키고자 노력하고 있다.

현재 프랑스어는 유네스코(UNESCO), 국제연합기구(ONU), 유럽경제 협력기구(OECE)와 같은 국제기구의 공식언어이며 바티칸 궁에서도 이탈리아어와 함께 프랑스어를 공식언어로 채택하고 있다. 또한 올림픽 경기와 169개국이 참가하고 있는 세계 우체국 연합(l'Union postale universelle)에서도 불어를 공식어로 사용하고 있다.

우리 생활에서 흔히 사용되는 랑데부(rendez-vous), 카페(café), 메뉴(menu), 쿠데타(coup d'Etat), 바캉스(vacances)와 같은 말은 프랑스어에서 전해진 말들이다. 프랑스어는 영어에도 영향을 미쳤는데, forêt-forest, tour-tower, mousserons-mushroms, contrée-country 등이 그 예가 될 수 있고 wagon, station, rail, tunnel, week-end, baby-sitter, hold up과 같은 어휘들은 반대로 영어에서 프랑스어로 유입된 단어들이다.

우리 나라에서 흔히 사용되는 프랑스어 몇 가지

멜랑꼴리	mélancolie	우울증
카페	café	커피 등을 마시는 장소
부티크	boutique	가게, 상점
브랑누아	blanc-noir	하양-까망
살롱	salon	응접실
모나미	mon ami	나의 친구
바게뜨	baguette	막대기, 지팡이, 막대기처럼 긴 빵
디망쉬	dimanche	일요일
프랭땅	printemps	봄
그랑프리	grand-prix	대상
랑데부	rendez-vous	만남의 약속, 데이트
앙상블	ensemble	함께, 다같이, 전체적인 조화
아뜰리에	atelier	작업실
몽쉘통통	mon cher tonton	나의 사랑하는 아저씨
카페오레	café au lait	밀크커피
앙팡	enfant	어린이
쎌라비	C'est la vie	그것이 인생이다.
라끄베르	lac vert	초록빛 호수
에뛰드	étude	학문
쿠데타	coup d'Etat	정변
몽타주	montage	(부품의) 조립, 사진의 몽타주
실루엣	silhouette	얼굴의 옆모습, 윤곽, 모습
데뷔	début	시작, 시초, 첫 무대
레스토랑	restaurant	식당
베테랑	vétéran	노련한 사람, 고참, 퇴역군인

프랑스인들은 약자(略字)를 많이 사용한다. 프랑스어로 시글(sigle)이라 하는데, 우리에게 익숙한 테제베(TGV)도 Train à Grande Vitesse라는 긴 표현 중 각 단어의 앞 머리를 따서 만든 약자이다. 이런 경우 발음에 규칙이 따른다. 중간에 모음이 들어가면 대부분 한 단어처럼 읽는다. 예를 들어 프랑스 국립행정학교인 ENA(Ecole Nationale d'Administration)는 [ena]로 발음한다. 그러나 테제베(TGV)처럼 모음이 들어 있지 않으면 각 철자를 발음한다. 프랑스 철도청인 SNCF는 따라서 '에스엔세에프'이다.

흔히 쓰이는 약자로는 RN(Route Nationale, 국도), ER(Réseau Express Régional, 수도권 고속전철), CV(Curriculum Vitae, 이력서), HLM (Habitation à Loyer modéré, 영세민 공영주택), BCBG(Bon Chic Bon Genre, 멋지고 고상한) 등이 있다. 병원(Hôpital)의 H, 주차장 (Parking)의 P, 전철(Métro)의 M과 같이 하나의 철자만을 상징적으로 사용하기도한다.

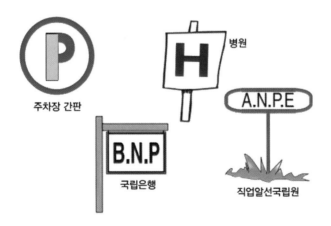

일상생활 속의 약자

프랑스어에 나타난 성 차별

대부분의 명사에 여성과 남성이 구분되는 프랑스어가, 몇몇 직업에 대해서는 여성형이 없다. 예를 들어 빵집 주인을 가리키는 말은 여자 빵집 주인은 '블랑제르(boulangère)', 남자 빵집 주인은 '블랑제(boulanger)'이고 여자 푸주한은 '부쉐르(bouchère)', 남자 푸주한은 '부쉐(boucher)'와 같이 여성, 남성의 구분이 있으나, 의사(médecin), 외과의사(chirurgien), 장관(ministre), 엔지니어(ingénieur) 등의 직업에는 여성형이 없다. 이 경우 femme médecin, femme docteur와 같이 '여성 femme'이라는 낱말을 추가하여 성을 밝히기도 한다.

이러한 언어적 현상은 예전에는 남자들만이 이러한 직업에 종사하였고 여자들이 이러한 직업을 가지게 된 지가 그리 오래된 일이 아니기 때문이라 한다. 그런데 여성형의 직업 명사가 있다 하더라도 남성형의 단어가 더 무게 있고 신중해 보이기 때문에 일부 여성들은 스스로도 남성형의 단어 사용을 선호하는 경향이 있기도 하다. '여사장'의 경우 여성형의 'la directrice'보다 남성형에 madame을 추가한 'madame le directeur'를 사용하는 것이 그 한 예가 되겠다.

프랑스어를 사용하는 프랑스어권 사회에서 성 평등을 촉진하기 위해 직업과 직함 명사의 여성화를 장려하는 대중들의 움직임이 일게 되자, 왈론-브뤼셀 연맹 프랑스어협회(le Service de la langue française de la Fédération Wallonie-Bruxelles)에서는 1993년 6월 21일자 법령을 통해, 공식 텍스트 및 행정 문서에서 직함 및 직업 이름에 여성을 사용하도록 권장한다. '여성형 만들기(mettre au féminin)'

안내 책자에서 구체적인 예와 함께 여성형 명사들을 소개하고 있다.

여성형 만들기 안내 책자

결혼 후 성(姓)을 선택함에 있어 과거에는 여자는 주로 자신의 성을 그대로 간직하기보다는 특별한 직업적인 이유를 제외하고 대부분 남편의 성을 따랐다. 오늘날에는 결혼 이후, 여성이든 남성이든 간에 본인 혹은 상대방의 성을 자유롭게 선택하여 사용할 수 있다.

프랑스의 남녀 호칭 또한 변화를 겪고 있다. 통상적으로 남자에게는 '무슈(monsieur)', 결혼한 여성에게는 '마담(madame)', 미혼 여성에게는 '마드므와젤(mademoiselle)'이라는 호칭을 사용하였다. 그러나 2012년 2월 21일 프랑스 정부는 공식적으로 모든 정부 문서에 '마드모아젤'의 사용을 금지하는 공식 법령을 발표하였다. 대신 모든 연령의 여성에게 결혼 유무에 상관없이 '마담'의 호칭을 사용하도록 하였다. 또한 공식 문서 상에서도 여성의 경우에는 '결혼 전의 성을 묻는 nom de jeune fille'와 '결혼 후의 성을 묻는 용어가 nom d'épouse'로 구분되었었으나 이제는 각각이 '가족 성 nom de famille' 및 '현재 사용하는 성nom d'usage'로 대체되었다.

프랑스 언어정책

프랑스어는 프랑크 족이 프랑스 전역을 통일하면서 일 드 프랑스(Ile-de-France)를 지배하던 프랑크족의 언어인 프랑시앵(le francien)이 오늘날의 프랑스어로 발전하게 된 것이다. 파리 근교에서 사용하던 지방 언어인 프랑시앵이 프랑스 전체가 사용하는 프랑스어가 되기까지 프랑스는 그들의 정체성과 국민통합을 위해 '하나의 국가, 하나의 언어'라는 강력한 언어 정책을 펼치게 된다. 오늘날 21세기의 영어 획일주의와 유럽 통합에 맞서 프랑스는 프랑스어의 지위를 방어하며

ORDONNANCE DE VILLERS-COTTERÊTS
1539
Le français devient
la langue écrite officielle.
LA POSTE 1989   François
2,20 REPUBLIQUE FRANÇAISE

국제어로서 프랑스어의 보호와 확산에 노력하고 있다.

1539년 프랑수아 1세는 모든 행정 절차와 공문서에서 라틴어 대신 프랑스어를 사용하도록 하는 빌레르코트레 칙령(Ordonnance de Villers–Cotterêt)을 선포한다. 이는 종교로부터 사법과 행정을 분리시키고 당시 지배어였던 라틴어의 사용을 지양함과 동시에 지방어에 대한 견제로 프랑스어를 전 국민의 언어로 발돋움하게 한 최초의 언어정책이라고 할 수 있다. 빌레르코트레 칙령으로부터 1994년 투봉법에 이르기까지 언어 관련 주요 기구와 법령은 다음과 같다.

- 1539년 빌레르코트레 칙령 반포.
- 1635년 아카데미 프랑세즈의 창설.
- 1794년 혁명정부의 언어에 관한 법령.
- 1882년 초등교육의 무상, 의무, 세속화(종교적 중립) 제도화.
- 1966년 프랑스어 보호와 확장을 위한 고등위원회.
- 1975년 바–로리올(Bas–Lauriol) 법.
- 1984년 프랑스어권고등자문위원회.
- 1989년 프랑스어 전체심의회, 프랑스어 최고자문위원회.
- 1992년 "(프랑스)공화국 언어는 프랑스어이다"라는 조항 헌법 추가.
- 1994년 투봉(Toubon) 법.

중세를 거치면서 문인들은 라틴어 속어(latin vulgaire)였던 프랑스어에 대한 문법적인 연구와 함께 라틴어–프랑스어 사전을 편찬하는 등 프랑스어를 고전 라틴어(latin classique)와 동등한 수준으로 끌어올리기 위해 노력했다. 시인 뒤벨레(Joachim du Bellay, 1522년경–1560)는 『프랑스어의 옹호와 선양(Défense et illustration de la langue française)』을 통해 프랑스어의 위상을 끌어올리는데 큰 기여를 했다고 볼 수 있다.

"…시간이 흐르면서 어떤 언어들은 다른 것들보다 좀 더 흥미롭게 짜여졌기 때문에 좀 더 풍부한 것은 사실이다. 그러나 그것이 그러한 언어들의 천복(天福)으로 돌려서는 안 되며 오직 사람들의 능란함과 재치의 결과로 돌려야 한다. 우리나라 사람들이 고대 그리스인들이나 로마인들보다 못할 것이 하나도 없는데도 프랑스어로 쓰여진 것을 눈썹 까딱하지 않고 모조리 멸시하고 배척하는 사람들의 어리석은 거만함과 무모함은 아무리 비난해도 모자란다. 그리고 마치 하나의 창작품이 오직 그 언어 때문에 훌륭하거나 훌륭하지 않다고 평가되어야 하는 양 우리의 세속어가 문학과 학문을 담당할 능력이 없을 거라고 생각하는 사람들을 볼 때, 나는 그들의 그 이상한 의견을 도저히 훌륭하다고 생각할 수 없다."

– 뒤벨레『프랑스어의 옹호와 선양』1책 1장, '언어의 기원'중–

… Ainsi donc toutes les choses que la nature a créées, tous les arts et sciences, en toutes les quatre parties du monde, sont chacune endroit soi une même chose ; mais, pour ce que les hommes sont de divers vouloir, ils en parlent et écrivent diversement. A ce propos je ne puis assez blâmer la sotte arrogance et témérité d'aucuns de notre nation, qui, n'étant rien moins que Grecs ou Latins, déprisent et rejettent d'un sourcil plus que stolque toutes choses écrites en français, et ne me puis assez émerveiller de l'étrange opinion d'aucuns savants, qui pensent que notre vulgaire soit incapable de toutes bonnes lettres et érudition, comme si une invention, pour le langage seulement, devait átre jugée bonne ou mauvaise ...

– Du Bellay, 『Défense et illustration de la langue française』 livre 1, chapitre 1, De l'origine des langues –

라틴어와 프랑스어의 습관적인 혼용을 비판하고 프랑스어의 문법을 정비하고 실질적으로 프랑스어를 체계화한 사람은 프랑스 궁정 시인이었던 프랑수아 드 말레르브(François de Malherbe, 1555–1628)이다. 말레르브의 정신은 프랑스어 문법과 철자를 확립한 아카데미 프랑세즈(프랑스어: Académie française)로 이어졌다. 루이 3세 통치 시기 프랑스 절대왕정의 공헌자였던 리슐리외 추기경에

의해 1635년 설립된 아카데미 프랑세즈는 1698년에는 공식 프랑스어 사전을 편찬했고 오늘날까지 프랑스어 문법, 어휘, 어법에 대한 프랑스 최고의 권위 기관으로 남아 있다.

1789년 프랑스 대혁명 시기에 하나의 중앙집권 체제를 구축

사제 그레구아르

하기 위해 프랑스 공화국은 프랑스어를 혁명의 언어로 전 국민에게 전파하는 강력한 언어정책을 펼친다. 인권주의 정치인이었던 그레구아르 사제가 작성한 『프랑스어 사용의 전국화의 필요성과 방법에 대한 보고서(Rapport sur la nécessité et les moyens d'anéantir le patois et d'universaliser l'usage de la langue française)』(1794년)에

따르면 전 국민의 12%인 300만 명 정도가 프랑스어로 대화를 나눌 수 있지만 이들 중 소수만이 프랑스어를 사용하고 대부분이 지방

어를 사용했다고 한다. 그레구아르는 공화국의 언어를 프랑스어(La langue de la République est le français)로 보고 교육을 종교와 분리시키며 지방어의 사용을 금지하여 하나 된 혁명 정부의 하나의 언어인 프랑스어를 통해 프랑스 전 국민을 하나로 통합하는 교육

쥘 페리

정책의 토대를 마련했다.

100여년이 흐른 1882년 쥘 페리(Jules Ferry, 1832 - 1893)는 혁명 초기의 교육 정책을 바탕으로 초등교육의 무상 · 의무 · 종교적 중립(laïque) 법안을 마련함으로써 공화정 체제의 확립과 함께 프랑스어는 프랑스 전 국민을 하나로 결속시키는 하나의 언어가 된다.

현대의 언어정책

1966년 드골 대통령에 의해 '프랑스어 수호와 보급을 위한 고등위원회(Haut comité de défense et d'expansion de la langue française)'가 만들어졌고, 1973년 '프랑스어 고등위원회(Conseil supérieur de la langue française)'로 명

피에르 바   마크 로리올

칭이 바뀌게 된다. 1975년 국회 위원이었던 바(Bas)와 로리올(Lauriol)의 발의로 프랑스어 사용에 의한 바-로리올 법안(La loi Bas-Lauriol)이 만장일치로 통과되었으나 강력한 제재 조항이 없는 선언적인 법이라는

평가를 받게 된다.

프랑스인들의 정체성은 바로 프랑스어라는 확고한 원칙 아래, 1992년 프랑스 상하의원들의 만장일치로 '프랑스 공화국의 언어는 프랑스어'라는 조항이 프랑스 헌법에 추가된다. 1994년 당시 문화부 장관이던 자크 투봉에 의해 제정된 투봉법(La loi Toubon, 프랑스어 사용 관련법, La Loi no 94−665 du 4 août 1994, Relative à l'emploi de la langue française)은 1992년 개정된 헌법의 원칙에 입각한 프랑스어 사용에 관한 법으로 상

자크 투봉

품 광고나 라벨 등에 프랑스어 사용을 의무화한 법으로그 적용 범위와 제재 조항을 확장하고 강화한 법률이다. 이 법은 영어로 모든 것이 좋다는 의미를 가지는 ALLgood법으로 불리기도 한다.

인터넷의 발달과 영어의 세계화를 통한 문화 획일주의에 맞서 프랑스는 영어의 범람에서 프랑스어를 지켜나감과 동시에 지방어를 보호하는 다문화주의 정책을 펼쳐나가고 있다. 다른 한편으로는 프랑스어를 공통으로 사용하는 국가들을 국제기구(프랑코포니 Francophonie)화하여 문화 다양성과 언어 다원주의를 표방하고 국제어로서의 프랑스어 지위를 방어하며 프랑스어의 확산에 노력을 경주하고 있다. 프랑코포니는 프랑스어를 사용하는 지역을 가리키는 말로 1880년 지리학자 오네짐 르클뤼(Onésime Reclus) 글에 처음 사용되었다. 프랑스를 비롯하여 '해가 지는 지역'(là où le soleil se couche)이라는 의미를 가진 모로코, 알제리, 튀니지와 같은 마그레브(Maghreb) 지역 그리고 캐나다의 퀘벡 주 등은 모국

어 및 공식어, 혹은 교육 언어로 프랑스어를 사용하고 있다. 1950
년 언론인들에 의해 '프랑스어 언론 및 기자 국제 연합'이 창설되
었고 1970년 '문화기술 협력기구'(Agence de coopération culturelle
et technique:ACCT)라는 프랑스어권 최초의 공식 협력기구가 탄생
한다. 1997년 베트남 하노이에서 열린 정성회의에서 ACCT는 '프
랑스어권 국제기구 (Organisation internationale de la Francophonie:
(OIF)'으로 이름이 바뀌게 되었다. 프랑스어권 국가들 간 프랑스어
증진 및 문화·언어 다양성 촉진, 평화·민주주의·인권 수호, 교
육·연수·고등교육 연구 지원, 지속 가능한 개발협력 및 경제발
전 장려 등의 임무를 수행하고 있는 이 국제기구(OIF)는 2020년 현
재 54개 정회원국을 비롯해 7개 준 회원국, 그리고 27개 옵서버국
으로 구성됐으며, 한국은 2016년 옵서버국으로 신규 가입했다.

1989년 설립된 '프랑스어 총국(Délégation générale à la langue
française de France)'은 2001년 '프랑스어와 프랑스의 언어들 총국
(Délégation Générale à la Langue Française et aux Langues de
France)'으로 공식 명칭이 변경된다. 2009년 11월 17일 법령에 따라
프랑스 의 국가적 언어정책을 총괄하고 있는 총국은 '공화국의 언
어는 프랑스어이다(La langue de la République est le français)'라는
헌법 조항에 기초해서 프랑스어 사용의 장려와 함께 다문화주의
언어정책을 펴나가는 것을 목표로 하고 있다. 다양한 언어가 공존
하는 프랑스 사회에서 프랑스어가 공화국의 언어라는 언어의 단일
성에 대한 주장은 서로 대립되어 여전히 갈등의 요인으로 남아있
다. 프랑스어-지역어의 이중 언어 교육의 발전을 장려한 2013년 7
월 8일자 법령은 지역어를 프랑스어와 대등한 교육 언어로 승격시
킨 사례라고 볼 수 있다. 총국은 프랑스어의 풍부화, 언어와 디지

틸, 다중 언어사용을 주요 정책 내용으로 프랑스어와 함께 지역어에 대한 장려 정책을 적극적으로 펴나가고 있지만 지역어 사용자들은 위기를 느끼고 있다.

프랑스 교육부는 의무교육 기간 중 프랑스어와 함께 두 개의 외국어를 숙달하게 하는 것이 목표이지만 90%이상이 첫 번째 외국어로 영어를 선택하고 두 번째 외국어로 독일어, 스페인어 등을 선택하며 아랍어를 선택하는 비율은 아주 낮다. 2016년 프랑스교육부가 이주민을 위해 만들어진 언어와 문화교육(Enseignement des langues et cultures d'origines: ELCO) 프로그램을 폐지함에 따라 수용이 아니라 또 다시 프랑스에서 이주민을 배제한다는 비난을 받고 있다. 1977년 유럽 지침에 따라 만들어진 ELCO 프로그램은 이주민의 출신언어를 그 다음 세대가 습득할 수 있도록 지원하는 문화 교육 프로그램이다. 이민자녀들이 학교생활에 성공적으로 적응할 수 있도록 이 프로그램에 참여하는 국가들(알제리, 모로코, 튀니지, 크로아티아, 스페인, 이탈리아, 포르투갈, 세르비아, 터키)은 프랑스에 해당 언어 교사를 지원하며 수업은 정규수업으로 편성되지 않고 방과 후 과정으로 진행된다.

프랑스 정부가 2017년 1월 1일 설립한 '사회 응집을 위한 프랑스어 기구(Agence de la langue française pour la cohésion sociale)'에서 "프랑스어는 사회 통합을 위한 언어가 되어야 하며, 이것은 프랑스인들 뿐만 아니라 프랑스에 정착하고자 하나는 외국인들과 이민자들을 위한 것이기도 하다."라고 밝히며 '모두를 위한 프랑스어(Le français pour tous)' 정책을 구현하고자 했다. 프랑스는 프랑스어가 '단일하고 분리될 수 없는 공화국'의 하나의 언어라는 생각에 대한 유연성으로 이제는 상호문화주의 흐름을 받아들이며 인정하는 움직임을 보이고 있다.

프랑스인

'프랑스인'이라 할 때 가장 먼저 떠오르는 이미지는 어떤 것일까? 늘씬하게 큰 키의 금발 미인과 미남이 프랑스인의 전형일까? 2014년, 국립 경제통계원(INSEE)에서는 프랑스인의 평균 키가 남자는 178cm, 여자는 165cm라고 발표하였다. 1914년에 프랑스 남자의 키가 평균166cm, 여자는 155cm였던 것을 감안하면 한 세기 동안 남자는 약 13cm, 여자는 10cm 가량 자란 셈이다.

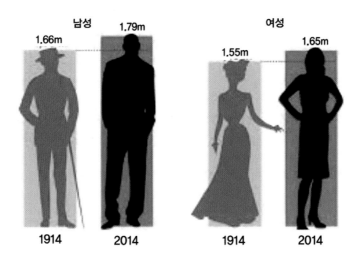

100년간의 프랑스인 키의 변화 (1914-2014)

환경과 영양상태의 변화에 따라 키가 커지고 평균 수명은 길어졌다. 2019년 INSEE 통계에 따르면, 프랑스 본토의 프랑스인의 평균 수명은 여성은 85.6세 남성은 79.7세로 나타났다.

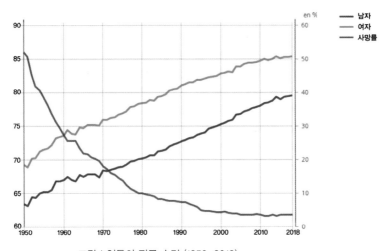

프랑스인들의 평균 수명 (1950-2019)

해가 갈수록 평균수명은 더욱 늘어나고 있는데, 여성의 경우 유럽연합에서 스페인의 뒤를 이어 2위를 차지하고 있다. 남성은 유럽연합의 평균보다 조금 낮은 편이다. 2016년에 프랑스 본토의 프랑스인들 중 100세가 넘는 사람에 대한 INSEE 통계에 따르면, 여성이 4,482명으로 6명 중 5명이 여성이었다. 여성의 경우, 107이상은 506명, 남성은 105세 이상이 152명으로 여성이 남성의 3배 이상이 많았고 100세 이상의 노인들의 50%가 자신의 집에서 생활하고 있었다.

오늘날 전세계적으로 이슈가 되고 있는 '트랜스휴머니즘'의 발달로 2070년대 100세가 넘는 프랑스인의 수는 2,700명(INSEE) 가량으로 예상되고 있다.

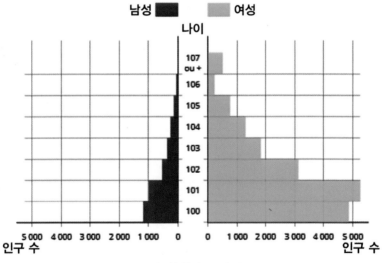

2016년 1월 현재 100세 인구

프랑스인들의 개인주의

프랑스인은 개인주의적이라고 알려져 있다. 실제로 그들은 직장 동료와 한 마디도 하지 않은 채 하루를 보내기도 하고 매일 같은 버스에서 같은 사람을 만나도 한 마디의 말도 나누지 않기도 한다. 그러나 새해를 맞이하는 샹젤리제 거리에서는 전혀 알지도 못하는 사람과 샴페인을 함께 마시는가 하면 6월 21일의 음악축제날과 9월의 테크노퍼레이드에서는 처음 보는 사람들과 함께 춤을 추고 노래를 부른다.

그뿐인가. 동성연애자들이나 샐러리맨들의 권리를 위해, 또 다른 이유로도 거리의 데모에 시민들이 함께 참여하는 일은 보기 드문 일이 아니다. 1998년 6월 12일, 월드컵에서의 승리와 2000년 7월 2일 유럽 축구에서의 승리를 위해 백만여 명의 사람들이 샹젤리제 거리에 모여 축하연을 벌이는 것 또한 프랑스인들의 모습이다.

프랑스인들은 스스로 선택하는 것을 좋아하는데, 선택한다는 개념이 그들로서는 자신을 포함하여 다른 사람들의 의사 또한 중요시 여긴다는 의미이고 이것이 바로 프랑스인들의 개인주의라 할 수 있다. '자유, 평등, 박애' 정신은 1793년 인권선언 이후 그들의 국가 표어가 되고 있는데, '자유'란 다른 사람의 권리를 침해하지 않는 범위 내에서 모든 것을 할 수 있는 권한이고 '평등'이란, 모든 사람의 법 앞에서의 평등으로서, 결국 이들간에는 '박애'정신이 깃들일 수밖에 없다.

이름

프랑스 사람들의 성(姓) 중에는 그 가계의 조상들이 무엇을 하였는지 또는 어디서 살았는지를 가늠하게 해주는 경우가 흔히 있다. 예를들어, 브랑제(Boulanger) 씨(氏)의 조상은 아마도 빵집을 운영했을 것이고, 뒤프레(Dupré) 씨의 조상은 평원에서 살았을 것이다.

신체를 묘사하는 어휘의 이름도 적지 않아 쁘띠(Petit) 씨의 조상은 키가 좀 작았을듯 싶고 그랑(Grand) 씨의 조상은 키가 컸었나 보다. 프랑스인의 성은 이처럼 직업이나 장소, 신체, 색깔 등의 어휘가 그대로 사용되는 경우가 많다.

- 장소를 나타내는 프랑스인의 성씨로는 뒤퐁(Dupont, 다리의), 뒤몽 (Dumont, 산의), 뒤라크(Dulac, 호수의), 물랭(Moulin, 풍차)….

- 신체를 나타내는 프랑스인의 성씨로는 쁘 띠(Petit, 작은), 그랑(Grand, 큰)….

- 색깔의 성씨로는 블랑(Blanc, 하얀색 의), 누아르(Noir,검은색의)….

- 직업을 나타내는 성씨로는 브랑제 (Boulanger, 빵집 주인), 꼬르도니에 (Cordonnier, 신발 고치는 사람), 뫼니에 (Meunier, 제분업자)….

몇몇 성씨는 이름으로도 사용된다. 마리(Marie), 리샤르 (Richard), 토마(Thomas), 베르나르(Bernard) 등은 성으로도 이름으로도 사용되며, 종종 성과 이름이 같은 사람의 경우도 있다."제 이름은 리샤르 리샤르Richard Richard)입니다."라고 하면 성도 이름도 리샤르인 사람이다.

전통적으로 프랑스 사람들은 달력에 새겨져 있는 성인들 가운데서 이름을 정하였는데, 오늘날에는 부모가 자유롭게 아이의 이름을 지어준다. 그에 따라 최근에는 케빈(Kevin)이나 알리슨 (Alison) 같은 앵글로 색슨계의 이름이 유행하기도 한다.

시대에 따라 이름도 유행을 탄다. 프랑스(France)라는 이름은 1950년대에 유행했던 여자 이름이고, 최근에는 루이즈(Louise), 엠마(Emma)와 같은 이름이 인기 상승세에 있다. 남자아이들의 이름으로는 가브리엘(Gabriel)이 단연 1위를 차지하고 쥘(Jules), 뤼카 (Lucas) 등의 이름이 그 뒤를 따르고 있다.

여자 아이 이름 Top 10(2020)	남자 아이 이름 Top 10(2020)
엠마 (Emma)	가브리엘 (Gabriel)
자드 (Jade)	라파엘 (Rafaël)
루이즈 (Louise)	레오 (Léo)
알리스 (Alice)	루이 (Louis)
클로에 (Chloé)	뤼카 (Luca)
리나 (Lina)	아담 (Adam)
로즈 (Rose)	아르튀르 (Arthur)
레아 (Léa)	위고 (Hugo)
안나 (Anna)	쥘 (Jules)
밀라 (Mila)	마엘 (Maël)

과학의 나라, 프랑스

데카르트가 그린
인간의 모습, 1664년

프랑스는 예술의 나라, 패션의 나라 그리고 문학과 낭만의 나라로 알려져 있다. 그래서인지 이공계 학생들이 프랑스로 유학을 간다고 하면 의아한 눈으로 바라보는 사람들도 적지 않다. 그러나 오늘날 프랑스의 테제베와 유러터널, 기관사 없는 전철 등은 프랑스가 첨단 과학의 나라임을 명시적으로 밝혀주고 있다.

프랑스에는 1666년, 과학 아카데미(l'Académie des sciences)가 콜베르(Colbert)에 의해 설립되었고 1667년에는 파리에 별자리를 관측하기 위한 관측소가 세워졌다.

철학자로도 유명한 르네 데카르트는 해석 기하학의 대가이고, 시각에 있어 굴절의 법칙을 세웠다.

교통수단 분야에서 프랑스인이 세운 업적도 눈부신데, 최초의 증기 자동차 중의 하나는 1770년 프랑스인 퀴뇨(Cugnot)가 만든 것으로서, 당시 최고 속도는 시속 3km였고, 가스엔진은 1860년 르누아르(Lenoir)의 발명품이다.

증기기관차

하늘을 나는 교통수단 또한 프랑스인에 의해 시작된다. 프랑스
어로 열기구를 몽골피에르라 하는데 이것은 열기구 발명가의 이름
에서 온 것이다.

박쥐 모양의 비행기(위)와
열기구(좌)

1783년 몽골피에(Mongolfier) 형제는 열기구를 만들어 그해 9
월 19일 동물들만을 태우고서 첫 비행 실험을 하였다 하니, 최
초의 기구 조종사는 양, 닭, 오리 등의 동물 조종사들인 셈이
다. 이 실험에서 열기구는 8분 동안 500미터를 비행하였다.

루이 블레리오의
비행

1890년 프랑스인, 클레망 아데르(Clément Ader)는 거대한 박쥐 모양을 한 최초의 비행기를 만들어 당시 50미터를 비행하였고, 그 후 루이 블레리오(Louis Blériot)는 1909년 영국해협을 처음으로 비행하였으며, 장 메르모즈(Jean Mermoz)는 1933년 남대서양을 비행하였다.

의학계의 업적으로는 1820년 펠르티에(Pelletier)와 카방투(Caventou)가 말라리아의 특효약인 키니네를 발명하였고 파스테르는 광견병 주사약과 살균에 대한 연구로 인해 의학계에 혁명을 일으키기도 하였다. 중성자의 존재를 밝히고 인공방사능을 발견한 퀴리 부부 또한 프랑스인으로, 1903년에는 부부가 함께, 1911년에는 퀴리부인 단독으로 노벨상을 수상하였다.

뤼미에르 형제가 발명한
영사기

유럽에서 가장 큰 영화 스크린을 자랑하고 있는 환상적인 테마공원인 퓌튀로스코프 또한 프랑스 과학의 일면을 대표한다.

프랑스와 런던을 연결시켜 주는 지하 해저터널인 유러터널은 1994년 완공되었다. 이 터널을 통해 유로스타라는 기차가 파리 북역에서 출발하여 런던의 워털루 역까지 2시간 동안 시속 300km로 달려간다.

퓌트로스코프 모습

프랑스, 독일, 영국, 스페인의 4개국 합작으로 만들어진 에어버스는 쉬지 않고 13,800km를 비행할 수 있다. 에어버스는 현재 세계 50개의 항공사에서 이용하고 있으며 250~300개의 좌석에 시속 940km의 성능으로 교통량이 많은 도시 사이를 값싸고 빠른 운임으로 비행하는 대량 수송수단이다. 생산공장은 프랑스의 툴루즈에 있다.

에어버스

(우) 콩코르드

전기 자동차는 공기오염과 소음 공해로부터 사람들을 지켜주며 전기콘센트에 접속하여 자동차에 에너지를 공급하는 최첨단 기술 산업이다. 현재의 기술로는 전기를 한 번 충전하면 100km 정도밖에는 갈 수 없다는 단점이 있다.

프랑스의 해외영토 귀안느의 ▶
쿠루에 있는 아리안 미사일 기지

▼전기자동차

음식

02 음식

　프랑스의 특성 중 하나를 꼽으라고 한다면 한마디로 다양성(Diversité)이라고 할 수 있다. 이 다양성은 어디서 온 것일까? 프랑스의 지형학적인 위치에서 그 원인을 찾아볼 수 있으리라고 본다. 삼면이 바다와 접한 프랑스는 지역에 따라 해양성 기후, 대륙성 기후, 지중해성 기후, 산지 기후를 나타내고 있는데, 이러한 다양한 기후 여건과 더불어 여러 나라와 인접한 지리적 조건으로 그 어느 나라보다 다양한 음식문화를 꽃피우게 된다.

　프랑스인들은 음식을 즐기며 맛있게 먹는 것을 좋아한다. 프랑스인중 80% 이상은 살아가는 데 있어 커다란 기쁨 중의 하나가 바로 '즐기며 제대로 잘 먹는 것'이라고 한다. 식탁과 관련된 즐거움의 전통을 4세기 동안 이어오고 있는 프랑스에서는 학

프랑스의 기후

교에서도 미각수업(Leçon de goût)를 통해서 학생들의 미각을 발전
시키고 있다. 17세기 문호 몰리에르의 대표작『수전노 (L'avare)』에
서 주인공인 아르파 공도 '사람들은 살기 위해 먹는 게 아니라 먹
기 위해 살아야 한다.'고 말한다.

　프랑스 음식의 특징 중 하나는 재료의 맛을 살리는 조리법이라
할 수 있는데, 이를 위해 일급 요리사들은 자신이 직접 매일 아침
마다 시장에서 재료를 사들인다. 프랑스인들은 새롭고 다양한 음
식 원료와 풍부하고 다양한 요리 기법을 계속 추구해 나감으로
써 음식을 단지 배를 채우는 행위가 아닌 문화의 일부분을 드러내
는 예술의 분야로 발전시켜 나가고 있다.

식습관의 변화

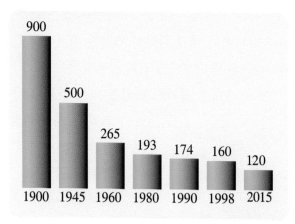

일일 빵 소비량

　프랑스 요리는 그 요리법에 따라 다섯 가지로 분류될 수 있
다. 프랑스의 전통 요리에 해당하는 오트 퀴진느(Haute Cuisine),

다이어트 요리법인 누벨 퀴진느(Nouvelle Cuisine), 프랑스의 고급스러운 가정요리인 퀴진느 부르주아즈(Cuisine Bourgeoise), 지방 토속 요리인 퀴진느 데 프로뱅스(Cuisine des Province), 자연식품을 전통요리법에 접목시킨 퀴진느 모데른느(Cuisine Moderne)가 그것이다.

이러한 지방별 혹은 가정마다의 특유한 요리법은 현대화와 더불어 그 모습이 점차 사라져가고 있으며, 프랑스인들의 식사습관에도 변화가 일고 있다. 냉동식품은 지난 5년간 70%의 증가추세를 보이는 반면 빵의 소비는 계속 감소되고 있다. 1999년 통계자료에 따르면 1920년에 프랑스인들은 하루에 630그램의 빵을 먹었고, 1960년 대는 265그램, 그리고 1998년에는 평균 160그램의 빵을 소비했고 2015년에는 평균 120 그램의 빵을 소비했다.

빵 소비의 감소와 함께 포도주의 소비도 감소되고 있다. 성인남녀 포도주 소비량이 1963년에는 1년에 127리터였지만 1999년 ~ 2000년에는 55.3리터, 2017년-2018년에는 42.2리터로 조사되었다.

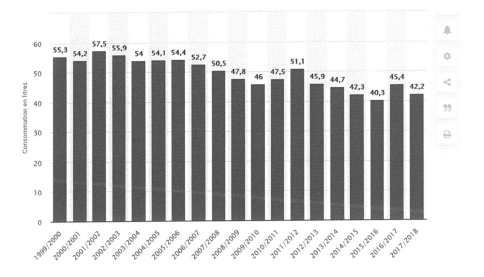

아직도 프랑스는 포도주의 첫째가는 생산국으로 남아있지만 소비량에 있어서는 이탈리아와 포르투갈도 프랑스의 소비량 못지않다. 또한 프랑스에서는 많은 시간동안 음식을 준비하며 여유 있게 식사를 하는 사람들의 모습이 점차 사라져가고 있다. 관광객들이 많이 모이는 샹제리제 거리나 소르본 대학이 있는 생 제르맹 거리뿐 아니라 어디를 가도 맥도날드나 퀵(Quick) 같은 패스트푸드점의 간판은 쉽게 찾을 수 있다. 이에 대해 시선이 곱지 않은 사람들도 있기는 하지만 간편하고 빠른 것을 추구하는 신세대들의 요구에 기성세대도 어쩔 수는 없는 모양이다. 이런 패스트푸드점으로는 맥도날드나 퀵처럼 많지는 않지만 우리에게 잘 알려진 피자헛이나 켄터키후라이드치킨 등이 있다. 이곳 가격은 레스토랑보다 저렴할 뿐 아니라 영어로도 의사소통이 가능하므로 프랑스어를 못하는 관광객들이 편리하게 이용할 수 있다. 또 프랑스에서는 화장실이 모두 유료인데 패스트푸드점은 유료가 아니기 때문에 화장실에 갈 때 동전을 준비할 필요가 없다.

식사

프랑스인들은 아침식사(Petit déjeuner)로 음료와 함께 버터나 잼을 바른 빵, 크루아쌍 등을 간단히 먹는다. 음료로는 따뜻한 커피나 카페오레, 요구르트 같은 유제품, 오렌지 주스를 마시는데, 차는 아침식사 때 많이 마시지 않는다. 아이들은 아침에 코코아를 마시고, 때때로 콘플레이크 같은 시리얼을 먹기도 한다. 하지만 프랑스인의 6% 정도는 아침식사를 하지 않는다고 한다.

크로크 무슈   식권

12시부터 2시까지가 점심시간이기 때문에 프랑스인의 70%는 그들의 집에서 간단한 요리나 샌드위치 등의 점심(déjeuner)을 먹는다.

하지만 시간에 쫓기는 파리 같은 대도시 사람들은 집으로 돌아갈 시간이 없기 때문에 길거리나 패스트푸드점(restaurant rapide)에서 햄버거나 샌드위치와 샐러드를 먹거나 간단한 정식을 먹는다. 2005년 통계에 따르면 샐러리맨들 중 27%는 점심으로 패스트푸드점에서 간단히 햄버거 등을 먹거나 회사로 배달시키고, 26%가 샌드위치를, 10%가 피자를 먹으며, 겨우 3~6% 정도가 레스토랑에서 식사를 한다고 한다. 여기서 샌드위치는 우리가 알고 있는 네모 식빵이 아니라 바게트에 버터나 햄, 삶은 달걀, 토마토 등을 넣은 것을 말한다. 회사에서는 봉급생활자를 위해 식권(ticket-reataurant)을 발행하기도 하는데, 이 식권의 일부는 회사가, 일부는 사원이 충당한다.

저녁식사(dîner)는 보통 저녁 7시에서 8시경에 가족 모두가 한자리에 모여 서로 이야기를 나누며 여유 있게 식사를 한다. 주중이나 손님을 초대하지 않은 경우는 앙트레- 주요리- 후식으로 대부분 전통적인 순서보다 간단하게 식사를 한다. 이 때 치즈와 포도주가 빠져서는 안 된다. 아침, 점심, 저녁 이외에도 노동자들이나 농부들은 9시경에 간단히 먹는 식사인 카스크루트(casse-croûte)를 먹고, 오후 4시에 아이들은 코코아와 빵이나 파이 등의 간식(goûter)을 먹는다.

아침식사 petit déjeuner
점심식사 déjeuner
간식 goûter
저녁식사 dîner

카페되마고의 아침식사

식사 순서

프랑스 식사 순서는 아페리티프(apéritif)-오르데브르(hors d'œuvre) 혹은 앙트레(entrée)-주요리(plat principal)-치즈(fromage)-디저트(dessert)순이다. 전통적인 프랑스 식사는 이보다 훨씬 더 복잡했지만 최근 들어서는 앙트레- 주요리- 디저트와 같이 세 단계로 이전보다 더 간단하게 식사를 즐기는 사람들이 늘어나고 있다.

비엥 뀌(bien cuit)   아 뿌엥(à point)   쎄냥(saignant)   블뤼(bleu)
잘 익힌 것   반쯤 익힌 것   조금 익힌 것   거의 생 것

아페리티프는 식사 전 식욕을 돋구기 위한 술이나 음료로 그리 독하지 않는 키르(Kir)나 베르무스(Vermouth), 마르티니(Martini), 과일주스 등을 많이 마시는데 이 때 독한 술을 마시지는 않는다. 이전에는 불을 사용하지 않은 식욕 촉진 요리인 오르데브르를 먹고, 그 다음에 생선요리, 위에 부담이 가지 않는 가벼운 요리인 앙트레, 생선요리 순으로 식사를 했으나, 요즘은 오르데브르 혹은 앙트레는 식사 전에 위액을 분비시켜 더 맛있는 주요리를 먹기 위해 먹는 요리로 구분을 크게 두지 않는다. 주요리와 맛과 영양이 조화를 이루는 요리여야 하는 전채요리인 달팽이 요리(escargot)나 훈제연어(saumon fumé), 생굴(huîtres), 캐비어(cavier), 거위와 오리 간을 우유와 꿀에 담갔다가 만드는 요리인 프아그라(foie gras) 등으로 지방에 따라 종류가 다양하다.

주요리는 생선이나 육류, 가금류에 감자나 파스타, 야채를 곁들인 것으로 이 때 사용되는 다양한 소스는 그 음식의 맛과 질을 높여준다. 주요리의 종류로는 소갈비 구이(côte du bœuf), 새끼양 넓적다리 로스트(gigot d'agneau rôti), 적포도주에 닭과 양파, 양송이버섯 등을 넣고 찐 요리인 코코뱅(coq au vin) 등이 있다. 주요리 다음으로 치즈를 먹고 그 다음 디저트를 먹는다. 디저트로는 캐비어나 과자, 과일, 무스 등과 아이스크림이나 셔벳과 같은 소르베(sorbet), 칼바도스나 브랜디(eau-de-vie)같이 소화를 촉진시켜 주는 술인 디제스티프(digestif)나 커피 등이 있다.

치즈

프랑스인들이 '좋은 치즈로 식사를 끝내는 것이 좋은 식사(Un bon repas se termine par un bon fromage)'라고 생각해서인지 프랑스에는 현재 400여 개에 달하는 다양한 치즈가 있고 끊임없이 신제품이 나오고 있다. 이는 그만큼 치즈 수요가 많다는 것을 보여주는 것으로 프랑스 1인당 연간 치즈 소비량은 17kg이 넘을 정도라고 한다.

프랑스에 이어 벨기에, 네델란드, 이탈리아의 1인당 연간 치즈 소비량은 약 10kg이고 미국이나 캐나다는 6~7kg이다. 한국인의 치즈 소비량은 이들보다는 훨씬 적지만 최근 들어 계속 증가하고 있다. 치즈는 다양한 맛과 풍부한 영양을 함유하고 있을 뿐 아니라 우리 나라 된장과 같이 발효식품이기 때문에 건강에도 아주 좋다.

프랑스 치즈 분포도

역사적으로 보면 BC 3500년경 메소포타미아 지방에서 젖소 사육과 유가공을 나타내는 석판이 발견되었고, 그 무렵 이집트, 인도, 중앙 아시아에서도 치즈가 제조되었다고 한다.

치즈의 역사는 인류가 소를 키우기 시작한 것과 깊은 관련이 있는데, 소젖, 즉 우유를 더 오랫동안 보존하기 위해 만들어진 것이 치즈이기 때문이다. 고대 그리스에서 버드나무로 만든 바구니에 치즈를 넣어 숙성시킨 것을 포르모(formos)라고 불렀는데, 이 말이 주형에서 만들어졌다는 의미의 포르모주(formoge)로 변형되었다가 다시 오늘날과 같은 프로마주(fromage, 프랑스어로 치즈)라는 명칭으로 쓰이게 된 것은 1180년부터라지만 그리 확실한 것은 아니다.

쉐브르 (Chère)

로크포르 (Roquefort)

생 마르슬랭(Saint Marcelin)

톰 드 사부아(Tome de Savoie)

카망베르(Camenbert)

그뤼에르(Gruyère)

앞의 프랑스 지역에 따른 치즈 분포도에서 볼 수 있듯이 프랑스에서는 지방에 따라 각기 고유한 치즈를 만들어 내고 있는데, 프랑스인들이 즐겨 찾는 치즈로는 블뤼(Bleu), 카망베르(Camembert), 그뤼에르(Gruyère), 로크포르(Roquefort), 에망탈

(Emmental), 염소 치즈(Fromages de chèvre) 등이 있다. 카망베르는 노르망디 지방산으로 나폴레옹 3세가 카망베르 마을에 들렀을 때 이 치즈의 부드러운 맛에 매료되어 이것을 황제에게 바쳤던 노르망디 태생 하렐이라는 여인의 딸에게 키스를 해 주며 치즈의 이름을 그 지방 이름을 따서 카망베르라고 명한 것으로 유명하다. 흰 곰팡이를 숙성시켜 만든 둥근 모양의 카망베르 중 가장 품질이 좋은 것은 베쩨엔(Véritable Camembert de Normandie: VCN)이라고 부르는데, 이 치즈는 애석하게 포도주를 생산하지 않는 노르망디의 사과주인 시드르(Cidre)나 시드르를 증류시켜 만든 칼바도스(Calvados)와 잘 어울린다.

 ## 포도주

최근 들어 감자나 빵과 더불어 포도주의 소비량도 계속 감소세를 보이고 있는 반면 물의 소비량은 계속 증가하고 있다. 프랑코스코피 2001년 통계에 따르면 프랑스인들은 1년에 평균 121리터의 미네랄 워터를 마신다. 이러한 물 소비량은 연간 154리터를 소비하는 이탈리아 다음으로 높은 소비량이다. 미국은 연간 51리터를, 일본은 6리터의 미네랄워터 소비량을 보이고 있다. 프랑스인의 36% 정도는 맛이나 위생에 대한 두려움 등으로 수돗물을 마시지 않는다.

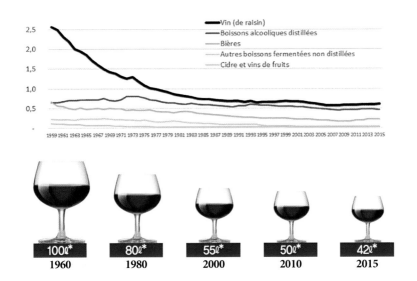

젊은이들 사이에는 이전보다 맥주를 즐겨 마시는 사람들이 늘어나고 있기는 하지만 프랑스 사람들은 이탈리아나 포루투칼과 더불어 세계 그 어느 나라보다 포도주를 많이 마시며 전세계 포도주 생산의 거의 절반 이상을 차지하고 있다. 노르망디나 브르타뉴, 로렌 등을 제외한 프랑스 전 지역에서 각양각색의 다양한 맛과 질 높은 포도주가 생산되고 있는데 이는 최적의 지형이나 토양, 일조량 등에 의한 것이라 할 수 있다. 모든 축제나 식사 때 빠지지 않는 포도주가 프랑스의 조상인 골족에게 알려지게 된 것은 기원전 1세기경 로마인에 의해서였다고 한다.

> 프랑스인들은 2000년에 1년에 1인당 55 리터를, 2015년 1인당 42 리터를 마셨다. 이전에 비해서 포도주 소비량이 많이 줄어들기는 했지만 여전히 가장 선호도가 높다.
>
> *(Francoscopie 2030)*

프랑스에서 생산되는 포도주가 세계 제일의 품종을 자랑하는 데는 최적의 토양과 기후, 지형 조건 등을 들 수 있겠지만, 그보다 오랜 세월동안 끊임없이 품종을 개발하고 포도주 제조법을 연구하는 그들의 노력과 함께 포도주 품질 등급제의 결과라고 할 수 있을 것이다. 유럽공동체는 포도의 재배장소, 품종, 재배방법, 단위 면적당 수확량, 알코올 농도별로 4가지 등급으로 프랑스산 포도주를 구분하고 있다. 1900년 초에 시작해서 1935년에 확립된 이 제도로 포도주 소비자들은 안심하고 포도주를 구입할 수가 있다.

포도주 상표 읽는 방법

'양조지 호칭 등록 포도주(Appelation d'Origine Controlée: AOC)는 포도주를 엄격한 기준으로 검열하는 기관인 INAO(Institut National des Appelation d'Origine, 국립 원산지 명칭 통제기구)에 의해 최적의 포도주로 인정받은 제1등급 포도주로 프랑스 포도주의 약 35%

가 이에 해당된다. '우수품질 제한 포도주(Vins Délimités de Qualité Supérieure: VDQS)'는 AOC보다는 한 등급 아래 등급 포도주이기는 하지만 우수한 품질의 포도주로 AOC로 등급이 올라갈 수도 있다.

이 외에도 중급 포도주인 '지방 특산 포도주(Vin de Pays)', 규제 없이 만들어지는 대중적인 포도주인 '식탁용 포도주(Vin de table)' 가 있다.

현재 유럽 여러 나라뿐 아니라 미국이나 오스트리아에서도 프랑스의 이 등급제도를 모방해서 사용하고 있다. 1963년부터 이 제도를 모방하여 사용하고 있는 이탈리아의 포도주 등급제도인 DOC (Denominazione du Origine Controllata)에는 프랑스 등급제도와 달리 숙성기간에 대한 통제도 하고 있다. 오늘날 유럽연합(EU)은 협약을 통해 VQPRD(지방산 포도주 품질 보증)이라는 기준을 도입하고 있다.

보르도(Bordeaux) : 17세기부터 세계 최고 포도주 산지로 이름 높은 보르도는 지롱드 강 하구와 가론 강 그리고 도르도뉴 강 유역을 중심으로 발달했다.

자갈밭으로 뒤덮인 땅이지만 강과 바다를 끼고 있어 포도주 제조에 적합한 보르도의 포도주 생산지는 20여 곳이 있는데, 최고급 적포도주로는 보르도(Bordeaux), 메독(Médoc), 포이악(Pauillac), 생테밀리옹(Saint-Emilion), 폼므롤(Pomerol) 등이 있다. 백포도주로 그라브 지역에서 생산되는 소테른(Sauterne)이나 바르작(Barsac) 등이 있다.

부르고뉴(Bourgogne) : 뛰어난 품질과 맛을 자랑하는 부르고뉴 포도주는 보르도 포도주와 달리 한 가지 포도주에 단일품종의 포도만을 사용한다. 프랑스 전체 포도밭 면적의 3% 정도밖에 안 되는 좁은 면적이지만 다양한 부르고뉴 지방의 지표면과 토양으로 무려 100여 개의 제품이 생산되고 있다. 최고급 적포도주로는 마콩(Mâcon), 보졸레(Beaujolais)가, 백포도주로는 샤블리(Chablis)가 있다.

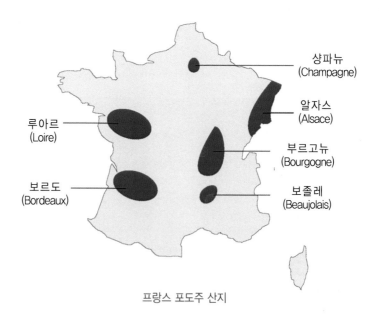

프랑스 포도주 산지

부르고뉴 포도산지 남쪽에 위치한 보졸레가 많은 사람들에게 인기를 얻게 된 것은 매년 11월 셋째 주 목요일에 출하되는 보졸레 누보(Beaujolais Nouveau) 포도 수확제 때문일 것이다. 우리 나라에도 몇 년 전부터 큰 인기를 얻고 있는 보졸레 누보는 4~5주 정도의 짧은 숙성 기간을 거쳐 생산된 포도주로 그 해 12월 전까지는 먹어야 제 맛을 느낄 수 있다.

알자스(Alsace) : 알퐁스 도데의 『마지막 수업』의 배경이 되기도 했던 알자스는 독일과 프랑스 경계지역에 위치한 탓인지 두 문화를 같이 느낄 수 있다. 프랑스 최고의 백포도주 생산지로 알려져 있는 알자스산 포도주로는 맛이 강한 게뷔르츠트라미네, 오랫동안 숙성시켜서 만드는 리슬링 등이 유명하다.

루아르(Loire) **강 유역** : 루아르 강의 물줄기는 낭트와 투렌, 앙주 등의 지역을 옥토로 만들어 주어 이 지역에 다양한 포도주 생산을 가능하게 해 주었다. 차게 해서 마셔야 신맛과 독특한 과일향을 제대로 느낄 수 있는 이 지역의 대표적인 포도주로는 앙주(Anjou)나 소뮈르(Saumur), 코토 뒤 레이옹(Coteaux du Layon), 부브레(Vouvray) 등이 있다.

| 물잔
(verre à eau) | 적포도주 잔
(verre à vin rouge) | 백포도주 잔
(verre à vin blanc) | 샴페인 잔
(flûte à champagne) |

　　포도주의 향을 더 잘 느낄 수 있기 위해서는 무엇보다도 투명한 잔을 선택해야 한다. 포도주는 물을 마시듯 한 번에 마셔버리는 것이 아니고 처음에 그 빛을 감상하고 향을 맡은 후 잔을 약하게 흔든 뒤 다시 향을 맡는다. 향이 잘 퍼져 나갈 수 있도록 잔은 넓어야 하며, 잔을 흔들 때 포도주가 넘치지 않기 위해 잔의 중간 부분이 약간 볼록하고 윗 부분은 좁아지는 것이 좋다. 그런 다음 입으로 가져가서 다시 향을 음미하며 천천히 포도주를 마시면 되는데, 이 때 입술의 촉감을 느낄 수 있기 위해 포도주 잔은 너무 투박해서는 안 된다. 또 포도주 잔의 다리는 손가락이 잔 밑동에 닿지 않을 정도로 길어야 하는데, 이는 체온으로 포도주의 온도가 변하는 것을 막기 위함이다.

　　육류요리와 잘 어울리는 적포도주(vin rouge)는 14~18도 사이, 생선요리와 잘 어울리는 백포도주(vin blanc)나 로제와인이라 불리는 로제와인(vin rosé)는 8~10도 사이에 마시는 것이 가장 적당하다. 하지만 고급 백포도주인 경우는 12~14도 사이에 가장 좋은 맛을 내는 것도 있다. 적당한 온도에서 가장 좋은 향과 맛을 내기 때문에 포도주는 샴페인처럼 얼음을 넣어 마시지 않는다.

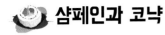 샴페인과 코냑

축하용 술로 흔히 사용되는 샴페인은 프랑스 샹파뉴 지방에서 생산되는 발포성 포도주로 품질이 좋은 브뤼트(brut), 단맛이 없는 섹(sec), 약간의 단맛이 있어 디저트용으로 사용되는 드미 섹(demi-sec), 달콤한 두(doux)로 구분된다. 샴페인은 마실 때 김이 너무 빠져나가지 않도록 목이 긴 잔에 따라 마시는 것이 좋다. 온도는 보통 6~10도 정도로 시원하게 해서 마시는 것이 좋으나 냉장고에 오래 두거나 얼음을 넣으면 샴페인의 제 맛을 느낄 수 없다. 가장 좋은 방법은 얼음을 채운 통에 20~30분 정도 샴페인 병을 담가두었다가 마시는 것이다.

코냑은 코냑 지방을 중심으로 그 부근 지역에서 생산되는 포도주를 증류해서 만든 브랜디의 일종으로 많은 사람들의 사랑을 받고 있는 술 중의 하나이다. 16세기 이후 제조되기 시작한 코냑은 오랫동안 저장해도 맛과 향이 그대로 유지되는 술로 100년이 넘은 코냑도 있다. 코냑은 별의 수로 그 품질의 우수성을 나타내는데 2~3년 된 코냑에는 별 1개가 붙고 15년 이상 된 술에는 별 5개가 붙는다. 유명한 코냑으로는 나폴레옹, 헤네시 등이 있다.

🍥 빵의 종류

포도주, 치즈와 함께 프랑스 식탁에서 빠져서는 안 되는 것이 있다면 그것은 빵일 것이다. 축제 때도 빵은 특별요리만

58%의 프랑스인들은 손을 사용해서 빵을 먹는 것을 좋아한다.

큼 큰 비중을 차지하고 있는데 프랑스 사람들은 주현절에는 갈레트를, 성촉절에는 크레프를, 크리스마스에는 장작 모양 케이크인 부쉬 드 노엘(Bûches de Noël)을 먹는다.

프랑스 사람들에게 가장 많은 사랑을 받는 빵은 아마도 바게트(baguette)일 것이다. 프랑스에 가 본 사람이라면 누구나 거리에서 바게트를 겨드랑이에 끼고 여유롭게 지나가는 사람이나 아침 일찍 갓 구운 바게트를 사기 위해 빵가게(boulangerie)에 줄을 선 사람들을 본 적이 있을 것이다. 요즘에는 바게트를 칼로 잘라먹는 사람들이 간

혹 있기는 하지만 대부분 프랑스인들은 포도주는 예수님의 피이고 바게트는 예수님의 살이라 생각하기 때문에 칼을 대지 않고 손으로 뜯어 먹는다.

　바게트만큼이나 유명한 프랑스 빵으로 크루아쌍(croissant)이 있다. 이 빵은 터키 침공을 신고한 한 부다페스트의 제과사의 공로를 기념하기 위해 터키 깃발에 새겨진 초승달을 본떠 만들기 시작한 것으로 프랑스 고유의 빵은 아니지만 지금은 프랑스인들의 아침 식사에 빼놓을 수 없는 빵이 되었다.

바게트(baguette)　　　뺑 오 레쟁 (pain au raisin)　　　뺑 오 쇼콜라
(pain au chocolat)

크루아쌍 (croissant)　　　팔미에 (palmier)　　　브리오슈 (brioche)

밀퓨유(mille feuilles)　　　갈레트(galette)　　　를리지예즈(religieuse)

　이 이외에도 바게트보다 조금 작은 피셀(ficelle), 초콜릿이 빵 사이에 들어간 뺑 오 쇼콜라(pain au chocolat), 건포도가 빵 사이

에 들어간 빵 오 레쟁(pain au raisin), 둥글둥글한 모양의 브리오쉬(brioche), 시골빵(pain de campagne), 에클레르(éclair), 비스코트(biscotte) 등이 있다. 빵의 소비가 점점 줄어들고 있기는 하지만 그래도 프랑스 내에 빵집은 아직도 무려 35,000여 개에 달한다. 우리 나라에서도 포숑(Fauchon)이나 르 노트르(Le Nôtre)는 큰 인기를 얻고 있다.

🍰 지방별 특수요리

프랑스는 지역에 따라 특색 있는 요리가 발달했는데, 이는 지역에 따라 다양한 기후와 토양, 그리고 인접국가의 영향 등에 의한 것이라고 볼 수 있다.

달팽이 요리(Escargot) : 부르고뉴 특산의 달팽이를 익힌 것에 마늘과 파슬리, 버터를 넣어 오븐에 구운 요리이다. 백포도주와 잘 어울리며 달팽이에서 나오는 점액의 노화방지 효과가 입증된 후 더욱 프랑스인들의 사랑을 받는 요리 중 하나이다.

달팽이 요리

크레프

크레프(Crêpe) : 밀가루, 계란, 우유를 섞어 얇게 부쳐 그 안에 그 지방에서 나는 각종 해물을 싸서 먹는 브르타뉴의 전통 요리로 사과

주인 시드르와 잘 어울리며 해물 이외에도 초콜릿이나 여러 종류
의 잼을 발라먹기도 한다.

슈크루트(Choucroute) : 독일과 인접해 돼지고기 요리가 발달
한 알자스의 전통 요리로 돼지고기와 소시
지, 감자와 식초에 절인 잘게 썬 양배추
를 섞어 익힌 요리이다.

슈크루트

풍뒤

풍뒤(Fondue) : 사부아 지방의 전통 요
리로 버찌술과 마늘을 넣은 치즈를 녹
여 네모로 작게 자른 빵이나 감자를 찍어
먹는 요리이다. 식사 내내 풍뒤용 용기
에 들은 치즈를 약간 불에 데우면서 긴 포
크를 사용하는 것도 이 요리를 먹는 또 하나
의 즐거움이라 할 수 있는데, 여기서 '풍뒤(Fondue)'는 불어의
'fondre(녹이다)'에서 나온 말이다.

부이야베스(좌)와 코코뱅(우)

부이야베스(Bouillabaisse) : 항구도시인 마르세유에서 잡은 생선으로 만든 일종의 모듬 남비식 해물잡탕 수프 요리이다.

카술레(Cassoulet) : 툴루즈 지방의 전통 요리로 오리, 거위, 소시지 혹은 양고기에 흰 콩과 토마토 등을 넣고 푹 익힌 스튜요리이다.

 ## 레스토랑의 종류

토요일 오후가 되면 프랑스인들은 가족들과 혹은 연인, 친구들과 차나 저녁을 먹으면서 시간을 보내는 것을 좋아한다. 프랑스

의 식당은 무척이나 다양한데 고급스러운 레스토랑에서부터 브라쓰리, 비스트로, 카페, 바 등이 있다. 이런 식당에 들어가지 않고 거리나 공원에서 프랑스인들은 크레프나 파니니, 샌드위치 등을 먹으며 시간을 보내기도 한다.

프랑스 레스토랑(restaurant)의 기원이 귀족들이 중세 몰락 후 궁중 요리를 일반인에게 내다 팔면서 시작된 것이어서 그런지 프랑스 레스토랑하면 고풍스러움과 고급스러움이 느껴진다. 예약을 하

메뉴판

지 않으면 들어갈 수 없는 고급 레스토랑이 프랑스에는 즐비하지
만 대중적인 레스토랑도 찾아보면 꽤 많이 있다. 레스토랑에서
는 우리 나라 정식에 해당되는 가격이 정해진 요리가 므뉘(menu)
이고 우리가 알고 있는 메뉴판은 까르뜨(carte)라는 것과, 프랑스 식
당들은 대부분 점심시간과 저녁시간 이외에는 영업을 하지 않는다
는 것을 알아두면 편리하다. 식사를 마친 후에는 계산대에 가서 계산
을 하지 않고 웨이터에게 계산서를 갖다 달라고 하면 된다.

'계산서 갖다 주세요'는 불어로 'La note, s'il vous plaît(라 노뜨 씰
부 쁠레)' 혹은 'L'addition, s.v.p.(라디씨옹 씰 부 쁠레)'이고, 웨이터
는 'garçon(갸르쏭)'이다. 보통 식사를 할 때 프랑스인들은 돈을 지
불해야 하는 에비앙(Evian) 같은 미네랄 워터를 주문하기도 하지만,
60% 정도는 수돗물을 마신다. 물론 가격은 무료인데, 식당에서 물을
달라고 할 때는 'Une Carafe d'eau, s.v.p.(윈 까라프도 씰 부 쁠레)'라
고 하면 된다. 팁(pourboire)은 식사요금에 포함되어 있기 때문에 의
무적으로 낼 필요는 없지만 식당에서 나올 때는 계산서를 놓았던 접
시에 약간의 팁을 함께 두고 나오는 것도 좋을 듯싶다.

레스토랑(Restaurant traditionnel) : 프랑스 음식을 순서에 따
라 먹을 수 있는 곳
으로, 유명한 곳
은 예약이 필수이
고, 점심과 저녁시
간에만 영업한다.

카페 되 마고 모습

카페(café) : 1672년 생 제르맹에 파스칼이란 카페가 생긴 이후로 카페는 많은 문인들과 예술가, 철학자뿐 아니라 프랑스인들의 만남의 장소이자 토론의 장소이다. 카페에서는 실내석(salle)보다는 테라스 요금이 비싼데 이는 그만큼 웨이터가 서비스를 더 해야되기 때문이다. 서서 마시는 경우는 가장 싸지만 최근 들어서는 가격을 통일한 카페도 많다.

최초의 카페 프로코프

파리에서 가장 오래된 카페는 1968년 프로코피오(Francesco Procopio)라는 이탈리아인에 의해 문을 연 프로코프 카페(13 rue de l'Ancienne Comédie)이다. 유명한 카페는 사르트르나 시몬느 드 보부아르가 자주 드나들었다는 생 제르맹 데 프레 성당 앞에 있는 되 마고(Les Deux Magots)나 플로르(Flore), 피카소나 샤갈 등이 자주 드나들었다는 라 로똥드(La Rotonde) 등이 있다.

이전과 같이 지금도 카페에서는 철학과 문학, 예술이 살아숨쉬고 있으며 그들의 토론의 장으로 아직도 프랑스의 상징적인 한 부분으로 엑스프레스의 짙은 커피향과 함께 프랑스의 향을 한층 더해주고 있다.

비스트로(bistrot) : 보통 술과 음료수를 마시는 대중적인 식당으로 간단한 식사를 할 수도 있다.

브라쓰리(brasserie) : 비스트로 보다 더 대중적인 맥주집이지만, 이곳에서는 다른 음료도 함께 주문할 수 있다. 브라쓰리는 원래 맥주를 만드는 공장이었으나, 1850년부터 맥주를 소비하는 장소를 일컫게 되었는데 독일과 인접한 알자스 지방에 1870년 처음으로 생겨났다.

바(bar) : 대중술집으로 정해진 시간에만 문을 여는 레스토랑과 달리 이 곳에서는 하루종일 주류와 함께 오믈렛, 햄 샌드위치에 치즈를 얹어 구운 크로크 무슈(croque monsieur)나 이것 위에 삶은 달걀을 얹은 크로크 마담(croque madame), 크레프 등과 같은 간단한 식사를 할 수 있다.

카페테리아(cafeteria) : 회사 구내나 대학교, 고속도로 등에 있는 간이매점이다.

살롱 드 떼(salon de thé) : 카페보다 운치 있고 고급스러운 찻집으로, 차나 음료수뿐 아니라 맥주나 칵테일처럼 가벼운 술도 파는 카페와 달리 이 곳에서는 술을 팔지 않는다.

패스트푸드점(restaurant rapide) : 맥도날드나 퀵 같은 패스트 푸드점은 가격과 편리함으로 최근 많은 프랑스 젊은이들의 사랑을 받고 있다.

구내식당(cantine) : 회사나 학교, 군대 등 단체가 먹을 수 있는 식당으로, 이탈리아어 cantina에서 나온 말이다.

대학식당(restaurant universitaire) : 가격이 저렴한 프랑스 대학 식당으로 셀프서비스이다. 티켓은 학생협회(CROUS) 혹은 학교에서 10장 묶음으로 판매하고 있는데, 음식은 그리 훌륭하지 않지만 가격이 저렴해서 많은 학생들이 이용한다. 학생증만 제출하면 이 티켓을 구입할 수 있다.

축제

03 축제

프랑스 달력에는 1월 1일부터 12월 31일에 이르기까지 1959년 베네딕트회가 제정한 성인의 이름이 붙여져 있고, 국민 모두가 함께 즐기는 국경일 외에도 날짜별로 직업에 따라 정해진 축일이 있다. 예를 들어 성 크리스토프(Saint Christophe, 7월 30일)날은 자동차 운전자, 성 허버트(Saint Hubert, 11월 3일)날은 사냥꾼, 성녀 바르브(Sainte Barbe, 12월 4일)날은 소방수나 광부의 수호성녀 축일이다. 프랑스에서는 일요일을 제외한 법정 공휴일이 11개가 있는데, 대부분은 날짜가 고정되어 있지만 유동적인 것도 있다.

◆ 프랑스 법정 공휴일

신정(1월 1일)   부활절 월요일(유동적)

노동절(5월 1일)   2차대전 승리 기념일(5월 8일)

예수승천축일(유동적)   성령 강림축일 월요일(유동적)

프랑스 혁명 기념일(7월 14일)   성모 마리아 승천축일(8월 15일)

만성절(11월 1일)   1차대전 휴전 기념일(11월 11일)

성탄절(12월 25일)

1월

신 정(Jour de l'an)

1월 1일. 한 해를 시작하는 첫 날. 흩어졌던 가족이나 친구들이 한자리에 모여 새로 맞는 한 해의 번영과 건강을 서로 기원하는 날로서, 음식은 각 지방마다 특색 있는 요리를 나누어 먹는다. 이날이나 연말에 주고받는 선물을 프랑스어로는 에트렌느(Etrennes)라고 하는데, 가족 사이에서 뿐만 아니라 수위나 우체부, 소방수, 상점 고객들에게 작은 선물이나 돈을 선물하여 고마움을 표시하기도 한다.

주현절(Epiphanie)

새해 첫 일요일인 이 날은 동방박사가 아기 예수를 찬양한 날을 기념하는 축일로 '왕의 축일(Fête de Rois)'이라 부르기도 한다. 이 날 포도주나 샴페인과 함께 먹는 갈레트나 브리오쉬에서 작은 도자기 인형, 잠두(fève)를 찾아내는 사람이 바로 그 날의 왕 혹은 여왕이 된다.

갈레트

잠두는 재료와 모양이 가지각색이다. 이 날 왕을 뽑는 놀이는 루이 14세 때부터 시작된 관습으로서 가정이나 사무실, 학교 등 여러 곳에서 행해진다. 프랑스 사람들은 이날 잠두를 발견한 사람에게 1년 내내 행운이 찾아온다고 믿기도 하여, 이날에는 빵집마다 갈레트와 왕관을 진열하고서 사람들을 맞는다.

2월

성촉절(Chandeleur)

크레프

한 해의 가장 추운 달이 끝남을 기리는 2월 2일 성촉절은 그리스도 봉헌축일 및 성모의 취결례를 기리는 축제일로 촛불의 축제(라틴어로는 festum candelorum)란 의미를 지니고 있다. 이 날은 번개나 홍수로부터 집을 보호하기 위해 집 안 이곳저곳에 촛불을 밝혀 놓고, 크레프나 갈레트를 만들어 먹는다. 관습에 따르면 이 날 크레프를 뒤집을 때는 부엌의 연장을 사용하는 대신, 프라이팬을 높이 들어 크레프를 공중에서 뒤집어야 하고, 부자가 되기 위해서는 한 손에 금덩어리나 동전을 든 채-금반지라도-다른 한 손으로 크레프를 뒤집어야 한다나…. 크레프는 태양과 행복, 번영의 상징이란다.

발렌타인 데이 (Saint Valentin)

2월 14일은 연인들의 축제인 발렌타인 데이. 이 축제는 14세기경부터 영국에서 시작되었다. 새들의 짝짓기가 왕성한 이 시기가 젊은 남녀간에도 사

랑을 고백하기 적절한 시기라 여겼던 영국인들의 관습이 프랑스로 전해진 것은 샤를 도르(Charles d'or)라는 시인에 의해서이다. 이 시인은 영국에서 25년간의 감옥생활을 마친 후 프랑스로 건너가 이 아름다운 관습을 전했다고 한다.

참회 화요일(Mardi Gras)

부활절 47일 전 화요일. 가톨릭 신자들이 단식을 하는 사순절(Carême) 전날로서, 사육제의 마지막 날이기도 한 이날, 사람들은 가장무도회에서 멋진 모습으로 분장을 하고 즐겁게 지낸다. '기름진' 이란 뜻을 가진 '그라(Gras)'는 고기라는 의미로 참회화요일은 육식을 즐길수 있는 날이다.

니스의 카니발이나 망통의 레몬 축제가 가장 유명한데, 망통의 레몬축제에는 축제 때 130톤에 달하는 레몬이 소요된다고 한다. 망통의 레몬축제에는 매년 주제를 정해서 그 해의 인물을 만드

는데 68회를 맞은 2001년 (2001년 2월 8일~2월 27일)에는 샤를 페로의 이야기에 나오는 주인공을 모티브로 삼아서 성대하게 레몬 축제를 벌였다. 『빨간모자』, 『장화신은 고양이』, 『푸른 수염』등으로 유명한 샤를 페로

샤를 페로 주제로
열린 레몬 축제
카달로그(좌)와
망통의 레몬축제 모습(우)

(Charles Perrault, 1628~1703)는 듣는 동화를 읽는 동화로 옛이야기의 수준을 한 차원 끌어올려 프랑스 아동문학의 새로운 장을 열어 준 동화작가이다.

4월

만우절 (Poisson d'avril)

프랑스에서는 1564년까지 한 해의 시작이 4월 1일이었다. 샤를 9세 때 새로운 달력이 생겨나고 이때부터 1월 1일이 새해 초가 되었다. 1565년의 1월 1일, 프랑스인들은 희망찬 한 해를 기원하고 선물을 주고받으며 새해를 맞이하였다. 그런데 정작 4월 1일이 되자 사람들은 여전히 예전의 습관이 남아 있어서 그냥 조용히 지내기에는 허전한 생각이 들었다. 그래서 선물을 준비하되 정말 값진 선물이 아닌 웃음을 자아내는 가짜 선물을 주고받게 되었다. 이로부터 4월 1일에는 어른이나 아이들이 농담과 장난을 하게 되었고 오늘날에는 물고기 모양의 초콜릿을 주고받기도 한다. 이날 프랑스의 언론매체들은 거짓정보를 제공하기조차 한단다.

◆ **만우절과 물고기와의 관계?**

프랑스에서는 4월이 물고기들의 산란기로서 이 시기에는 낚시가 금지되었다.

사람들은 낚시꾼들을 놀리기 위해 강물에 청어를 집어던지며 '4월의 물고기 (poisson d'avril)!'라고 외쳤다고 한다. 오늘날은 강에 청어를 던지는 대신 종이로 만든 생선을 사람의 등에 붙이고 이곳 저곳을 다니게 하여 웃음거리가 되게 하고 있다.

부활절(Les Pâques)

　부활절은 예수의 부활을 기리는 종교 축제일. 3월 25일에서 4월 22일 사이로 날짜는 유동적이다. 프랑스에서는 부활절 전날 집의 곳곳에 둥지를 만들어 예쁜 색으로 칠한 달걀을 숨겨놓고, 다음날 어린이들이 이를 찾아내는 놀이를 하기도 한다. 달걀은 새로운 생명의 탄생을 의미한다.

　부활절의 상징으로 토끼가 등장하는 이유는 토끼가 봄에 사랑을 나누는 동물이고-부활절은 나라에 따라 봄의 도래를 축하하는 축제일이기도 하다-다산의 동물로서 풍요의 상징을 갖는다. 또한 예수가 토끼로 상징되기도 하는데, 귀를 쫑긋 세운 채 신의 말을 귀기울여 듣고 실천한다는 의미에서 그렇다고 한다.

　오늘날은 빵집과 과자점의 진열장에서 사람들의 구미를 당기는 초콜릿으로 만든 달걀과 종, 병아리 등을 쉽게 발견할 수 있다.

　프랑스에서 축제는 프랑스인들 중 3/4 정도를 차지하는 제1 종교인 가톨릭과 깊은 관련을 가지고 있다. 프랑스의 제2 종교는 이슬람교다. 신교도의 수는 전체 프랑스인의 5% 정도에 불과하지만 영향력을 행사하고 있으며, 불교는 많은 사람들의 관심 속에 계속 증가추세를 보이고 있다.

5월

노동절 (Jour de Travail) : 5월 1일

1947년 유급휴가로 제정된 이 날은 1884년 시카고의 노동조합 (Trades Unions) 제4차 의회에 기원을 두고 있으며, 1885년 노동자들을 위한 날로 파리 국제 사회주의자 의회에 의해 채택되었다.

이 날에는 일 드 프랑스의 꽃인 은방울꽃(muguet)을 사랑하는 이에게 주는 풍습을 가지고 있는데, 은방울꽃이 행복을 가져다 주는 꽃이기 때문이다. 이 날 하루만은 프랑스에서 은방울꽃을 꺾는 것이 허용된다나….

은방울 꽃

2차대전 승리 기념일(Armistice de 1945)

매년 5월 8일은 1945년 전쟁의 승리와 제2차 세계대전의 종식을 기념하는 날이다.

잔다르크 축일(Fête de Jeanne d'Arc)

5월의 두 번째 일요일. 오를레앙전을 승리로 이끈 프랑스의 영웅 잔다르크를 기념하는 날로, 이날에는 잔다르크로 분장한 한 소녀가 행렬을 이끄는데, 오를레앙 지방 축제가 가장 유명하다.

5월 파리 마라톤 대회(Marathon de Paris)

파리 시내를 횡단하는 대회로, 누구나 참가할 수 있다.

칸느 영화제(Festival de Cannes)

남부 지중해 해안 칸느에서 매년 5월에 행해지고 있는 국제 영화제로 제1회 칸느영화제는 1946년 개최되었다. 이 영화제의 최고 영예는 황금종려상(Prix de la palme d'or) 수상작품에 돌아간다.

아비뇽 축제(Festival d'Avignon)

1947년 장 빌라르(Jean Vilar)에 의해 시작된 야외 연극제로 7월 중순부터 2주간 열린다. 이 도시에 있는 생 베네제(Saint Bénézet) 다리는 〈아비뇽 다리 위에서 (Sur le pont d'Avignon)〉로 우리에게 잘 알려진 다리이기도 하다. 국악공연이

나 한국 전통 무용뿐 아니라 산울림 소극장의 〈고도를 기다리며, (En attendant Godot)〉 등 우리 나라 연극이나 공연이 이 연극제에서 공연되기도 했다.

어머니의 날 (Fêtes des mères)

5월 네 번째 일요일. 로마에서는 이미 6세기에 있었던 어머니 날이 프랑스에서는 1806년 나폴레옹 1세에 의해 생겼지만, 1929년이 되어서야 공식적인 날이 되었으며 제2차 세계대전 이후에 비로소 많은 사람들에게 알려지게 되었다. 이어 1950년 이 축제는 법률로 제정되었다.

아버지의 날(Fêtes des pères)은 그 후 1952년에 제정되었다. 최근에는 발렌타인데이나 성탄절처럼 너무 상업화되어서 5월 초부터 백화점이나 상점의 진열장에는 이 날을 겨냥한 많은 상품들을 볼 수 있다.

카페 웨이터 달리기대회(Course des serveurs et serveuses de café)

카페의 웨이터와 웨이트리스들이 시청 앞에서 바스티유 광장에 이르기까지 쟁반에 병을 올려놓고 달리기 시합을 벌인다.

6월

음악축제(Fête de la musique)

매년 6월 21일이 되면 프랑스는 전국이 하나의 커다란 음악 공연장이 된다. 대도시에서나 작은 마을에서나 음악가들은 거리

로 나와 노래를 하고 음악연주를 한
다. 광장이나 아파트 건물 앞 개
인 주택과 공원 벤치, 전철역 안까
지도 온통 오케스트라와 가수들로 가
득 찬다. 여기서는 베토벤의 〈운명교향
곡〉을, 찻길 건너서는 재즈음악에 로큰
롤, 랩에 이르기까지 주변국가의 외
국인들도 참여하는 이 축제는 이
제 세계적 축제로 더욱 많은 참여자

음악축제 모습

들의 관심을 모으고 있다. 프로 가수가 아니어도 이날은 어느 곳
에서나 마음껏 노래하고 연주하며 대중 앞에서 가수의 꿈을 펼쳐
본다.

프랑스의 음악축제는 1982년 당시 프랑스의 문화부장관인 자
크 랑(Jack Lang)에 의해 처음으로 시작되었는데, 이 날은 샹제리
제 거리, 에펠탑 꼭대기, 몽파르나스 역 광장 등 어디서든 음악을 감
상할 수 있다. 이날 프랑스 국철인 에센쎄에프(SNCF)는 특별 할인권
을 발매하기도 한다. 6월 21일은 유럽에서 여름이 시작되어 해가 가
장 긴 날로서 축제를 열기에 안성맞춤인 날이기도 하다.

아버지의 날(Fête des pères)

6월 세 번째 일요일로 어머니의 날이 1950년 법률로 제정된 2년
후인 1952년에 아버지 날이 제정되었다.

7월

투르 드 프랑스 (Tour de France)

매년 7월 초에 시작하여 20여 일 간 벌어지는 프랑스 일주 자전거 경주 대회로 전 프랑스인들을 열광시키는 가장 잘 알려진 스포츠 경기 중의 하나이

투르 드 프랑스

다. 1903년에는 6개 구간이었으나 현재는 20여 구간으로 늘어났는데, 매 구간마다 승자는 마이요 존느 (maillot jaune)라는 노란 셔츠를 받게 된다. 거리는 약 3,000km 정도로 종착지인 샹제리제 거리에서는 이 경기 승자와 함께 대대적인 축제행사가 벌어진다.

프랑스 혁명 기념일(Fête Nationale, Le 14 juillet)

1789년 7월 14일 바스티유 점령을 기념하는 축일로 건물이나 버스에서는 삼색 프랑스 국기가 휘날리고, 파리의 샹제리제 거리에서는 대통령이 보는 앞에서 군대가 사열을 한다.

저녁이 되면 사람들은 거리나 야외 광장에 나와 춤을 추며, 불꽃놀이를 즐긴다.

프로방스 여름 음악축제

밤이 되면 햇살 대신 선율이 자연을 벗해 전 유럽과 세계의 음악 팬들을 끌어들이는 역할을 톡톡히 하고 있는 엑상 프로방스(매년 7월 6~10일경), 오랑주(7월 4~30일경) 등에서 펼쳐지는 여름 음악축제이다.

프랑스혁명 기념일

 8월

성모 마리아 승천축일 (L'Ascention)

8월 15일. 미사와 행렬로 성모 마리아를 기념하는 이 날은 바캉스를 끝낸 사람들과 막바지 바캉스를 떠나는 사람들로 교통체증이 심한 날로도 유명하다.

10월

가을 살롱전(Le Salon d'automne)

10월 말부터 3주 동안 그랑팔레에서 열리는 국제 회화전.

11월

만성절(Toussaint)

11월 1일. 1802년부터 공휴일로 지정된 모든 성인을 추모하는 날. 그 다음 날인 11월 2일은 모든 죽은 자들을 기리는 날로, 프랑스 사람들은 국화꽃을 가지고서 묘지를 찾는다.

만성절

1차대전 휴전 기념일(Armistice de 1914)

11월 11일. 1918년 제1차 세계대전 종전 기념일. 사람들은 전쟁으로 인한 희생자들을 추모하며, 이 날 대통령은 개선문 무명용사의 묘지에 꽃다발을 바친다.

포도 따기(Vendange)

프랑스 각 지역의 포도밭은 9월 말에서 10월 초가 되면 젊은 대학생들로 가득 찬다. 학기가 시작되기 전 방학을 이용하여 적은 돈이지만 용돈도 벌고, 힘들고 고달픈 육체 노동이지만 자연 속에서 농부의 마음을 느껴볼 수 있기에 해 볼 만한 일이다.

몽마르트르 포도 수확제(Vendange de Montmartre)
예술가들의 체취가 느껴지는 몽마르트르에 남아 있는 포도밭에서 행해지는 포도 수확제.

보졸레 누보 시음일(Beaujolais Nouveau est arrivée)

보졸레 누보(Beaujolais Nouveau est arrivée, 새 보졸레 포도주가 나왔다는 의미)란 프랑스 남부 부르고뉴의 보졸레에서 그 해 8, 9월에 수확한 포도로 일주일 정도 발효시킨 후 4~5주 간의 짧은 숙성 기간을 거쳐 만든 포도주이다. '누보'는 새로운 이라는 뜻의 프랑스어이다. 그 해의 첫 포도주라는 데 의미가 있으며, 매년 11월 셋째 주 목요일 0시에 전세계적으로 출시된다. 보졸레 누보의 유래는 제2차 세계대전 직후, 포도주에 굶주린 보졸레 지방 사람들이 그 해에 생산된 포도로 즉석에서 포도주를 만든 데서 시작되었다.

영광의 3일(Trois Glorieuses)

부르고뉴 지방의 포도 수확제.

성 카트린느(Sainte Catherine) 축일

11월 25일. 4세기경 이교도들에 의해 비극적인 최후를 맞은 카트린느를 기리는 축일. 이 날 무도회에서 25세 이상의 미혼 여성들은 우스꽝스런 헝겊모자를 쓰고서 이 날을 즐긴다.

12월

크리스마스 (Noël)

12월 25일. 프랑스에서의 크리스마스는 가족간의 축제이다. 집안은 트리로 장식되고 트리 주위에는 선물이 놓이며, 선물을 받고자 하는 아이들의 양말이 벽난로 옆에 걸리기도 한다. 신자들은 저녁미사를 드리고 나서 가족과 함께 식사를 한다. 이날의 전통 음식으로는 거위 간 요리인 푸아그라와 굴, 칠면조 요리 등이 있으며 뷔쉬드 노엘(bûche de Noël)이라고 하는 장작 모양의 케이크도 먹는다. 뷔쉬란 불어로 '장작'이란 뜻이다.

전나무(Sapin)

11세기경 종교 연극무대에 등장한 빨간 사과로 장식된 전나무는 천국의 나무를 의미하였으며, 15세기경에는 신자들이 12월 24일에 아담과 이브의 축제날을 기리기 위해, 전나무를 집으로 가져와 심기 시작하였다고 한다. 그러나 일반적으로 알려진 첫 번째 크리스마스 트리는 1521년 알자스 지방에서 시작된 것으로, 이것이 엘렌 드 멕크렘부르그(Hélène de Mecklembourg) 공주가 오르레앙(Orléan) 공작과 결혼하면서 프랑스 파리로 도입되었고, 18세기에는 크리스마스 날이 되면 전나무에 치장을 하는 것이 프랑스나 독일 등 유럽지역에서 대유행 되었다고 한다.

프랑스에서는 산타할아버지(Père Noël)가 존재한다!

12월 중에 산타할아버지에게 편지를 보내는 사람을 누구나 어김없이 답장을 받을 수 있다. 이 기간동안 프랑스 우체국에서는 산타할아버지가 받은 편지에 답장을 해주는 서비스를 해주고 있기 때문이다.

송년회(St. Sylvestre)

12월 31일은 성인 실베스터의 축제날이다. 프랑스인들은 레베이용(réveillon)이라는 밤참을 준비하고, 0시가 되면 새로운 멋진 한 해를 맞이하기를 서로 입맞추며 기원해 준다. 거리에서는 옆에 있는 잘 모르는 사람과도 키스를 하고 신년을 서로 축하한다.

전통적으로는 겨우살이(gui) 나무 아래서 입맞춤을 하면 행운이 온다고 믿었다는데, 옛 프랑스인들에게 이 나무는 환자를 고쳐주고 독성과 나쁜 마법으로부터 사람을 보호해 주는 신성한 나무로 여겨졌다고 한다.

Joyeux Noël!
쥬아이외 노엘!(성탄 인사)

Bonne Année!
보나네!(새해 인사)

일 상 생 활

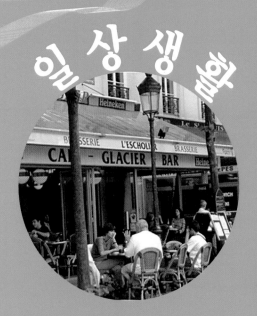

04 일상생활

 ## 인사

   프랑스에서는 엘리베이터를 기다리면서, 혹은 엘리베이터 안에서, 처음 보는 사람들끼리도 웃으며 '안녕하세요 (Bonjour, 봉쥬르)'라는 가벼운 인사를 주고받는다. 동네의 작은 카페나 비스트로(bistrot)에 들어서면서, '안녕하세요, 여러분!(bonjour messieurs, dames!, 봉쥬르 메씨유, 담!)'이라고 인사를 하는 손님도 종종 볼 수 있는데, 카페 안에 이미 있던 사람들은 들어오는 손님의 인사에 거의 반응을 하지 않는다.

   프랑스어의 인사는 시간에 따라 다양한데, 만나서 하는 인사로 아침부터 저녁 이전까지는 봉쥬르(Bonjour), 저녁에는 봉스와(Bonsoir), 잠잘 때는 본뉘(Bonne nuit), 헤어질 때는 오 흐브와(Au revoir), 아 비엥또(A bientôt) 정도를 사용한다.

악수는 전세계에 가장 널리 퍼져 있는 인사방법으로 프랑스도 예외는 아니어서, 처음 만난 경우나 잘 모르는 사이의 사람들끼리나 직업상의 문제로 공식적인 만남을 갖는 사람들끼리는 주로 악수를 하며, 악수를 청할 때에는 대개 여자가 남자에게, 손 윗사람이 손 아랫사람에게, 고위직 사람이 하위직 사람에게 청한다.

비즈

1954년 아쉐트(Hachette) 출판사에서 출판된 피에르 다니노스(Pierre Daninos)의 『톰슨 대령의 수첩』이란 책에서는 프랑스를 '악수의 나라'로 명명하고 있다.

가족과 친척 사이에는 통상적으로 볼에 입을 맞추며 인사를 하는데, 이를 비즈(bise) 혹은 비주(bisou)라 한다. 가족간이나 친척간이 아니더라도 여자친구들끼리나 남녀 친구 사이 그리고 어른은 아이의 볼에 입을 맞추어 인사하는데, 입 맞추는 횟수는 두 번, 세 번, 네 번 등 지방에 따라 다르다. 여자 친구들끼리는 비즈를 하는 반면, 남자 친구들끼리는 일반적으로 악수를 한다.

자신의 감정표현이 확실하고 강한 프랑스 사람들이라 해도 상대방의 칭찬을 처음부터 당연한 것으로 받아들이지는 않는다. 한두 번은 칭찬에 대해 부인을 하고 난 후 고맙다고 말하는 것이 예의 바른 그들의 의사소통 방법이다. 예를 들어,

그 원피스가 참 잘 어울리시네요!
(Comme cette robe vous va bien!)

맞아요, 참 잘 어울리지요. 고마워요.
(Oui, elle me va très bien. Merci.)

라는 대화는 칭찬에 대한 적절한 인사법이 아니다.

그 원피스가 참 잘 어울리시네요!
(Comme cette robe vous va bien!)

그렇게 생각하세요? 아이, 별로인데요.
(Vous trouvez! Ça ne fait pas trop….)

아니에요! 그렇게 입으시니까 정말 좋은데요.
(Ah non! Vous êtes trés bien comme Ça.)

정말이요!
(Vraiement!)

네, 정말 멋지세요.
(Oui, je vous assure, vous êtes très bien.)

아, 기분 좋은데요!
(Ah, Ça me fait plaisir !)

이와 같이 상대방의 칭찬을 한두 번 부인한 후에 받아들이고 고맙다고 인사한다. 그러나 음료나 음식의 제안에 대해서는 곧바로 의사표시를 한다. 음식물의 제공 제안에 대해 세 번 정도 거절하고 받아들이라고 하는 우리의 전통과는 사뭇 다르다.

커피 한 잔 드릴까요?
(Je vous offre un café?)

예, 한 잔 마시고 싶어요.
(Oui, je veux bien.)

우리의 전통을 프랑스 사람과의 사교에 적용할 경우, 많은 한국인들이 배 고프고 목 마르게 프랑스 생활을 보내게 될 것이다.

정보와 의사소통

전화

프랑스 전화번호는 10개의 숫자로 되어 있다. 일반 전화를 걸기 위해서는 지역번호를 누른 후 상대방의 번호를 눌러야 한다. 프랑스의 지역번호는 파리 01을 중심으로 북서쪽은 02, 북동쪽은 03, 남서쪽은 04, 남동쪽은 05이다. 휴대폰 번호는 06으로 시작한다.

전화 지역번호

파리에서 파리 시내로 일반전화에 전화할 경우, 01의 파리 지역번호를 누른 후 상대방의 전화번호를 누른다. 프랑스의 전화번호는 두 자리씩 끊어 읽는데, 예를 들어 01-11-54-67-92는 제로 엥-옹즈-쌩껑꺄트르-쓰와썽트셋-꺄트르벵두즈로 읽는다.

프랑스에서 외국으로 전화를 걸기 위해서는 00(프랑스 국제

전화 호출번호)+해당국 번호+지역번호(맨 앞의 0번은 뺀다)+해당 전화번호순으로 누른다. 예를 들어 파리에서 한국의 서울에 전화를 할 경우 00+82+2+해당 전화번호의 순서로 전화를 한다. 한국에서 프랑스 파리로 전화하기 위해서는 001(한국통신 국제전화)+33(프랑스 국가번호)+지역번호(맨 앞의 0번은 뺀다)+전화번호의 순이다. 파리에 있는 친구의 집 전화번호가 42712521라면 001-33-1-42712521을 눌러야 한다. 만약 001로 프랑스 휴대폰 번호에 전화를 한다면, 001+33(프랑스 국가번호)+휴대폰 번호(맨앞 '0' 제외)로 건다.

핸드폰 사용자의 증가는 프랑스도 예외가 아니어서 2021년에 발표된 통계에 따르면, 2019년에 프랑스 인구 전체의 95%가 핸드폰을 소지한 것으로 나타났다.

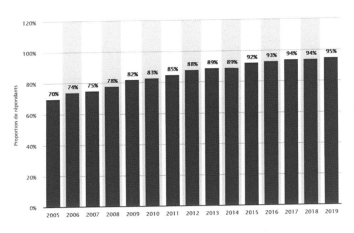

핸드폰 소지자 수 변화 (2005-2019)

2019년 App Annie의 통계에 따르면, 프랑스인들은 하루에 평균 2.3시간을 스마트폰 통화에 사용하는데 이는 세계의 평균 사용 시간인 3.7시간에 비하면 1.4시간이 적다. 핸드폰 사용 시간의 대부분은 소셜 네트워크 이용에 할애한다고 한다. z세대(1991-2012년 출생)의 경우, 하루에 3.8시간을 핸드폰에 사용하며 25개의 어플리케이션에 접속을 하는데, 동일한 어플리케이션에 한 달에 평균 150번을 접속하는 것으로 나타났다.

프랑스의 전화번호부는 직종별, 상호별로 기입된 하얀 표지의 빠쥬 블랑슈(Page Blanche)와 개인의 이름으로 분류되어 있는 노란 표지의 빠쥬 존느(Page Jaune)가 있다. 빠쥬 루쥬(Page Rouge)에 등록하면 다른 사람에게 전화번호가 공개되지 않는다.

빠쥬블랑슈

빠쥬 존느

휴대폰의 발달로 공중전화 부스의 사용이 줄면서 거리에 흉물로 버려지는 경우가 허다하다. 이를 작은 도서관으로 활용하는 움직임이 프랑스에서 활발하게 진행되고 있다.

유용한 무료 전화번호

소방서 : 18	경찰서 : 17	고장신고 : 13
안 내 : 12	응급의료 : 15	

컴퓨터와 인터넷

유럽의 다른 나라들에 비해 프랑스는 컴퓨터의 보급이 늦은 편으로 2000년 초 전체 가정의 약 26%에 컴퓨터가 보급되었는데, 일상생활에서 검소한 그들인 만큼 컴퓨터 다섯 대 중 한 대꼴로 중고품이 이용되고 있다고 한다.

인터넷이란 용어가 프랑스에 처음 등장한 것은 1996년으로 그 이후 사람들의 일상대화나 대중매체에서 많이 언급되었으나, 옵세르바테르(L'Observateur)의 통계에 의하면, 1997년 12월까지 프랑스인의 79%가 인터넷을 한 번도 사용하지 않았으며, 15%는 한 번 또는 두 번 정도 사용한 것으로 집계·발표되었다. 그러나 2000년 2월의 조사에서는 인터넷이란 말을 들어 본 적이 없는 사람이 1%로

보고되었는데, 이는 1999년 3월의 6%, 1996년 5월의 13%와 비교
해 볼 때 인터넷에 대한 인지도가 증가하였음을 나타낸다. 2019년
현재를 기준으로 국민의 86%가 인터넷을 가정에서 접속할 수 있는
것으로 나타났다.

우체국

프랑스 우체국의 상징은 노
란색이다. 새그림이 그려져 있
는 우체국 간판도 노란색이고 거
리의 우체통과 우체국 차량도 모
두 노란색이다. 대부분의 우체국
이 월요일부터 금요일까지는 오
전 8시에서 저녁 7시까지, 토요
일은 오전 8시부터 정오까지 일
을 한다. 그러나 파리에 있는 루

우체통

브르 중앙 우체국(La Grande Poste)은 일년 내내 하루 24시간 열
려 있다.

거리에 있는 우체통의 수거 시간은 평일은 19시 30분, 토요일
은 15시 15분, 일요일과 공휴일은 정오이다. 프랑스에서는 대부분
의 공공기관과 가게, 약국 등이 점심시간에 문을 닫지만 우체국만
은 점심시간에도 열려 있다.

우체국의 역사

고대에는 점토나 나무로 만
든 판에 글을 새겨 메시지
를 전달하였다.

중세에는 대학이나 사원
이 각기 저마다의 사자(使者)
를 두어 전언을 전달하였
고, 15세기의 루이 11세가 집권해서야 왕의 메시지를 전달하는 파
발꾼을 이어주는 역마(驛馬) 조직이 형성된다. 나중에는 이 파발꾼
들이 개인적 메시지도 전달하였다.

1789년 혁명 당시 전언 체제의 통제 및 규범의 필요성을 느
낀 입법의회는 1793년 '국립기구
(Agence Nationale)'를 설치하는데 이
것은 2년 뒤인 1795년에 '우편·운
송 사령국(Administration générale
des Postes et Messageries)'으로 발
전한다.

1870년에는 이미 16,000명의 우체부가 편지와 소포를 담당하게 된다. 새로운 과학기술의 발

전은 우편사업에도 영향을 미쳐 근대화를 맞이하게 되며 1925년, 우편 · 전신 · 전화(Postes, Télégraphe et Téléphone)를 담당하는 체신부가 발족하였고 약자로 페테테(P.T.T.) 라 하였다. 현재 프랑스의 체신부는 우편과 원거리 통신(Postes et Télécommunication)을 담당하고 있으며, 약자로 페테(P.T.)라고 한다.

우표

세계 최초의 우표는 영국에서 1840년에 발행된 빅토리아 여왕의 얼굴을 새긴 흑백 우표였고 프랑스에서 첫 우표가 판매되기 시작한 것은 1848년 1월부터였다. 우표가 생기기 전에는 수신인이 발송지와 도착지의 거리 및 우편물의 무게에 따라 운송비를 지불하

였다. 프랑스에서 는 우체국 외에도 담배 가게, 문방구에서 우표를 살 수 있으나 외국으로 우편물을 보내기 위해서는 우체국에 가야 한다.

파리 몽파르나스 역에 있는 우편 박물관에는 우표의 역사와 여러 가지 우표 관련 정보가 잘 정리되어 있다. 인터넷 주소는 www.laposte.fr이다.

우편 박물관

우편번호

프랑스의 우편번호는 다섯 자리이다. 처음 두 자리 숫자는 데파르트망을 가리키는 번호로서 파리는 75, 리옹은 69로 시작한다. 프랑스의 가장 큰 도시인 파리, 리옹, 마르세유는 도시를 더 작은 행정단위인 구(區)로 나누고 있는데, 우편번호의 뒤 두 자리 수가 몇 구인지를 표시한다. 예를 들어 75011은 파리 11구이고 69005는 리옹의 5구이다.

건 강

사회보험(Sécurité Sociale)이 일반화되면서 프랑스 국민 모두가 병원에서 경제적 부담 없이 치료를 받을 수 있게 되었고 예방의 학과 약품, 의료기술의 발달도 국민건강의 질적 향상에 큰 몫을 하고 있다.

2019년의 통계에 따르면 프랑스 남자의 평균 기대수명은 79.8세, 여자는 85.7세로 프랑스 국민의 건강상태는 일반적으로 양호한 편이다.

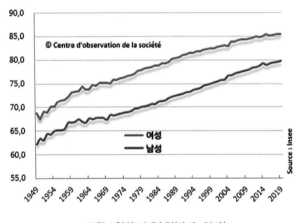

프랑스인의 기대수명(1949-2019)

우리와 식습관과 생활습관이 다른 프랑스인들이 가장 위협받는 병은 2013년 현재 종양이었고 그 뒤를 이어 호흡기 질병과 암이 두 번째와 세 번째 사망 원인이 되고 있다. 성별에 따라 사망원인은 차이를 보이는데, 80년대 이후 남성들에게 있어 가장 지배적인 사망원인은 암인 반면, 여성에게 가장 높은 사망원인은 호흡기 순환 장애로 인한 뇌혈관 질환이다.

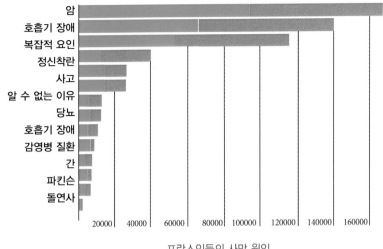

프랑스인들의 사망 원인

지방별로도 사망률에 차이가 있다. 항상 남부보다는 북부지방의 사망률이 높은 것으로 나타나는데, 기후 및 음식과 관련이 있는 듯싶다. 프랑스 내에서 사망률이 가장 높은 다섯 개의 지역은 브르타뉴(Bretagne), 파 드 칼레(Pas-de-Calais), 피카르디(Picardie), 로렌(Lorraine), 알자스(Alsace) 지방이다.

직업별로는 관리직과 자유 직종에 종사하는 사람들, 교사들이 가장 오래 살고 그 다음이 농부이다. 노동자의 수명, 특히 광부나 용접공은 앞의 직종 사람들에 비해 6.5년 정도의 차이가 나 가장 수명이 짧으며 암에 걸릴 확률이 두 배나 높다고 한다.

1950년에서 1970년 사이에 자살은 10,000명당 15명이었으나 80년대 이후 21명으로 증가하였다. 1982년부터는 자살의 숫자가 사고로 인한 사망비율을 넘어섰으나 1980년 이후 남자는 1,000명을 기준으로 32명에서 22명으로 여자는 12명에서 6명으로 명백히 줄어들었다. 2015년에 8,900명이 목숨을 잃었다. 30년전과 비교하면 약 3,000명이 줄었다.

실제 자살의 비율은 공식적 숫자보다 더 높을 것이라 여겨지는데, 왜냐하면 많은 경우, 가족이나 주변인들이 자살 사실을 숨기고 의문사 또는 사고로 처리하기 때문이다. 프랑스인의 자살률은 주변 유럽국가들과 비교해 볼 때, 벨기에와 오스트리아와 함께 조금 높은 편에 속한다. 1999년 통계에 따르면 60세 이상의 노년층이 전체 자살률의 34%나 차지했다고 한다. 유럽연합 국가 중에서는 그리스의 자살률이 가장 낮다.

자동차 사고로 인한 사망율은 포르투갈과 그리이스의 뒤를 이어 프랑스가 유럽에서 3위를 차지하는데, 자동차 사고의 가장 큰 원인은 과속이다.

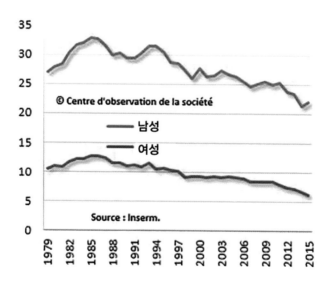

프랑스의 자살율

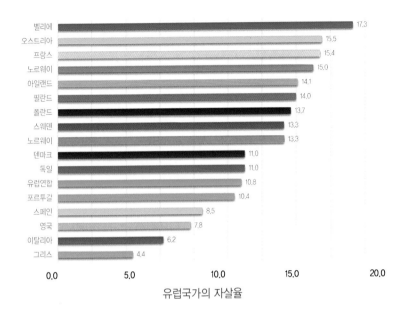

유럽국가의 자살율

진료

대부분의 프랑스 가정은 주치의가 있고 이들은 가족이 아플 때 집으로 방문하여 진료해 준다. 프랑스의 열 가정 중 여덟 가정이 일반(종합)의(醫)인 주치의가 있어 가족의 건강을 상담해 주며, 필요한 경우 전문의를 소개해 주기도 한다. 진찰 후 환자는 의사에게 직접 진료비를 지불하고 의사는 환자에게 진료비 청구서와 처방전을 준다.

의사의 처방전을 가지고 약국에 가야 약을 살 수 있으며 약값이 표시된 스티커를 진료 청구서에 붙여 처방전과 함께 의료보험사무실로 보내면 진료비와 약값의 일부를 환불받을 수 있다. 약의 종류에 따라 처방전 없이 살 수 있는 약도 있는데 이 경우는 환불되지 않는다. 사회보장 카드는 최근 들어 카르트 비탈(la carte vitale)이라는 카드로 대체되었다.

처방전(좌)과 청구서(우)

프랑스인들은 연간 평균 7.2회 정도 의사의 진료를 받는데, 이 중 4.4회가 일반 내과의의 방문이고 전문의의 진찰횟수는 2.8회 정도란다. 진찰의 2/3는 개인 클리닉에서, 1/5은 가정으로 의사가 직접 왕진하며, 1/10은 국립병원에서 이루어진다. 의사의 진찰시간은 평균 14분으로 이웃나라 독일의 9분, 영국의 8분보다 상대적으로 긴 편이다. 밤에 급히 응급환자가 생긴 경우에는 야간 진료의사에게 전화를 하면 빠른 시간 내에 왕진하여 진찰을 해준다.

야간 진료의사의 전화번호는 도시나 구(區)에 따라 전화번호부에 명시되어 있고, 동네 약국에도 의사의 이름이 게시되며 전화로 경찰서에 문의할 수도 있다.

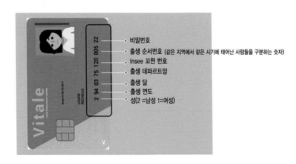

SANTÉ — LE NOUVEAU CARNET DE SANTÉ DE L'ENFANT

La généralisation du carnet de santé fut imposée par le ministère de la Santé publique. Il a été mis en place par un arrêté ministériel le 1er juin 1939 et modifié à de nombreuses reprises.

CARNET DE SANTÉ

Confidentiel

Prénom :

Nom :

Date d'entrée en vigueur du nouveau carnet de santé

1er avril 2018

Délivré gratuitement.

105 pages.

De nouveaux messages de prévention enrichis et actualisés.

Nouvelles courbes pour le suivi de la croissance des enfants, établies par l'Inserm à partir de la surveillance de 261 000 enfants.

Les 11 nouveaux vaccins obligatoires (depuis le 1er janvier 2018): diphtérie, tétanos, poliomyélite, coqueluche, Haemophilus influenzae de type b, hépatite B, pneumocoque, méningocoque C, rougeole, oreillons et rubéole.

Source: ministère des Solidarités et de la Santé.

VISACTU

건강수첩

개인병원과 종합병원

프랑스에서는 개인병원인 클리닉(clinique)과 국립병원인 오피탈(hôpital)이 있다. 각 클리닉은 병원장의 권한하에 병원 규범

종합병원 ▶

개인병원 ▼

이 정해지는 반면 국립병원은 국가에서 정한 몇 가지 행정상의 의무를 따라야 한다. 예를 들어 국립병원은 모든 환자에게 개방되어 있고 낮이나 밤이나 환자를 돌보아야 하며 응급환자도 취급해야 한다. 병실이 부족하다거나 환자의 상태에 적합한 의료진이나 기구의 부족으로 환자를 받을 수 없는 경우에는 대학 의료센터(CHU)나 지역 의료센터(CHR), 기타 다른 의료기관에 환자를 입원시켜 주어야 할 의무가 있다. 프랑스인들이 병원에 입원하는 이유, 제1위는 출산 및 낙태이고 이에 대한 수술 및 치료비는 사회보험에서 환불받는다.

의과대학은 국가의 인증을 받아 비영리로 운영되는 종교계 대학을 제외하고는 모두 국립이며, 의학교육 및 졸업 후 의사 수련과

정도 모두 국가가 관할한다. 원칙적으로 의과대학에 입학하기 위해서는 대학입학 자격시험인 바칼로레아만 통과하면 누구든지 원하는 의과대학에 입학할 수 있으며, 일반(종합)의 과정은 7년이고 전문의가 되려면 전문의 시험을 통과해야 한다.

응급의료 서비스는 1958년 도블레 법의 통과 이후 국립병원의 주요 업무가 되었다.

대부분의 프랑스 의사들은 여러 가지 제약이 많은 국립병원의 의사가 되기보다는 자신의 클리닉을 직접 운영하기를 원한다. 현재 70%의 일반의와 60%의 전문의가 자유로이 의술활동을 하고 있는데, 이로 인해 대량의 실업자를 낳을 정도로 의사 수가 넘쳐남에도 불구하고 국립병원에서는 만성적인 전문의사 부족에 시달리고 있으며 이에 대한 해결방안으로 외국인 전문의사들을 고용하고 있다. 외국인 의사는 전체 전문의의 약 24%를 차지하고 있다.

직장 의료

2,500명 이상의 직원이 있는 기업체는 의무적으로 한 명 이상의 의사와 의료시설을 갖추어야 하며, 직장 의료진은 기업체에 고용된 사람으로 간주된다. 직장의 의료진은 위생과 안전 그리고 일의 조건 등에 관해 회사의 충고자 역할을 하며 치료보다는 예방의학을 담당한다. 모든 직장인은 일년에 한 번 의무적으로 직장에서 정한 의료기관에서 검사를 받아야 하고 검사비는 직장 고용주가 지불한다.

학교의료

중학교와 고등학교에는 간호원이 항시 대기하거나 시간제로 근무한다. 매년 프랑스에서는 10,000여 명의 청소년들이 원하지 않는 임신을 하게 되어 사회문제를 일으키고 있다. 이와 관련하여 1999년 12월 세골렌 루와얄(Ségolène Royal) 가족부 장관은 미혼모 방지를 위해 성관계 후 다음 날 복용해도 피임이 가능한 약(pilule du lendemain)을 학교 양호실에서 나누어 주도록 특별 조치를 취하였다.

병원에 장기간 입원해 있는 아이들을 위해 초, 중, 고의 교사들 중에는 병원에서 봉사활동으로 수업을 하기도 한다.

약국

약국에서는 의사 처방전에 따라 약을 팔며 약 이외에 비누, 치약, 얼굴에 바르는 로션이나 크림과 같은 세면용품과, 기저귀, 분, 이유식품, 분유 등과 같은 아기 용품 등을 판다. 약국은 정

약국

오부터 오후 2시경까지의 점심시간 동안에는 일을 하지 않으므로 이 시간 동안에는 의사 처방전이 있어도 그리고 아무리 몸이 아파도 약을 살 수 없다. 국경일이나 일요일에 약을 사야 할 경우에는 시내에 있는 당번약국(Pharmacie de garde)에 가야 한다. 당번약국에 대한 정보는 경찰서에서 알려주며 동네 약국 앞에도 게시되어 있다.

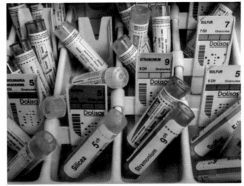

허브 판매점

프랑스에는 오메오파티(homéopathie)라 하여 생체의 병적 반응과 동일한 반응을 일으키는 미량의 약물을 투입하여 병을 치료하는 유사요법도 발달되어 있다. 약을 처방할 때, 환자의 성격과 기질, 성향 등에 대해서도 질문을 하는 오메오파티 의사들은 마치 우리 나라의 한의사를 연상시킨다.

생활 수준의 향상과 수명의 연장, 건강에 대한 관심의 증대, 새로운 의학기술의 발전 등으로 프랑스인들이 건강을 위해 지출하는 비용은 날로 증가하여, 1988년의 통계에 따르면 국내 총생산액의 9.8%에 달해 10.4%의 독일을 제외하고 유럽의 다른 국가들에 비해 높은 편이다.

1980년에서 1995년 사이, 약의 사용 비율이 두 배로 증가하여, 프랑스는 유럽에서 최대의 의약 사용 국가라는 이름을 얻고 있다. 1998년 프랑스인들은 약을 사기 위해 1,420억 프랑을 지출하였는데 일인당으로 환산하면 약값으로 일년에 2,346프랑(한화 약 40만원)을 지출하는 셈이다.

프랑스인들의 신경안정제와 수면제 복용비율은 미국인의 두 배가 넘으며 영국인과 네덜란드인에 비하면 세 배가 넘는 숫자로서, 정신과 의사들이 학교나 회사, 스포츠 클럽에서까지도 상담을 하고 있는 실정이다. 현대 생활에서 개인에게 부과되는 직장과 가정에서의 역할이 피곤함과 스트레스를 초래하고 의사소통의 문제라든가 소외의 문제가 이들의 약 복용에 큰 영향을 미치고 있으며 여기에 소음, 오염, 거칠어져가는 주변 환경 또한 무시할 수 없는 요인이 되고 있다.

최근 우리 나라에서도 영양분의 균형있는 섭취를 위해 간단한 약품을 대체할 수 있는 건강식품이 많이 개발되고 있다. 예를 들어 비타민이 첨가된 우유, 칼슘이 첨가된 주스, 인삼 음료, 마그네슘이 풍부한 미네랄워터 등이 그것인데, 프랑스에서는 치료와 병의 예방을 도와주는 이러한 식품을 가르키는 새로운 단어까지 탄생하였다.

알리카망(alicament)이란 단어는 음식(aliment)과 약(médicatment)의 합성어로 1996년에 등장하여 2000년 라루스(Larousse) 사전에 등재되었다.

국경없는 의사회

1971년 12월 창립된 비정부 기구로서 국제망을 가진 단체이고 베르나르 쿠스네르(Bernard Kouchner)와 쟈비에 엠마뉴엘리(Xavier Emmanuelli)에 의해 창립되었다. 전쟁이나 자연의 재해로 위기에 처한 사람들에게 인종과 정치, 종교, 철학의 차별없이 의료적 도움을 주는 것을 그 목적으로 하고 있다. '국경없는 의사회'는 1999년 오슬로(Oslo)에서 노벨 평화상을 받았다.

국경없는 의사회

국경없는 이사회 기념 우표

응급의학

프랑스의 응급의학 분야의 신속성과 안정성은 1960년대에 발족한 응급의료 처치 서비스인 사뮈(Service d'Aide Médicale Urgente, SAMU)라는 시스템에 의해 세계적으로 평판이 나 있다.

사고현장에서 병원으로 후송되는 동안 환자의 상태가 더 위급해지는 것을 막기 위

응급의학

해 즉각적으로 처치할 방법을 찾아야 한다는 의사들의 경각심에 의해 발족하였다. 사뮈의 전화번호는 15번이다.

응급의료서비스 기관, 사뮈

 ## 사회보장 제도(Sécurité sociale)

프랑스어로 흔히 세뀌(Sécu)라고 발음하는 사회보장 제도(사회보험이라고도 함)는 1945년부터 시작되었다. 재분배의 원칙에 따라 경제활동 인구는 의무적으로 사회보장 제도의 재원을 조달해야 하며 이에 대한 혜택은 프랑스에 합법적으로 살고 있는 사람 모두에게 돌아간다. 즉, 프랑스인 뿐만 아니라 외국인도 포함된다. 혜택받는 보험의 종류와 상관없이 국가에서 정한 개인의 직업적 범주에 따라-일반 봉급자들, 농민, 상인과 같은 자유 직종 사람들, 공무원 등-보험료 규칙이 결정되고 월급에서 자동적으로 납부된다. 실업수당을 받는 실업자와 퇴직자 그리고 직업교육을 받고 있는 연수생은 일반 봉급자와 같은 범주에 속하고 국가로부터 최저 통합수당(Revenu Minimum d'Insertion)을 받는 무소득자들은 자동적으로 무료 의료보험의 혜택을 받는다. 학생들은 20세까지 부모로부터 보험혜택을 받으나 학교를 다니지 않는 청소년은 17세부터 피보험자의 권리를 박탈당한다.

사회보장 제도는 의료, 가족, 근로, 퇴직 등의 분야로 나뉘어 개인이나 가족 단위로, 지불한 돈을 환불해 주거나 수당을 지급한다. 수당의 종류는 실업수당, 가족수당, 주택수당, 출산수당 등 여러 가지 형태가 있고 자국민뿐 아니라 프랑스에 거주하는 외국인들에게도 수당(allocation) 제도를 적용시켜 경제적 혜택을 주고 있다. 그러나 사람들의 건강에 대한 지출이 늘어나고 퇴직자의 수가 증가함에 따라 사회보장의 수입과 지출의 격차가 날로 심각해지고 있는 추세이다. 경기 침체로 말미암은 재정난을 극복하기 위해 정부는 70년 동안 지속해온 보편적 복지 시스템에 손을 댔다. 복지를 축소한 것이다. 가족수당 제도가 도입된 이후 자녀가 있는 가정은 소득과 관계없이 같은 수당을 받았으나 2015년 이후 소득에 따라 차등 지급하기로 했다. 프랑스 가족정책 예산은 GDP 대비 3.6%. 참고로 한국은 1.32%다. CNAF에서는 가족정책에 현금, 서비스, 세제혜택 등 세 가지 종류의 지원을 제공하고 있다.

Sécurité sociale
70 ans de progrès

가족 수당

수당 지급카드

국립가족수당기금공단(CAF

　가족수당의 지급은 역사적으로 1860년 선원들에게 자녀수에 따라 지급했던 수당이 그 기원이 되어 제1차 세계대전이 발발했을 때에는 가족이 딸린 노동자들에게 기독교 정신에 입각하여 개인 기업체에서도 수당을 지급해 주었다. 오늘날과 같은 가족수당이 국가에서 법적으로 공식화되어 실시된 것은 1946년 이후의 일로서 자녀가 있는 가정에 보호자의 직업에 상관없이 급여되며 자녀교육을 위한 부모수당(allocation parentale d'éducation), 어린이 보호수당(allocation de garde d'enfant), 학비 보조수당(allocation de rentrée scolaire), 주택수당(allocation de logement), 장애인을 위한 수당(prestation pour handicapés) 등 그 종류와 규칙이 다양하다. 이 중 학비 보조수당은 학부모의 부담을 덜어주기 위한 정부 보조금으로서, 한 어린이당 1999년 기준으로 연간 1,600프랑(약 300,000원)이 지급되었다. 세 명 이상의 자녀가 있는 가정에서는 대가족 카드

(carte de famille nombreuse)를 발급받아 기차여행에서 할인을 받는 등 여러 가지 사회시설의 혜택을 받기도 한다.

대가족 카드

퇴직 수당

40년을 일한 60세 이상의 사람은 퇴직 후 월급에 상응하는 연금을 받을 수 있다. 그러나 오늘날 고용의 문제로 인해 55세 정도에 미리 퇴직하는 사람의 수가 늘고 있는데, 현재 퇴직자의 평균연령은 57세이다. 55세에서 64세까지의 프랑스 남자 중 38%만이 경제활동을 하는것으로 나타났는데, 이는 미국의 65%, 영국의 59%, 독일의 47%에 비하면 낮은 비율이다.

근 로

프랑스어의 근로, 노동의 어휘인 트라바이으(travail)는 라틴 속어 트리팔리아르(tripaliare)에서 온 말로서 '고통, 고문'이란 뜻이다. 현대인에게 트라바이으는 개인적으로 너무 많아도 고문이지만 전혀 없어 실업자가 되어도 고통스럽기는 마찬가지이다. 프랑스는 1998년 6월 13일 투표에 붙여져 통과된 오브리 법에 따라 주당 노동시간이 39시간에서 35시간으로 축소되었다. 이 법은 직원 20인 이상인 모든 기업에게는 2000년부터, 이보다 영세한 기업에게는 2002년부터 적용되었고, 근로 시간을 줄여 해고자를 줄이고 새로운 일자리를 창출하여 고용을 확대하자는 것이 기본 취지이다.

근로 시간

19세기 초 연간 약 3,200시간이었던 근로자들의 작업시간은 오늘날 1,650시간으로 줄어들었다. 주당 근로 시간을 살펴보면 1936년 40시간에서 1982년 39시간으로 그리고 2000년에는 35시간으로 감소하였다.

현행법에 따르면 기본 근로시간을 초과하는 경우, 고용주는 근로자 1인당 최고 연간 130시간까지 오버타임 근무 일정을 잡을 수 있는데 초과시간 47시간까지는 25%의 할증임금을, 48시간 이후부터는 50%의 할증임금을 지급해야 한다. 근무시간은 일의 종류에 따라 다양하지만 일반적으로 오전 8시나 9시에 시작하여 오후 5시, 6시, 7시경에 끝나며 일반적으로 점심시간도 근로시간에 포함된다. 공장에서는 하루 24시간 기계를 가동시켜야 하는 경우 여러 사람이 한 조가 되어 같은 일을 8시간씩 나누어 하게 된다.

1986년까지 여성의 야근은 금지되어 왔으나, 오늘날에는 고용주와 조합의 승인이 있으면 여자들도 저녁 10시에서 다음날 오전 5시까지 근무할 수 있다. 그러나 18세 미만 근로자의 야간근무는 법률상 금지되어 있다. 또한 의무교육이 16세까지이므로 16세 이하의 청소년에게는 근로 자체가 금지된다. 야간 근로자의 1일 근로시간은 8시간으로 제한되어 있다.

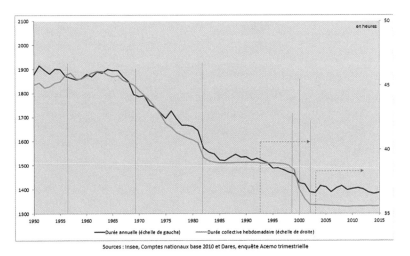

연간 근로시간의 변화 (단위: 시간)

2015년 주간 근로시간을 유럽 5개국과 비교해 볼 때, 프랑스는 37.4시간으로 영국, 독일, 이탈리아, 핀란드의 뒤를 이어 가장 적었으며 결과적으로 연간 근로시간 또한 프랑스가 가장 적다.

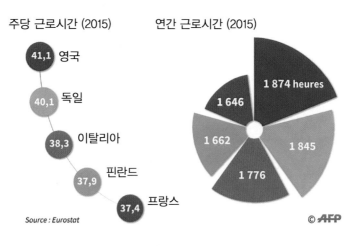

주당 근로시간 (2015)

41,1 영국
40,1 독일
38,3 이탈리아
37,9 핀란드
37,4 프랑스

Source : Eurostat

연간 근로시간 (2015)

1 874 heures
1 646
1 662
1 845
1 776

© AFP

유럽에서의 근로 시간

근로법

기업체는 정해진 기간동안 개인적인 사정으로 휴직한 사람을 대신할 임시직원을 고용할 수 있다. 이 경우 기업체와 임시직원 간에는 '한정된 기간의 계약(Contrat Durée Déterminée)'을 체결한다. 그러나 일의 양이 많아 새로운 사람을 채용할 시에는 '무한정 기간의 계약(Contrat Durée illimitée)'을 체결해야 하고 해고시에는 해고 전에 해고 이유를 정확히 서면으로 밝혀야 하며 해고수당을 지불해야 한다.

사직하는 근로자도 미리 서면으로 의사를 밝혀야 하는데 노동자의 경우는 일주일 전, 일반 근로자는 한 달 전, 관리직은 3개월 전에 알려야 한다. 1986년까지는 고용주가 근로감독원에게 해고 허가를 받아야 했으나 현재는 조합대표의 경우를 제외하고는 이 절차가 생략되었다.

봉급

1950년 근로자들의 최소 봉급제(Salaire minimum interprofessionnel de croissance, SMIC)가 법적으로 제정된 이후 매년 물가의 상승과 경제성장에 따라 직업간 최소 봉급은 재평가된다. 2021년에는 2020년 대비 1% 상승하여 주 35시간(월 151.67시간)을 근무하는 SMIC 직원은 월 평균 1,554유로의 급여를 받는다.

최소 봉급자들은 분야별로 가정부, 농부, 소규모의 상업 종사자들의 순이고 남자보다 여자가 더 많다. 프랑스는 최소 봉급과 최고 봉급의 격차가 유럽에서 가장 큰 나라로서 같은 기업체 내에서 최소와 최고 봉급의 격차 비율은 약 7배 정도이다.

> 프랑스어의 봉급이란 단어, 쌀레르(salaire)의 기원은 그리이스어로 '소금'이란 뜻인데 실제로 예전에는 군인에게 소금으로 일의 대가를 지불했다.

실업

정부의 끊임없는 실업대책에도 불구하고 프랑스 국민의 실업률은 날로 증가하고 있다. 특히 여자와 25세 미만의 젊은이들, 50세 이상의 사람들이 가장 실업문제에 영향을 받고 있다.

아엔빼으(Agence Nationale Pour l'Emploi, ANPE)라 불리는 '직업알선 국립원'은 국영 복지기관으로서 지방단위로 실업자들에게 복지와 고용의 기회를 제공하고 재교육

도 담당하고 있다. 1967년에 생긴 이 기관은 노동부 소속이
며 이 기관에 등록된 실업자만이 실업수당을 받을 수 있으므로 프
랑스의 실업자 통계수치는 비교적 정확하게 산출되어 있다.

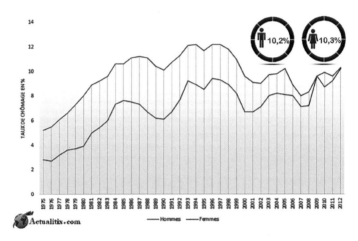

경제활동 인구 변화 추이와 변화비율 (1975-2012)

	경제활동 인구의 %	실업자수(천)
전체	7.8	2,043
15-24세	19.2	544
25-49세	7.2	1,110
50세 이상	5.4	389
남자	7.7	1,098
5-24세	19.3	299
25-49세	6.9	585
50세 이상	5.4	214
여자	7.9	945
5-24세	19.2	245
25-49세	7.5	525
50세 이상	5.5	175

2020년도 경제활동 인구의 실업자 비율

2020년도 통계에 따르면 경제활동 인구 중 25세 미만의 젊은이 19.2%가 실업자인데, 많은 젊은이들이 학교에서 아무런 자격증도 없이 졸업을 하고, 직업에 필요한 적절한 교육을 받지 못하는 것이 사회적 문제가 되고 있다. 경제활동을 하고 있는 젊은이들이라 해도 62%가 자격증이 없거나 바칼로레아 이하의 학력이기 때문에 유급이긴 하나 임시직이고 안정되지 않은 직장에 종사하고 있다.

1975년부터 2015년까지의 경제활동 인구를 기반으로 INSEE에서 2016년부터 2070년까지의 경제활동 인구를 추정한 결과, 2015년 이후부터 2030년까지의 경제활동 인구는 그리 커다란 변화없이 아주 적게 증가하는 것으로 나타났다. 그러나 이러한 결과는 예기치 못한 외부 변화에 의해 달라질 수 있다.

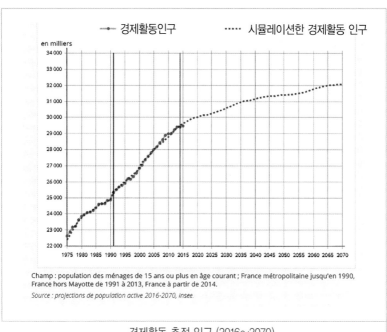

경제활동 추정 인구 (2016~2070)

1999년 통계에 따르면 25세 미만의 젊은이 중 1/4이 실업자인데, 많은 젊은이들이 학교에서 아무런 자격증도 없이 졸업을 하고, 직업에 필요한 적절한 교육을 받지 못하는 것이 사회적 문제가 되고 있다. 경제활동을 하고 있는 젊은이들이라 해도 62%가 자격증이 없거나 바칼로레아 이하의 학력이기 때문에 유급이긴 하나 임시직이고 안정되지 않은 직장에 종사하고 있다. 그러나 1998년 이후 실업률이 조금씩 낮아지고 있다.

사회에서 활동하는 여성의 수는 1968년 이후 대폭 증가하긴 하였으나 회사의 간부와 지적활동 분야에서는 1/3 정도만이 여성이다. 1999년 10.2%의 남성 실업률에 비해 여성 실업률은 13.6%였다.

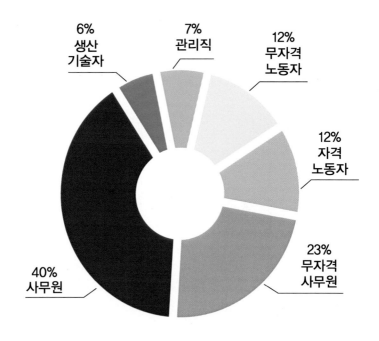

직업 범주에 따른 실업률 (2013년)

실업에 대응하기 위해 어떠한 조처를 취하는 것이 좋을까요?

- 일을 분담한다. (26%)

- 직원을 해고시키기보다는 일을 창조해 낸다. (15%)

- 직원들을 재교육시키고 일에 적응시킨다. (10%)

- 두 가지 직업을 갖는 것과 불법노동을 금지시킨다. (10%)

- 여자들의 사회활동을 제한한다. (9%)

- 기계 대신 사람을 고용한다. (9%)

- 프랑스인만을 고용한다. (8%)

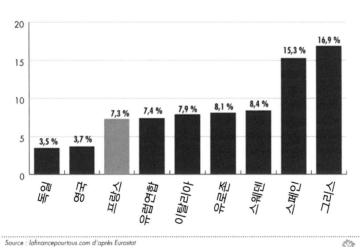

Source : lafinancepourtous.com d'après Eurostat

유럽 국가간 실업률(2020)

프랑스의 실업률을 유럽의 몇몇 국가들과 비교해 보면, 그리스
나 스페인보다는 낮고 독일과 영국보다는 높은 편이다.

파업과 노동조합들

1864년 파업의 권리가 생긴 이래로 프랑스에는 다양한 종류의 파업이 존재한다.

- 깜짝 파업(grève de surprise) : 예고없이 일을 하지 않는 파업.
- 우발적 파업(grève sauvage) : 조합의 지시 없이 아래에서부터 일어나는 파업.
- 현장 파업(grève sur le tas) : 일자리를 지키며 하는 파업.
- 산발적 파업(grève tournante) : 부서별로 각각 다른 분야에서 하는 파업.
- 준법 투쟁 파업(grève du zèle) : 일을 멈추지는 않으나 생산을 최소화시키는 파업.
- 부분 파업(grève perlée) : 단기간이지만 반복적으로 일을 멈추어 결과적으로 생산을 줄이는 파업.

1945년부터는 헌법에도 파업의 권리가 명시되었으나 경제의 위기와 실업문제로 연간 파업의 수는 점차 감소하고 있다. 최근 가장 큰 파업은 병원의 간호원, 전철, 기차 등 공공기관의 파업으로서 파업의 권리와 시민들에 대한 최소한의 봉사라는 두 가지 시선이 부딪쳐 토론의 대상이 되고 있다. 파업을 종식시키기 위해, 몇몇 기업주들은 록아웃(Lock-out)을 사용한다. 즉 공장이나 작업장의 문을 닫고 직원들을 해고해버리는 것이다.

프랑스의 조합은 1884년 왈덱 루소(Waldeck-Rousseau) 법에 의해 승인을 받게 되었는데 봉급 생활자 조합, 경영자 조합, 농민조합이 있다.

봉급 생활자 조합

- **노동 총동맹**(Confédération générale du travail: CGT) : 1855년에 창립되었다. 처음에는 제련업 분야에만 관련이 있었으나 현재는 노동자 대다수가 가입되어 있으며 선거에서 많은 영향력을 행사하고 있다.
- **프랑스 민주노동 연맹**(Confédération française démocratique du travail: CFDT) : 1964년 프랑스 그리스도교 노동자연맹에서 독립하여 나왔고 현재 사회주의 정당의 흐름을 띠고 있다.
- **노동자 조합**(Force ouvrière: FO) : 정치적 색채로부터 자유롭겠다는 의지하에 1947년 노동 총동맹으로부터 독립하였다.

경영자 조합

- **프랑스 경영자 전국 연합회**(Conseil national du patronat français: CNPF) : 1946년에 창립된 기업 경영자들의 조합.
- **중소기업 노동 총연합**(Confédération générale des petites et moyenes entreprises: CGPME) : 중소 기업인 연맹.

농민조합

- **전국 농업조합 연맹**(Fédération nationale des syndicats d'exploit ants agricoles: FNSEA).

> 프랑스의 노동조합들은 사회주의와 관련되어 있으므로 조합원들을 '빨간색의 사람들', 즉 '레 루쥬(les rouges)'라고 부른다.
>
> 이에 맞서 경영자들을 중심으로 한 조합원들은 '노란색 사람들', 즉 '레존느 (les jaunes)'라 하며, 노동자 중 기업주의 편을 들거나 파업에 참여하지 않는 사람을 가리켜 '엥 존느(un jaune)'라고 한다.

화폐 : 프랑 및 유로

오랜 세월동안 프랑스의 화폐 단위였던 프랑(franc)은 2002년 3월 1일부터 유럽의 화폐 단위인 유로(euro)로 대체된다.

프랑스에 프랑이라는 화폐 단위가 생기게 된 것은 백년전쟁 기간이었다. 1356년 프랑스의 왕, 장르봉(Jean le Bon)이 프와티에(Poitier) 전투에서 영국군의 포로가 되어 구속되자, 프랑스에서는 왕의 모습을 새긴 동전을 주조하여 그의 몸값을

이탈리아에서 주조된
샤를 8세시대의 최초의 프랑스 화

치루고, 왕을 구출하였다. 이로부터 그 동전을 자유라는 의미의 옛 프랑스어인 '프랑(franc)'으로 부르게 되었고, 종종 당시의 화폐 단위였던 리브르(livre)를 대신하게 되었다.

그러나 국가에서 공식적으로 프랑이라는 화폐 단위를 사용한 것은 1795년이 되어서이고, 1800년 나폴레옹에 의해 프랑스 은행(La Banque de France)이 탄생하면서부터 프랑스 화폐 체제가 정립되기 시작하였다.

프랑스의 프랑은 2002년 2월까지 사용되었는데, 지폐에 새겨진 인물은 20프랑에는 클로드 드뷔시(Claude Debussy, 1862~1918), 50프랑에는 앙트완느 생텍쥐페리(Antoine St Exupéry, 1900~44), 100프랑에는 폴 세잔느(Paul Cézanne, 1839~1906), 200프랑에는 귀스타브 에펠(Gustave Eiffel, 1832~1923), 500프랑에는 퀴리 부부(Marie et Pierre Curie)였다.

유로(Euro)

유로는 1999년 1월부터 유럽연합국이 자국 통화 대신 사용하는 유럽 단일 통화를 가리킨다. 1992년 마스트리히트(Mastricht) 조약으로 유럽연합(l'Union Européenne)이 창립되었고 1995년 유럽의회

(le Conseil Européen)에서는 유럽연합국의 단일 화폐 단위로 유로를 채택하였다.

1998년 6월 1일에는 유럽중앙은행이 창설되고 1999년 1월 1일부터 유럽통화연합(l'Union Monétaire Européenne)이 구성되면서 유럽연합국 중 11개 국이 유로화를 쓰기 시작하였으며(영국, 스웨덴, 덴마크 제외), 2001년부터는 그리스도 이에 참여하게 되었다. 각국은 기존의 화폐를 함께 사용하는 시기를 거쳐 2002년 3월부터는 유로만을 사용하게 되었다. 유럽통화연합에 속하는 나라는 프랑스, 독일, 이탈리아, 스페인, 포르투갈, 오스트리아, 벨기에, 룩셈부르크, 네덜란드, 아일랜드, 폴란드, 그리스 등 12개국이다.

'대량 생산된 시각 예술품'이란 극찬을 받고 있는 유로화는 12개국의 경제적인 힘뿐 아니라 문화의 저력까지 담고 있다.

지폐는 각기 다른 도안과 크기로 500, 200, 100, 50, 20, 10, 5 유로의 총 7가지가 발행된다. 지폐의 앞면은 주로 건축물의 창문과 문이 그려져 있는데, 이는 유럽의 화합과 개방성을 의미하는 것이고 지폐 뒷면에 그려진 유럽대륙 지도 위의 다리들은 유럽인들 간 또는 세계와의 교류 및 상호이해를 나타낸다. 주화는 8 종류로 1, 2 유로와 50, 20, 10, 5, 2 그리고 1센트가 있다. 모든 주화의 앞면은 유럽대륙을 상징하는 기본 문양으로 통일되어 있고 뒷면은 각국의 특징을 살린 이미지가 들어 있다. 1유로는 프랑스 화폐로 6프랑 55,957상팀에, 독일 화폐로는 2마르크에 해당되며 한국의 화폐로는 약 1,200원(환율에 따라 차이가 있다) 정도이다.

에우로페(Europe)

'20유로' 화폐의 위조 방지를 위해 '초상화 창' 속에 에우로페의 얼굴이 숨겨져 있다. 에우로페(Europe)는 그리스 신화에 나오는 페니키아의 공주로 제우스에게 납치되어 크레타 섬으로 건너갔는데 여기서 유럽(Europe)이라는 지명이 유래되었다고 전해진다.

유로 그래픽의 상징

유로 그래픽의 상징은 알파벳 E에 두개의 평행선이 뚜렷하게 가로로 그려진 모양을 하고 있다. E는 유럽(Europe)의 이니셜이기도 하며 그리스어의 다섯 번째 알파벳 문양을 딴 것으로, 유럽이 문명의 요람이라는 의미를 함축하고 있다.

중앙에 있는 두 개의 평행선은 유로에 안정성을 부여해 준다. 유로의 공식 약어는 'EUR'이다.

유럽 연합(Union Européenne)

5월 9일은 유럽의 날로서 1950년 전쟁 이후 프랑스와 독일의 친교를 기념하는 날이다. 이날 이후 유럽 경제 공동체가 창설되었고 이것이 오늘날 유럽연합의 전신이 되었다. 유럽 연합의 탄생 역사를 간략히 살펴보면 다음과 같다.

1950년 5월 9일 프랑스의 외무부 장관 로베르 슈만(Robert Schuman)과 독일의 콘라드 아데나워(Konrad Adenauer)는 유럽 석탄철강 공동체에 대한 구상을 발표하고 유럽의 평화와 발전을 위해 힘을 모으기로 협약을 체결.

1951년 4월 18일: 파리조약으로 이탈리아, 벨기에, 네덜란드, 룩셈부르크가 프랑스와 독일에 합세하여 가입.

1957년 3월 25일: 로마조약으로 유럽 경제공동체(CEE)와 유럽 원자력 공동체(Euratom)가 출범.

1973년 1월 1일: 덴마크와 아일랜드가 가입.

1986년 1월 1일: 스페인, 그리스, 포르투갈이 가입.

1992년 2월 7일: 마스트리히트 조약에 따라 유럽 경제공동체를 유럽연합으로 칭함.

유럽 각국의 공공기관에는 각국의 자국 국기 옆에 유럽연합 국기가 게양되어 있고 공항에는 유럽연합의 국민들을 위한 창구가 따로 마련되어 있다. 유럽연합의 3개 주요 도시로는 '유럽국회'가 열리는 벨기에의 브뤼셀, '유럽의회(Conseil de l Europe)' 본부가 있는 프랑스의 스트라스부르, '유럽법정'이 설치되어 있는 룩셈부르크를 들 수 있다. 베토벤의 〈환희의 교향곡〉이 유럽가(歌)로 선정되었다.

유럽연합기에는 파란 바탕에 둥글게 원을 이루고 있는 12개의 노란 별이 그려져 있다. 12라는 숫자는 12개월, 낮과 밤 12시간, 헤라클레스의 12가지 과업 등에서 보듯이 완전함과 완벽함을 상징한다. 원 모양은 통합과 단결을 뜻한다.

스트라스부르에 있는 유럽연합 본부

소득과 세금

프랑스인의 소득은 근로소득 외에 프랑스인 소득의 1/3 이상을 차지하는 가족수당, 주택수당, 실업자 보조금과 같은 사회에서 개인에게 지급해 주는 사회 보조금에 의한 소득이 있다. 그러나 소득세, 토지세 외에 사회 보장제도 납입금 등, 2017년 기준 세금을 살펴보면, 연봉을 다섯 구간으로 구분하여 가장 높은 기준인 152.260 유로(한화 약 1억 9000만원)에는 45%, 그 아래에는 41%의 세율를 적용하고 있다. 한국의 경우, 1억 5천만원 이하에는 세금이 35%, 5억원 이하에는 38%가 적용되는 것과 비교해 볼 때, 한국에 비해 세금이 꽤 무거운 편이다.

프랑스 최고의 갑부였던 루이뷔통 그룹의 베르나르 아르노 회장이 부자 증세를 피하기 위해 벨기에 국적을 신청한 데 이어 연예인 제라르 드파르디외(Gérard Depardieu)까지 같은 이유로 러시아 국적을 취득한 것이 프랑스를 비롯해 해외에 커다란 기사거리가 되기도 하였다.

496036
SAS LABO DE LA PAYE
1 RUE ROYALE

75013 PARIS
Siret : 52999999999999 Code NAF : 6203Z
Urssaf : 78079999999999999999 MONTREUIL CEDEX

BULLETIN DE SALAIRE

Période : Mars 2013
Paiement le : 31/03/2013
Du : 01/03/2013   Au : 31/03/2013

	CP N-1	CP N
Acquis :	0.00 /	2.50 /
Total pris :	0.00 /	0.00 /
Solde :	0.00 /	2.50 /

Matricule : 47   NoSécu.: 180099999999999

MR DE LA PAYE JEAN
1 RUE PETIT

75013 PARIS

Entré(e) le : 01/03/2013
Emploi : ADMINISTRATEUR JUNIOR   Ancienneté : 01/03/2013
Qualif: ETAM   Classif: P 2.2   Coeff: 310.0000 SMIC horaire : 9.43 Plafond Sécu : 3086.00

Rubriques	Base	Taux salarial	Montant salarial	Taux patronal	Cot.Patronales
SALAIRE DE BASE	151.67	11.0984	1683.30		
SALAIRE BRUT			1683.30		
EP01 URSSAF-Maladie-Matern.-Inval..	1683.30	0.7500	12.62	12.8000	215.46
EP02 URSSAF SOLIDARITE	1683.30			0.3000	5.05
EP03 URSSAF ACCIDENT DU TRAVAIL	1683.30			1.2000	20.20
EP04 URSSAF ALLOC. FAMILIALES	1683.30			5.4000	90.90
EP05 URSSAF ASS. VIEILLESSE PLAF.	1683.30	6.7500	113.62	8.4000	141.40
EP06 URSSAF ASS. VIEILLESSE DEPLAF	1683.30	0.1000	1.68	1.6000	26.93
EP07 FNAL	1683.30			0.1000	1.68
EFE2 REDUCTION FILLON TEPA 2012				-100.0000	-283.47
EP12 ASSEDIC Tr. A	1683.30	2.4000	40.40	4.0000	67.33
EP19 FONDS DE GARANTIE (AGS)	1683.30			0.3000	5.05
EP20 RETRAITE ARRCO NC T1	1683.30	3.0000	50.50	4.5000	75.75
EPR1 AGFF NC TRANCHE 1	1683.30	0.8000	13.47	1.2000	20.20
E951 PREV. NC TA	1683.30	0.3700	6.23	0.3700	6.23
EP28 TAXE APPRENTISSAGE	1683.30			0.6800	11.45
EP29 FORMATION CONTINUE	1683.30			0.5500	9.26
EP37 CSG DEDUCTIBLE	1660.07	5.1000	84.66		
EWFS FORFAIT SOCIAL	6.23			8.0000	0.50
TOTAL DES RETENUES			323.18		413.92
NET IMPOSABLE			1360.12		
SP01 URSSAF CSG NON DEDUCTIBLE	1660.07	2.4000	39.84		
SP02 URSSAF CRDS	1660.07	0.5000	8.30		
SP00 REMBOURSEMENT TRANSPORT	32.55			32.55	
NET A PAYER			1344.53		

Heures période	151.67	Cumul bases	1683.30	Paiement	Total cot.patronales	413.92
Cumul heures	151.67	Cumul bruts	1683.30			
Cumul h.sup	0.00	Cumul imposable	1360.12	par Virement	Total des retenues	785.24
Solde rep.remp.					Coût global période	2097.22
Solde rep.récup.		Cum H.Majorées	0.00			

Bureaux d'études techniques, cabinets d'ingénieurs-conseils sociétés de conseils (CICF - SYNTEC)

NET A PAYER   **1344.53 Euros**

A défaut de Convention Collective : Code du travail - Durée des congés payés : art.L.3141-3,6,7,11,12 - Durée préavis : art.L.1237-1 et L.1234-1
Dans votre intérêt et pour vous aider à faire valoir vos droits, conservez ce bulletin de paie sans limitation de durée.

월급 명세서

프랑스 사회에도 봉급에 있어, 남녀 불평등이 존재함을 여실히 알 수 있다. 2017년 자료에 의하면 남성이 여성에 비해 연간, 평균 18%의 수입이 높으며 직종별로는 일반 직원은 7%, 기업체 중역 이상 대표의 경우는 남녀 간에 약 19%의 차이가 났다. 남녀 간 봉급 차가 현존하기는 하나 예년 대비 점점 줄어드는 추세이기는 하다.

프랑스 남녀 실질임금 차 (2017)

직 업 군	남	여	%
기업체 간부	4,351,00 €	3,506,00 €	−19
(고위와 하위 직종의) 중간직	2,406,00 €	2,096,00 €	−13
일반 봉급 생활자	1,713,00 €	1,599,00 €	− 7
노동자	1,761,00 €	1,497,00 €	−15
전체	2,451,00 €	2,016,00 €	−18

가계 지출비

1960년부터 2019년까지 프랑스 가정의 지출비는 1993년과 2012년을 제외하고 꾸준히 증가하였다. 1960년대와 오늘날을 비교해보면, 가정의 지출소비는 약 4배 정도 증가한 셈이다.

담배를 포함한 식비는 1960년에 29%에서 2019년에는 17%로 감소하였다. 1인당 식비에 사용되는 금액은 1960년 1,322 유로에서 2019년 3,195 유로로 확실히 증가했지만, 이 증가 비율은 다른 소비 품목보다 낮다. 주택 (에너지 및 가구 포함)에 할당 된 예산 비율은 1960년 24%에서 1975년 30%로 현저하게 증가했다가 그 이후로는 매우 소폭 증가하였다(2019년 31%)는데, 이는 소유주 가구 수의 증가를 반영하는 것이다.

가계 예산에서 교통비 항목의 비중은 1960년 11%에서 1990년

17%로 급격히 증가하다가 2019년에는 14%로 소폭 감소했다. 자동차의 성장은 운송 점유율 상승의 주요 요인으로서 한 가구당 자동차 소유 비율은 1960년에 30%에서 2006년에는 80% 이상의 가구가 최소 한 대의 자동차를 소유했고 1/3이 두 대 이상의 자동차를 소유했다. 그 결과 가계 예산에서 개인 차량 사용에 대한 지출 비중이 증가하였다.

	1960	1975	1990	2007	2019
담배 및 식비	29	23	21	17	17
집세, 수도세, 가스비, 가구용품	24	30	32	32	31
교통비	11	15	17	15	14
의류비	8	7	6	5	4
건강 유지비	1	1	3	4	4
커뮤니케이션 및 문화여가 활동비	3	4	5	10	10
기 타	23	19	18	19	21
	1	0	−1	−2	−1
합 계	100	100	100	100	100

*solde territorial = dépenses des résidents à l'étranger – dépenses des non-résidents en France.

연간 가계 지출비

커뮤니케이션, 여가 및 문화 지출 항목은 1960 년 소비 예산의 3%에서 2019 년 10 %로 증가했다. 전반적으로 통신 소비는 특히 이동 전화와 인터넷을 사용하는 1990 년대 중반 이후 가장 빠르게 증가하였다. 집세와 더불어 통신비는 사전 발생 비용의 큰 몫을 차지한다. "사전 발생"비용(pré-engagé) 이란 계약에 따라 지불되는 비용으로서, 여기에는 주택, 통신 서비스, 텔레비전 서비스, 보험 및 금융 서비스에 대한 지출이 포함된다.

문화생활, 의류의 구매에 더 많은 비중을 두고 있다. 지방에 비해 소득이 높은 편인 파리 사람들은 지방 사람들보다 외출비용이 두 배가 높은 것으로 나타났다.

 ## 주거생활

오랫동안 농경국가였던 프랑스에서는 1850년경부터 농민들이 도시로 진출하기 시작하였다. 이 현상은 두 차례에 걸친 세계대전으로 잠시 중단되었으나 산업혁명이 진행되면서 1950년을 전후하여 다시 시작되었고 농촌을 떠난 이들은 주로 산업화된 대도시의 외곽지역에 정착하면서 기존의 도시 환경과 주거지 형태에 많은 변화를 초래하였다.

더욱이 1962년 알제리의 독립 후 프랑스로 일자리를 찾아 이민 온 수많은 알제리의 노동자들 역시 대도시 부근에 정착하게 되면서 프랑스의 도시들은 크기와 모양새에 있어 새로운 모습을 띠게 되었다. 지난 50년 동안 전체 인구는 1/3이 증가한 데 비해 도시 인구는 2배가 증가하였다.

특히 1950년에서 1970년 사이, 도시 인구의 급속한 증가로 인해 대도시 주변에는 베드타운(banlieue-dortoire)이라 하여, 주변 공간과의 균형이나 건물 자체의 아름다움은 전혀 고려하지 않은 마구잡이의 대형 건물이 질서 없이 들어서게 되었다. 그러나 1970년경부터는 콘크리트의 딱딱하고 건조한 빌딩식 건물들이 점차 줄어들고 양질의 자그마한 건축물들이 세워지는데, 개인 주택이라든 가 작은 마을의 별장식 건축도 이 시기에 발전한다. 1980년대에 들 어서면서 세계적으로 겪고 있는 경제위기가 프랑스에도 영향을 미 쳐 건축사업은 위축되고 물가의 상승은 도시인들의 경제에 부담 을 주게 된다. 전기와 기타 과학의 발전으로 시골에서도 문화적 혜 택을 받을 수 있게 되자, 지금까지 대도시로 향하던 사람들의 마 음은 전원의 조용한 공간에서 지내고자 하는 욕구로 바뀌게 되었 고 경제와 행정의 지방분산 정책도 이에 한몫을 하였다. 그러나 아 직도 도시인구가 전체인구의 75%에 해당한다.

오늘날에도 대도시 근교는 여전히 수입이 적거나 혹은 수입 이 전혀 없는 실업자들과 그의 가족들, 노동자들, 가정에서 독립하 여 나온 젊은이들이 자리잡고 있으며 지역에 따라 이들 지역이 사 회적 문제를 일으키는 장소가 되기도 한다. 빈민층을 형성하는 도 시 근교와는 달리 '빌라 마을'이라 불리는 도시 외곽에 위치한 지 역은 깨끗하고 단아한 주택 단지로서 중류층의 프랑스인들에게 개 인 주택을 갖고자 하는 나름대로의 욕구를 충분히 만족시켜 주 고 있다.

프랑스인들이 일하고 싶어하는 도시

1위 보르도	2위 툴루즈	3위 엑상앙프로방스
4위 몽펠리에	5위 파리	6위 리용
7위 니스	8위 낭트	9위 페르피냥

프랑스인들이 투자하고 싶어하는 도시

1위 파리	2위 마르세유	3위 리옹
4위 툴루즈	5위 릴	6위 보르도
7위 낭트	8위 몽펠리에	9위 니스

　전원이나 대도시 주변의 조용한 지역에 정원 달린 자신의 집을 한채 갖는 것은 많은 프랑스인들의 오랜 꿈이었고 이러한 생각은 사는 방법과 형태가 다양하게 바뀌고 있는 오늘날에도 그리 변하지 않고 남아 있다. 통계에 따르면 현재 프랑스 국민의 1/2 이상(2000년 통계로 56%)이 자기 집을 소유하고 있으며 주말이나 휴가 기간을 지낼 수 있는 별장을 소유한 사람의 수는 노르웨이, 핀란드 다음으로 프랑스가 유럽에서 세 번째의 지위에 있다. 프랑스인들에게 별장이란 호화저택을 의미하기보다는 대부분 정원이 딸려 있는 집으로 일상 생활을 영위하는 거주지가 아닌 제2의 주거지를 의미한다.

그러나 대학생을 포함하여 많은 프랑스의 젊은이들은 경제적인 이유로 여럿이 한 아파트에 모여 집세를 함께 부담하며 살아가기도 한다.

프랑스 사람들도 새로 이사를 가면 크레마이예르(crémaillère)라 하여 친지들을 초대하여 먹고 마시며 즐거운 시간을 보내는데 우리의 집들이에 해당되는 것이다.

프랑스 사람들은 수입의 1/3을 집세와 집안을 유지하고 치장하기 위해 소비하는데, 이들은 시골풍이나 오래된 가구를 선호하고 모케트보다는 나무바닥을 좋아한다.

아파트를 비롯한 주거지의 거주자는 주거세를 내야하고 주거지 소유주는 재산세를 내야한다. 아파트의 소유주이면서 그 아파트에 살고 있는 사람은 두 가지 세금을 모두 지불해야 하는데, 주거세와 재산세는 지방세로서 그 지역 발전에 도움을 준다. 제도적으로 마련되어 있는 주거수당, 이사수당, 주거개선 융자금 등은 각 가정의 주거비 지출에 경제적 혜택을 주고 있다. 집이 없는 사람들은 월세의 임대아파트나 주택에 살게 되는데, 월세를 내지 못한 경우, 집 주인은 이들을 내쫓을 수 있으나, 11월 1일 만성절은 제외된다.

프랑스에는 전국을 여행하며 생활을 영위하는 사람들이 있는데, 1990년 3월 31일의 법률에 따라 5,000명 이상의 주민이 사는 지역에는 이러한 여행자들을 위해 특별하게 공간을 마련하도록 정해 놓았다. 이들은 정해진 특별 공간 이외의 곳에는 정착할 수 없으며 3개월에 한 번씩 경찰이나 헌병에게 통행증을 검사받아야 한다. 선거에 참여하기 위해서는 한 지역에서 3년 이상 살아야 한다.

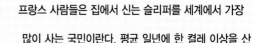

프랑스 사람들은 집에서 신는 슬리퍼를 세계에서 가장 많이 사는 국민이란다. 평균 일년에 한 켤레 이상을 산다는데, 이는 독일인의 세 배, 덴마크인의 네 배, 이탈리아인의 일곱 배, 포르투갈인의 백 배라고 한다. 프랑스의 기후가 밖에 나가기 좋지 않은 날씨 탓이기도 하겠고, 성격상 집에 칩거하기를 좋아하는 국민성 때문인지도….

아쉬엘엠 영세민용 임대아파트(H.L.M.)

아쉬엘엠은 경제적으로 수입이 적은 사람들을 위해 싼 값으로 임대해 주는 주택으로 노동자나 서비스 직종의 사람들 그리고 은퇴한 사람들이 대부분 세들어 살고 있다. 이곳에 살고 싶은 사람은 수입에 따라 임대가 결정되는데, 시청이나 아쉬엘엠 사무처에 등록을 해서 신청하면 된다.

호텔

프랑스에는 22,000여 개의 호텔이 있다. 호텔의 등급은 별의 갯수로 정해지는데, 별이 하나도 없는 호텔에서부터 별 4개의 고급 호텔과 특급 호텔까지 시설과 가격면에서 아주 다양하다. 호텔방은 욕조 있는 방과 욕조 없이 샤워만 할 수 있는 방이 구분되어 있는데, 둘은 가격이 다르며 손님이 선택할 수 있다.

캠핑

캠핑장의 등급도 별 1개에서 4개로 구분한다. 별의 갯수는 캠핑하는 사람들이 누릴 수 있는 안락한 서비스의 제공 정도를 나타내는데, 3개나 4개의 별이 있는 캠핑장은 전기시설 및 더운물 시설을 비롯해 쾌적한 시설이 갖추어져 있어 캠핑객들은 편안하게 여행을 즐길 수 있다. 프랑스에는 등록된 공식 캠핑장만 해도 11,000개나 된다.

다양한 건축물

지방마다 도시마다 프랑스의 건축은 모양새가 다양하다. 주택의 재료는 대지들과 대리석으로 오랫동안 보존이 가능하다.

알자스 지방 : 지붕은 보스주 지방의 사암(沙巖)으로 만들어졌고 하얀색의 도료를 칠한 집의 정면으로 나무로 된 골조가 드러나 있다. 창가의 덧문과 대문은 주로 밝은 색을 띠고 있다.

노르망디 지방 : 유약을 칠한 벽과 나무 골조가 집 전체를 받쳐 주고 있다.

바스크 지방 : 완만한 경사의 기와지붕이 하얀 벽을 덮고 있다. 나무로 된 발코니가 주변 자연경관과 조화를 이룬다.

커다란 빌딩들이 군집된 대도시 리옹

남부 프로방스의 건축

덧문 : 프랑스 집의 창문에는 '볼레 (volet)'라고 하는 덧문이 달려 있다. 환한 대낮에도 덧문을 닫으면 바깥의 빛이 전혀 방안으로들어오지 않아 밤처럼 어두워진다. 위도가 우리 나라보다 높은 프랑스의 여름은 낮의 길이가 길어 저녁 9시가 되어도 초저녁 같고 아침에는 해가 일찍 떠오르므로 볼레로 태양 빛을 조절하여 생활한다. 나무로 된 볼레로가 있는가 하면 특수 천으로 된 것도 있고 모양도 다양하다.

미신과 점성술

합리주의와 실증주의를 자랑하는 프랑스인들도 미신을 믿을까? 우리 나라의 곳곳에서 볼 수 있는 역학관이라든가 점성술사가 테제베와 유러터널, 콩코르드 비행기를 만들어내는 최첨단 과학의 나라인 프랑스에도 존재할까? 현재 프랑스에서 개업 중인 점성술사는 등록된 공식적인 숫자만 해도 4천여 명이 넘고 미등록자들까지 고려한다면 수만 명을 헤아리며, 이곳에서 한 해 벌어들이는 액수가 90여 억 프랑(한화 1조 1천억여 원)에 달한다는 사실은 위의 질문에 대한 답변으로 충분할 것이다.

프랑스의 전통적 점성술로는 이름의 알파벳에 상응하는 숫자들을 통합하여 성격이나 운명을 점치는 수점술(數占術) 외에도 구슬이나 카드를 이용한 방법 등 여러 가지가 있다. 기독교가 한창 위세를 떨치던 중세때에도 점성술사는 국왕 주변에서 정책 결정에 많은 영향력을 미쳤고 우리에게 잘 알려진, 1999년에 세계가 멸망한다고 예언한 16세기의 대예언가 노스트라다무스도 국왕 앙리 4세 시절의 총신이었다.

이러한 현상은 시대가 바뀌어도 여전하여 오늘날의 유명 정치가와 사업가들도 점성사의 조언을 많이 따르고 있으며, 1989년의 한 통계에 의하면 프랑스 국민의 35%가 점성술을 믿는 것으로 나타났다. 별자리로 일주일 또는 한 달의 운명을 알아보는 점성술은 프랑스의 주간지나 월간지에 빠지지 않고 게재되어 그들 일상생활의 일부가 되어 있다.

전통적으로 프랑스에 전해져 내려오는 미신 몇 가지를 살펴보면서 프랑스인과 한국인 사이에 존재하는 사고의 차이와 유사점을 살펴보자.

프랑스인들은 식탁에 13명이 둘러앉아 식사하는 것을 피한다. 예수의 최후의 만찬에 13명이 모인 것에서부터 유래되었다는 이 미신은 초대 손님이 13인이 되면 불행한 일이 생긴다고 믿어, 우연히라도 13명의 초대객이 모인 경우에는 빈자리에 14번째의 식기를 가져다 놓아 액땜을 한다.

바게트를 뒤집어 놓거나 식탁에서 소금을 엎질러도 불행한 일이 생기고, 우산을 집안에 펴놓거나 한밤중에 고양이와 마주치는 것도 흉조이며 거울을 깨뜨리거나 사다리 아래로 지나가도 재앙이 온다고 믿는다.

제1차 세계대전 당시 참호 속에 있던 프랑스 병사 하나가 담배에 불을 붙이자 멀리서 독일 병사가 이를 발견하였다. 두 번째의 프랑스 병사가 불을 붙일 때 이 독일군은 총을 조준하였고 세 번째 프랑스 병사가 불을 붙일 때 총을 쏘았다는 이야기로부터 담뱃불을 붙일 때 세 번째로 붙이면 불길한 일이 일어난다는 미신이 생겼다.

포도주 병의 포도주를 따를 때 마지막 잔을 받은 사람은 결혼을 하게 된다 하니 결혼하고 싶은 사람들은 포도주의 마지막 잔을 받아 마셔야 하겠다. 나폴레옹에게 행운을 가져다 준 네 잎 클로버는 역시 행운의 상징이고 무당벌레가 날아가는 것을 보거나 무지개를 보면 재수가 좋은 날이며 흰 유리컵을 깨도 좋은 일을 예감해 볼 만한 날이라 한다. 행운을 빌기 위해 문 위에 말발굽 격자를 달아 놓거나 선원의 베레모 위에 달려 있는 빨간 장식을 만지기도 한다.

 결혼식장에서 신랑, 신부에게 쌀을 던져 주면 행복하게 산다
고 하여 지금까지도 이러한 풍습이 행해지고 있다.

가 정

05 가정

'아내는 집안에서 아이들을 돌보며 교육과 집안일을 도맡아 하고, 남편은 사회생활을 하여 가정의 경제를 책임지고 집안일은 거의 도와주지 않으며 가정에서 절대적인 위엄을 갖는다.' 이것은 비단 우리 나라의 할머니, 할아버지 시대의 가족상일 뿐 아니라 최근까지도 프랑스 노부부들의 전통적 가족의 모습이기도 하다.

그러나 오늘날의 전형적인 프랑스 가족의 모습으로는 두 명의 자녀를 둔 부부가 개인 주택에서 살며 엄마, 아빠 둘 다 사회생활을 하는 가정을 연상하면 된다. 자녀들은 대개 20대가 되면 독립하여 부모 곁을 떠나는데, 최근에는 경제적 어려움으로 인한 집세의 문제라든가 학업의 연장 등으로 20대 젊은이들이 예전에 비해 부모와 함께 사는 기간이 더 길어졌다. 여기서 캥거루 세대라는 새로운 표현이 생겨났다. 오늘날 부모와 함께 사는 20~24세의 젊은이들은 약 53% 정도로 추정된다.

결 혼

프랑스인들은 오래전부터 가족을 그들 삶의 중심에 두었다. 세상을 살아가는데 필요한 애정과 자신감, 결속력과 보호막이 있는 마치 번데기를 보호하는 누에고치 같은 가정이야말로 일상생활의 중심이라 여겨진다. 가정 밖에서는 느낄 수 없는 편안함과 안락함이 있는 곳, 바로 가족이 있는 가정이다. 그럼에도 불구하고 최근 들어 프랑스에서는 커플 수가 줄어드는 추세이다.

프랑스에는 대혁명 시기까지 종교적 결혼만이 있었고 이혼은 금지되어 있었다. 비종교적인 시민 결혼이 법적으로 승인된 것은 1792년부터이고 같은 해에 이혼도 허락되었다. 왕정복고 시대에 이혼제도는 잠시 폐지되었다가 1884년 다시 부활하였다.

1972년부터 혼외 자녀도 법적 자녀와 같은 권리를 갖게 되고, 동거한다는 간단한 신고만으로도 동거인들이 사회적 보호를 받을 권리를 갖게 되자, 70년대 이후 결혼비율은 감소하고 이혼은 증가하며 혼외 자녀수 또한 증가한다. 사랑의 결실로 여겨져야 할 결혼이 오히려 진정한 사랑의 장애물로 간주되고, 입법자들은 결혼하지 않고 동거하는 사람들을 위해 법적으로 여러 가지 기본적인 보호제도를 마련해 주어야 한다는 압력을 받게 되었다.

프랑스에서는 여자는 15세, 남자는 18세가 되면 결혼할 수 있다. 성년이 18세부터이므로 만약 15세의 여자가 결혼을 하기 위해서는 부모의 동의가 있어야 하는데, 현재의 평균 결혼 연령을 고려해 볼 때, 이러한 경우는 희박할 것으로 여겨진다. 1998년 평균 초혼 연령은 여자가 27.7세, 남자가 29세로, 1980년 여자가 23세, 남자는 25세였던 때와 비교해 보면 결혼 연령은 점점 늦어지는 추세이다. 재혼인 경우, 여자는 이전 결혼의 법적 효력이 끝난 날부터 300일이 지나거나 임신 중이 아니라는 의학증명서를 제출해야 한다.

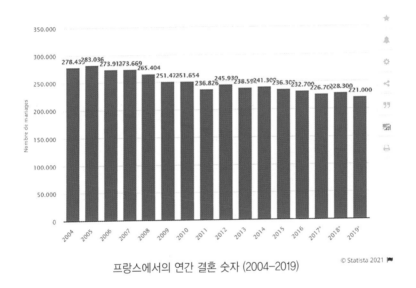

프랑스에서의 연간 결혼 숫자 (2004-2019)

© Statista 2021

결혼에는 시민결혼과 종교결혼이 있다. 종교결혼, 즉 성당에서의 결혼은 의무적은 아니며 신랑이나 신부 중 한 사람은 반드시 세례를 받은 사람이어야만 한다. 전통적으로 신랑이 어머니의 팔짱을 끼고 먼저 성당으로 입장한 후 신부가 아버지와 함께 입장한다. 식을 마친 후에는 새신랑과 신부가 먼저 퇴장하고 신랑의 아버지는 신부의 어머니와, 신랑의 어머니는 신부의 아버지와 팔짱을 끼고 나온다. 종교결혼은 시대가 흐름에 따라 점점 줄어드는 추세로, 1965년에는 부부 중 78%가 성당에서 결혼식을 올린 반면 1986년에는 56%로, 1999년에는 44%로 감소하였다.

법적으로 부부임이 인정되는 것은 시청에서 행하는 시민 결혼식(mariage civil)에 의해서이다. 식은 신랑, 신부 중 한 사람의 거주지 시청에서 행해지며, 시청 정문과 벽보에 2주일 동안 결혼 공고를 할 수 있다. 결혼 전, 출생증명서와 혼전 의학 검진증명

가족 수첩

서 및 현재 결혼하지 않은 상태임을 증명하는 서류제시를 모두 마친 후 메흐(maire)라고 하는 시장 또는 읍장과 같은 관할 행정부의 장(長)의 지휘하에, 부모와 친지, 친구들이 지켜보는 가운데 프랑스 공화국의 상징인 마리안느 반신상 앞에서 신랑·신부 측의 두 명의 증인과 함께 결혼식이 진행된다. 결혼식이 끝나면 '리브레 드 파미으(le livret de famille)'라는 가족수첩을 발부받는다.

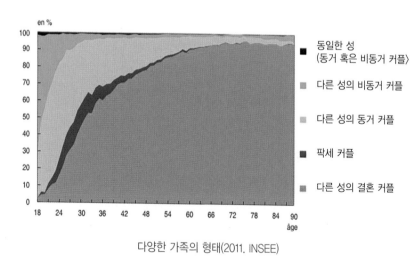

en %

- 동일한 성
  (동거 혹은 비동거 커플)
- 다른 성의 비동거 커플
- 다른 성의 동거 커플
- 팍세 커플
- 다른 성의 결혼 커플

다양한 가족의 형태(2011, INSEE)

우리 나라에서는 부부 중 한 사람에게 청첩장을 보내면 부부가 아이까지도 데리고 결혼식에 참석할 수 있으나 프랑스에서는 예를 들어 자녀가 있는 뒤퐁씨 부부를 초대할 경우, 초대장에 '뒤퐁씨 부부를 초대합니다.'라고만 씌여 있다면 아이들은 데려가지 말아야 한다. 초대받지 않았기 때문이다. 즉 초대장에 명시된 이름의 사람만이 결혼식에 갈 수 있다. 피로연이 더욱 재미있는 것은 정말 만나고 싶은 사람만 초대했기 때문이 아닐까 싶다.

결혼식이 끝나고 베풀어지는 축하연에서 신랑과 신부는 아몬드 모양에 설탕이 입혀진, 드라줴(dragées)라 불리는 사탕을 부모님과 하객들에게 선사한다. 결혼식에는 하얀색, 그리고 여자아이의 세례식에는 분홍색, 남자아이의 세례식에는 파란색의 드라줴를 준비하는 전통이 있는데 드라줴에 대해 전해 내려오는 재미난 이야기가 있다.

십자군 전쟁 당시 동양으로부터 입에 사르르 녹는 하이얀 가루, 즉 설탕이 들어오게 되었다. 당시의 연금술사들과 약제사들은 이 설탕가루를 영양가가 전혀 없는 물질로 판단하고 단지 의료 차원에서만 사

드라제

용하기로 결정한다. 그로부터 달콤한 설탕을 맛보기 위해 꾀병 환자들이 급속히 늘어나기 시작한다. 이러한 현상을 목격한 한 요리사가 잘게 부순 설탕가루에 아몬드를 굴려 식사가 끝난 후 소화제로 선을 보인 것이 드라줴 전통의 시작이

다. 처음에는 궁전의 축제 때에만 등장하던 드라줴가 점점 서민들에게도 퍼지게 되면서 이제 프랑스에서 드라줴 없는 리셉션이나 축제일은 없다고 할 만큼 프랑스의 대표적인 산물이 되었다. 드라줴는 메츠와 낭시 그리고 툴루즈와 파리에서 생산되며 특히 베르덩은 드라줴의 특산지로 유명하다.

결혼 기념일
프랑스인들은 결혼한 햇수에 따라 보석의 이름을 딴 명칭을 붙인다.
- 25주년 : 은혼식 (noces d'argent)
- 30주년 : 진주혼식 (noces de perle)
- 35주년 : 루비혼식 (noces de rubis)
- 40주년 : 에머럴드 혼식 (noces d' émeraude)
- 45주년 : 옥혼식 (noces de vermeil)
- 50주년 : 금혼식 (noces d'or)
- 60주년 : 다이아몬드 혼식 (noces de diamant)

결혼과 관련된 일종의 미신으로 성당과 시청에서 퇴장할 때, 하객들은 신랑 신부에게 행복과 번영을 바라는 뜻에서 성당 종소리에 맞추어 쌀을 던지는 풍습이 있다. 또한 웬만해선 자동차 클랙션을 울리지 않는 프랑스에서 이날만큼은 꽃과 리본으로 장식된 자동차 행렬이 거리에서 새신랑 신부에게 축하의 자동차 경적을 마음껏 울릴 수 있다.

프랑스의 결혼식은 60% 이상이 6월에서 9월에 행해지고 이중 80% 이상이 토요일에 거행된다.

결혼 후 신부는 보통 남편의 성을 따르지만 개인적인 또는 직업적인 이유에서 미혼시절의 성을 그대로 간직하는 경우도 있다. 아이들은 부계 쪽의 성을 따른다.

동 거

프랑스어에는 결혼하지 않고 동거하는 커플에 대한 호칭으로 콩퀴비나주(concubinage), 위니용 리브르(union libre), 코아비타씨옹 쌍 마리야주(cohabitation sans mariage), 메나주 드 페(ménage de fait), 파르트나리아(partenariat) 등 다양한 표현이 있다. 이는 그만큼 동거라는 현상이 프랑스 사회에서 중요한 자리를 차지하고 있음을 나타내는 사회언어학적 증거라 할 수 있다.

프랑스인들에게 동거는 젊은이들의 장난기어린 순간적인 행위가 아니라 남녀가 함께 살아가는 또 다른 삶의 형태로서, 안정되고 장기간 유지되는 경우가 많으며 일반적으로 사회의 용인을 받고 있다. 1999년 국립인구문제 연구소의 발표에 따르면 동거 커플 중 1/3 이상이 10년 이상 동거관계를 유지하며, 혼전 동거기간을 거치지 않고 결혼하는 경우는 전체 부부의 1/9 정도에 해당되는 것으로 밝혀졌다. 1968년 2.8%였던 동거커플이 1998년 16.3%로 늘어 26세까지의 남자와 28세까지의 여자들은 결혼한 부부보다 동거커플이 더 많은 것으로 나타났다.

동거현상은 프랑스 사회의 각계각층의 범주에서 증가 추세에 있는데 특히 대도시와 인텔리 계층에 널리 확산되어 있다. 그런데 동거인 사이에는 부부로서의 의무와 권리가 부과되지 않는다. 즉 집안살림과 경제적인 부분에 있어 법적 제약을 받지 않으며, 동거인 중의 한 사람이 사망한 경우 그의 재산에 대해 상대방 동거인은 유산의 권리가 전혀 없다. 동거는 70년대 이후 증가하였고 혼외 동거에서 태어난 자녀의 수는 전체 출생아의 2/5에 해당된다. 백십만의 동거커플이 한 명의 자녀를 두고 있으며 이 커플 중 반은 적어도 두 명의 자녀를 두고 있다는 통계를 볼 때, 아기의 출생이 프랑스인들에게 결혼을 강요하지는 않음을 알 수 있다.

팍 스(Pacte civil de solidarité: PACS)

팍스란 18세 이상의 동거인들에게 동거 계약을 체결하게 하여 법적 부부와 같은 사회적 혜택을 주기 위한 법률로서 동성연애자들까지도 그 혜택을 누릴 수 있다. 이 법률은 1999년 11월 16일부터 실행되어, 통계에 따르면 2000년 9월 현재 등록된 팍스는 약 23,000쌍에 이르고 있다. 팍스로 신고한 동거인들 사이에는 신고하지 않은 동거인들과는 달리 상호간에 물질적 도움을 주어야 하는 의무와 함께 사회적 보호를 받을 권리가 따른다. 또한 팍스 이후에 습득된 재산은 공유될 수 있다.

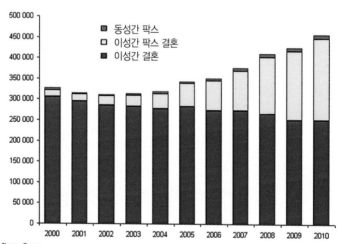

결혼과 팍스 커플 수

가 족

앙드레 지드(André Gide)가 말해 유명해진 "가족이여 나는 당신을 증오합니다(Famille, je vous hais.)"의 문구가 오늘날에는 "가족이여 나는 당신을 사랑합니다(Famille, je vous aime.)"로 바뀌었다고 프랑스의 젊은이들 스스로가 말하고 있고, 프랑스인의 94%가 가장 가치 있는 것 1위로 꼽고 있는 것이 바로 가족이다. 최근에는 자녀의 나이가 25세 정도가 되어도 부모와 함께 사는 가정이 늘고 있는데, 이는 세대간의 충돌이 완전히 사라져서라기보다는 집세를 비롯한 생활비를 자녀의 힘으로 감당하기 어려운 이유와 함께 늙어 부부끼리만 남겨지기보다는 자녀와 함께 하기를 원하는 부모들이 늘어났기 때문이다. 그러나 결혼 후에는 부모로부터 독립한다.

가사노동의 남녀 분담은 아직 완전히 평등하지는 않지만 남자의 참여도가 한국에 비하면 높은 편이다. 앙케이트 조사 결과, 프랑스 남편들의 가사 노동 참여도는 다음과 같다.

	남 성			여 성		
	1999	2010	Evolution	1999	2010	Evolution
집안일에 할애하는 시간	01:59	02:00	00:01	03:48	03:26	−00:22
집안일, 장보기	01:04	01:08	00:04	03:06	02:35	−00:31
아이돌보기	00:11	00:18	00:07	00:27	00:36	00:09
집안 목공일	00:30	00:20	−00:10	00:04	00:05	00:01
정원가꾸기, 애완동물 돌보기	00:14	00:14	00:00	00:11	00:10	−00:01

성에 따른 집안일의 변화

　　프랑스인을 가리켜 브리콜라주(bricolage, 자질구레한 목공일, 수리)의 천재라고 한다. 휴일이나 휴가철에 집안의 천장이나 벽을 새로 페인트 칠한다든가 의자나 식탁과 같은 집안 물품 망가진 것을 수리하고 정원을 가꾸는 프랑스인을 보기란 그리 어렵지 않다.

　　물론 프랑스가 노동력이 비싼 나라인 만큼, 경제적인 이유도 있겠으나, 프랑스인들에게 이러한 자질구레한 목공일들은 일종의 여가활동으로 여겨진다고 한다.

프랑스에는 부모 중 한 쪽, 특히 엄마와 자녀들로 이루어진 가족(famille monoparentale, 파미으 모노파랑탈)이 증가추세에 있다. 1996년 한 쪽 부모에 의한 가족이 프랑스 전체 가족의 14%였으나 2016년에는 프랑스에 거주하는 1,420만 명의 미성년자 중 290만 명인 21%가 한 부모 가정에서 사는 것으로 집계 되었다. 3세 미만 어린이의 13%, 6세에서 17세 사이의 청소년은 23%가 한 부모 가정에서 살고 있으며 이들 중 약 85%의 경우가 어머니와 함께 거주하는 것으로 나타났다.

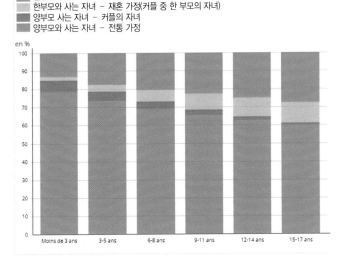

Champ : France hors Mayotte, enfants mineurs vivant en famille.
Source : Insee, enquête annuelle de recensement 2018.

자녀 연령에 따른 가족 유형

파리와 같은 대도시에서는 흔한 가족 형태로서, 엄마가 혼자 아이들을 키우게 된 원인으로 이혼이 43%로 1위이고, 독신자 엄마가 21%로 2위, 그리고 배우자 사망이 20%이다. 이혼이나 배우자의 사망에 의한 결손가정은 우리 나라에도 드물지 않은 경우이지만 미혼인 엄마여도 당당히 아이를 낳아 혼자 키울 수 있는 사회적 분위기다. 편부모로 이루어진 가족의 경제적 문제는 국가에서 '편부모수당(allocation de parent isolés)'을 제정하여 부모의 수입에 따라 차이를 두어 도움을 주고 있다.

 ## 출 산

여자들의 학력이 높아짐에 따라 프랑스 여성 중 평균 초산연령이 1980년 26.8세에서 1998년 29.3세로 늦어졌고 20세보다 40세의 임산부가 더 많아지고 있다.

프랑스는 1945년에서 1950년까지의 베이비붐(baby-boom) 이후 출산율이 계속 저하되고 있는데, 그 원인으로는 피임기술의 발

쥐스탱(Justin)의 출생을 알리는 아기 출생카드

달과 1975년 베이유(Veil) 법에 의한 낙태의 합법화를 들 수 있으며 아이로 인해 자유를 구속받고 싶어하지 않는 프랑스인의 개인 적 성향도 큰 몫을 차지하고 있다. 결혼의 감소가 출생률 저하 의 직접적인 원인은 아니다. 혼외자녀도 결혼한 부부의 자녀와 똑 같은 사회적 권리와 혜택을 누리기 때문이다.

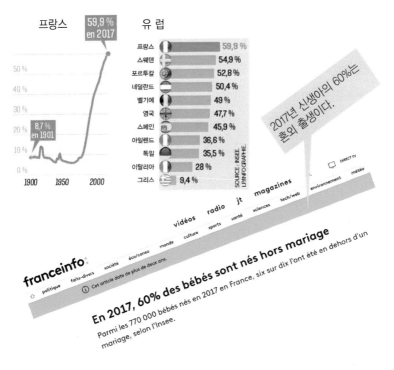

프랑스 혼외 동거에 의한 자녀 (INSEE 2017)

혼외자녀는 아빠 또는 엄마의 성을 따를 수 있는데, 대부분 아빠의 성을 따른다. 프랑스에서는 아빠도 분만실에 들어가 산모의 고통을 함께하며, 아기의 탄생시 의사가 건네주는 가위로 태어난 아기의 탯줄을 직접 끊어주고 아기에게 입을 맞추는 감동의 순간을 만끽한다.

국가에서는 출산을 장려하기 위해 정책적으로 많은 지원을 하고 있다. 예를 들어, 산모는 유급 출산휴가를 받을 수 있다. 휴가 기간은 첫아이인 경우, 출산 전 6주간, 출산 후 10주간이다. 세 번째 아이부터는 출산 전 10주간, 출산 후 12주간으로 연장된다. 또한 자녀가 두 명 이상이 되면 수입에 상관없이 국가보조금으로 가족수당(allocations familiales)을 받게 되고 이 수당은 아이가 20세가 될 때까지 지급된다.

부모휴가(congé parental)는 아이가 세 살이 될 때까지 부모 중 한 쪽이 휴직할 수 있는 권리로서 무급휴가인 대신 부모수당(allocation parentale)이라는 국가 보조금을 받을 수 있다.

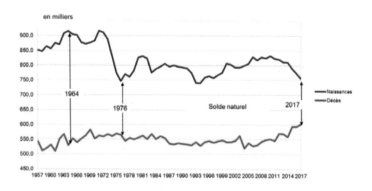

프랑스인의 출생률과 사망률(1957-2017)

자유의사에 따른 임신중절
(L'interruption volontaire de grossesse: I.V.G.)

프랑스에서 자유의사에 따른 임신중절은 베이유(Veil)법에 의해 1975년 법적으로 승인되었고 1983년부터는 사회보험에서 수술비를 환불받게 되었다. 베이유법이 통과되기 1년 전 1974년에는 여성들의 불임을 위한 비용을 사회보험에서 환불해 주는 법안과 미성년의 소녀들이 부모의 동의 없이 피임약을 받을 수 있는 법안이 통과되었다. 낙태는 임신 12주 이내에 가능한데 임신중절의 의사를 가지고 있는 산모가 병원을 방문하여 진찰을 받게 되면 의사는 이에 관련된 안내자료(dossier guidé)를 배부하고 심리 전문의사와의 상담을 처방해 준다. 상담 후에는 상담 증명서가 배부되고 상담 후 일주일 정도 생각할 시간을 갖은 후 여전히 수술을 원하는 산모는 수술 요구를 서면으로 제출하고 나서 임신중절을 받을 수 있다.

익명출산, 수직스 (accouchement sous le secret: Sous X)

프랑스에서는 여성이 자신의 신분을 숨긴 채 출산할 권리를 법적으로 보장해 주고 있다. 이런 경우 서류상 부모의 이름을 기입하는 난에 이름을 적는 대신 ×표시를 하므로 익명출산을 프랑스어로 '수직스(Sous X)'라 칭한다. 1941년 이후 오늘날까지 유지되어 온 익명출산에 관한 법률에 따르면, 출산 비용과 양육비는 국가가 책임지며 수직스 출신의 아이가 양부모에게 입양된 후, 아이나 양부모의 요청이 있다 해도 생부모의 신분을 절대로 밝히지 않는 것을 원칙으로 삼고 있다.

그러나 2001년 5월 31일 프랑스 국회는 세골렌 르와얄(Ségolène Royal) 가족부 장관이 제출한 '익명출산 개정법', 일명 '르와얄 법안'을 통과시켰다. 이 법안은 수직스출산 보호법에 따라 산모의 인권은 존중하되, 출생자의 신분자료를 관리하는 기관(CNAOP)을 만들어 출생자와 생부모가 동의할 경우, 아이에게 자신의 출신에 대하여 공개할 수 있게 한다는 내용을 골자로 하고 있다.

그 동안 수직스 출신자들은 비밀에 쌓인 그들의 출생 기원을 알기 위한 권리를 얻기 위해, 매년 파리 광장에 모여 시위를 벌이며 사람들의 눈길을 모으곤 하였다.

국적

프랑스에서 태어난 외국인의 자녀는 성년인 18세가 되었을 때, 그 이전의 5년간 계속해서 프랑스에 거주하였다는 조건하에, 본인의 의사에 따라 프랑스 국적을 취득할 수 있다.

프랑스인과의 결혼에 의해서도 외국인은 프랑스 국적을 취득할 수 있다. 1894년 이전에는 결혼 직후 국적이 주어졌으나 국적 취득을 위한 위장 결혼이 성행하자 1994년부터는 결혼 2년 후에, 1997년의 법률하에서는 결혼 1년 후에 국적을 요구할 수 있게 되었는데 그 기간 이전이라도 아이가 출생하면 국적은 바로 주어진다.

어린이 보호시설

크레쉬(crèche)

1950년대의 경제위기는 여자들로 하여금 사회생활을 하도록 조장하였고 회사 내에 크레쉬라는 어린이 집단 보호시설을 만들어 아이들을 돌보아 주었다.

오늘날의 크레쉬는 주로 시(市)에서 관리하고 생후 2개월에서 3세까지의 어린이를 보호한다. 크레쉬는 아기를 맡기기 위해 부모들이 가장 선호하는 기관이기는 하지만 자리가 충분하지 않아 이곳에 맡기기 위해서 아기가 태어나기 전부터 부모들은 시청에 등록하고 순서가 오기를 기다린다. 일반적으로 공휴일과 주말을 제외하고는 오전 7시부터 오후 7시까지 운영된다. 부모는 자신의 수입에 따라 크레쉬 비용을 지불하는데, 아이가 아프면 다른 아이들의 감염을 감안하여 맡길 수 없다.

크레쉬 파랑탈(crèche parentale)

사립 크레쉬로서 부모들에 의해 조직, 경영된다. 적은 수의 아이들을 직업적 유아 전문인과 함께 부모들이 돌아가며 참여하여 돌본다. 경제적으로 어느 정도 유복한 계층에 한정된다.

갸르드리(garderie)

국립과 사립 갸르드리가 있으며 생후 3개월부터 6세까지의 어린이를 위한 기관이다. 규칙적으로 아기를 맡길 수도 있고 필요한 경우에만 몇 시간을 맡길 수도 있는 곳이나 하루종일은 맡길 수 없다. 엄마가 직장에 다니지 않는 가정의 어린이들도 친구들과의 사회생활을 배우기 위해 일주일에 다만 몇 시간이라도 이곳에서 시간을 보내곤 한다.

쟈르드리는 체계적인 교육의 장은 아니고 우리 나라의 놀이방 정도에 해당된다.

유 모(nourrices)

'사회의료원'에서 아이를 돌볼 수 있는 자격을 인정받은 사람으로서, 자신의 집에서 하나 혹은 여럿의 아이들을 돌보아 준다. 가격은 유모가 정하기 나름이다.

아이의 부모들은 집 근처에 사는 유모에게 원하는 시간에 원하는 시간만큼 아이를 맡길 수 있으므로, 시간이 정해져 있는 크레쉬와는 또 다른 편리함이 있으며 아이가 조금 아파도 유모가 받아주면 맡길 수 있다.

쟈르댕 당팡(jardin d'enfants)

3세에서 6세까지의 어린이를 보호하고 교육시키는 기관으로서 국립기관의 유치원인 에콜 마테르넬과 달리 쟈르댕 당팡은 사립기관이다.

두 교육기관은 각각이 추구하는 학습목표와 내용으로도 구분되는데 국립기관의 유치원인 에콜 마테르넬은 초등교육의 일부로서 어린이들이 초등학교에 가기 위한 준비 단계로 읽기와 쓰기, 셈하기 등의 공부를 가르치는 반면 쟈르댕 당팡에서는 인성교육이 그 목표로서 가족을 떠나 사회에 적응하는 것을 목적으로 하여 일반적으로 운동과, 율동, 놀이를 통해 자신을 표현하는 방법을 가르친다.

이 혼

프랑스 대혁명을 통해 1792년 제정된 이혼법률은 1816년 절대왕정이 복고된 후 잠시 폐지되었다가 1884년 제3공화국의 나케(Naquet) 법에 의해 다시 부활된다.

오늘날 프랑스 부부의 1/2이 이혼으로 이어진다고 하는데, 합의 이혼의 성립과 여성의 경제적 독립이 이혼 증가의 주원인이며, 통계에 따르면 이혼을 요구하는 측은 여성이 35%, 남성이 25%, 부부가 함께 요구하는 경우가 40%이다. 이혼시 아이들은 대부분 엄마가 양육하며 아빠는 2주일에 한 번 아이들을 만날 권리가 있고 학교 방학의 반 정도 기간 동안 돌볼 수 있다. 이처럼 자녀에 대한 아버지의 권리가 엄마에 비해 불평등한 것에 대해 이혼한 아버지들의 모임이 결성되어 법적으로 재고할 것을 주장하고 있다.

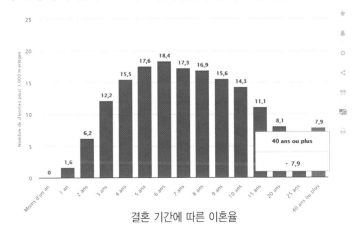

결혼 기간에 따른 이혼율

이혼 동기

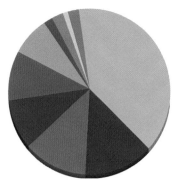

- 자녀
- 시부모 및 처가 부모
- 질투
- 일
- 성격 차이
- 지나친 조기 결혼
- 루틴
- 불륜
- 부부싸움 및 이기주의
- 경제

주요 이혼 사유

 100세 이상의 노년층

2070년이 되면 프랑스 전체 국민 중 100세 이상인 사람이 270,000명에 이를 것으로 본다는 2016년 INSEE의 연구 결과가 발표되었다. 2016년 현재 100세 이상인 프랑스인이 21,000명인 것과 비교해 볼 때, 2070년에는 20배 가까이 증가하는 셈이다.

2016년 기준 프랑스는 이탈리아와 스페인을 제치고 유럽에서 100세 이상의 노인이 가장 많은 장수국가이다. 인구수가 다른 나라에 비해 많은 것이 그 한 가지 원인이 될 수 있고 또 다른 이유로는 여성들의 평균수명이 늘어났기 때문이다. 백세 이상 6명의 노인 중 5명이 여성이며 110세 이상인 사람 중에는 거의 여성만 있다. 설문조사에 따르면 이들 중 반 이상이 집에서 기거하며 약 29%는 혼자 사는 것으로 나타났다.

   노인들은 자신의 건강에 주의를 기울이고 여행 및 문화 생활을 즐기는가 하면, 대다수의 노인들이 사회 봉사활동을 하기도 한다. 결혼한 자녀들과 함께 살지는 않더라도 가까이 살며 손주들을 보살펴 주는 프랑스 노인들은 한국의 할머니 할아버지와 그리 다를 바 없다.

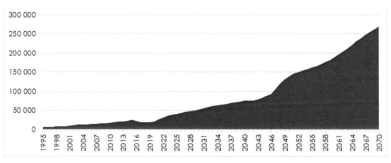

100세 이상인 프랑스인의 수 (1995-2070) INSEE

교 육

06 교육

학교의 역사

프랑스인의 선조인 골(Gaule)족의 시대에는 드뤼드(druide)라고 불리는 종교적 지도자인 사제들이 구어(口語)만으로 교육을 담당하였다. 교육 내용은 주로 종교적 역사와 나무를 재배하고 가꾸는 방법이었는데, 학생들은 이를 모두 암기하여야 했다.

로마의 지배하에서 학생들은 라틴어와 그리스어를 배웠으며, 이 시기에는 말을 잘하는 것이 중요하게 여겨졌던 만큼 학생들은 자신의 생각을 멋지게 표현하는 방법을 익히기 위해 노력하였다. 강의는 야외의 광장에서 오전에만 있었고 오후에 학생들은 수영장이나 목욕탕에 가서 피로를 풀었다. 선생님들은 엄격하여 나무 막대기로 학생들의 손가락을 때리는 것 정도는 예사로운 일이었다. 우리에게 익숙한 페다고지(pédagogie)라는 말의 어원은 그리스어로서, 당시 학교로 아이를 데려다 주는 노예의 역할을 가리키는 말이었다.

중세의 학교

중세의 교육은 목사나 신부와 같은 종교인들이 맡아 하였다. 학생들은 미사에 필요한 단어들을 배웠으며, 종교적 내용의 문서가 주교재였다.

질 페리
(Jules Ferry, 1832-93)

8세기경 샤를마뉴 대제는 호기심이 많고 교육의 중요성을 인식하고 있던 왕으로서, 궁정학교를 세우고 훌륭한 선생님들을 모시기 위해 애썼으며 종교 문서 읽기와 산수, 천문학이 주교육 내용이었다. 이 시대에는 글을 읽고 쓸 줄 아는 사람은 적었고, 대중작가란 다른 이들을 위해 글을 읽어주고 써주기도 하는 사람이었다.

대혁명의 시기를 거치며 국민들은 출신과 재산에 상관없이 모든 어린이가 교육을 받아야 한다는 사고를 갖게 된다. 많은 학교가 새로 설립되고 교실은 학생들로 가득찼으나 교사가 부족한 형편이었으므로 교사의 부족을 메우기 위해 몇몇 학생들을 모니터로 선발하여 뒤떨어지는 학생들을 도와주게 하였다. 이 시기에는 사회 전반적으로 경제가 어려웠던 만큼, 책상 위에 모래를 깔아 놓고 그 위에서 글쓰는 연습을 하기도 하였다.

혁명 후 온국민이 교육을 받을 수 있는 권리에 대한 끊임없는 논의와 노력은 제3공화국이 되어서 그 결실을 보게 된다. 1882년 프랑스의 모든 어린이들이 종교색을 띠지 않은 무상·의무교육을 받을 수 있는 법적 근거가 마련되었다. 6세부터 13세의 어린이를 학교에 보내지 않는 부모는 법적으로 벌금을 내게 하고 가족수당을 주지 않는 등의 강력한 조처를 취함으로써 어린이들은 들판과 공장에서 해방되어 학교로 향하게 되었다.

1905년 당시 초등학교 학생들과 교사의 모습

이 시기에 만들어진 교육의 기본방침은 오늘날까지도 계속 유지되고 있고 당시 초등교육에만 적용되었던 무상·의무교육이 1959년부터는 6세에서 16세까지로 확대되어 프랑스의 청소년들은 더욱 깊이 있는 교육의 기회를 갖게 되어 오늘날의 프랑스가 존립할 수 있는 커다란 원동력이 되었다.

교육제도 및 기관

초등교육

유치원 : 1826년 자선사업가인 에밀 마레(Emille Mallet)와 파리 12구의 가톨릭 시장(市長)인, 쟝 드니 코셍(Jean-Denys Cochin)에 의해 3세에서 6세까지의 어린이들을 수용하는 첫번째 '보호시설'이 파리에서 그 문을 열었는데, 이것이 오늘날 프랑스 유치원(Ecole maternelle)의 시초이다. 2019년 9월부터 3세부터 의무교육이 시작되며 용변을 가릴 수 있는 아이는 2세부터도 입학이 가능하다.

유치원은 어린이들의 나이에 따라 세 단계로 나뉘는데, 2세부터 4세까지의 첫 번째 과정은 놀이에 치중되어 있고, 4세에서 5세까지의 중간 단계는 구어 및 신체표현에 중점을 두며, 5세에서 6세까지의 마지막 단계에서는 초등학교에 가기 위한 준비작업으로 읽기와 쓰기, 셈하기 등을 배운다.

유치원의 수업장면

유치원은 일주일에 닷새, 하루에 오전 3시간, 오후 3시간의 6시간 운영을 기본으로 하며, 오전 8시 30분부터 점심식사 전인 11시 30분까지의 오전반이 끝나면 아이들을 데리러 온 엄마, 아빠들로 유치원 문 앞은 소란해진다. 집에서 점심을 먹고 다시 오후반을 계속하러 오는 아이들도 있고 오전반만 하는 아이들도 있는데, 이것은 부모가 선택할 수 있다. 4시 30분까지의 종일반 아이들은 캉틴느(cantine)라고 하는 부설식당에서 점심을 먹고 식사 후 낮잠도 잔다. 학교에 따라 직장에 다니는 부모를 위해 저녁 6시나 7시까지 아이들을 맡아 주는 유치원도 있다.

3세에서 6세의 어린이가 갈 수 있는 기관으로 국립기관의 유치원 외에 사립기관인 쟈르댕 당팡(jardin d'enfants)이 있다. 유치원의 경우 초등학교 교육과의 연계선상에서 교육목표가 정해진다면 쟈르댕 당팡은 아이들의 사회화를 위해 놀이를 통한 인성교육을 목표로 삼고 있다.

초등학교 : 초등학교 과정은 6세부터 11세까지 5년간으로 준비과정(CP), 기초 1년 과정(CM1), 기초 2년 과정(CM2), 중간 1년 과정

유치원의 수업장면

(CM1), 중간 2년 과정(CM2)으로 구분된다. 아침 8시 30분에서 11시 30분까지의 오전 수업 후 2시간의 점심시간이 있고 오후 수업은 1시 30분에서 4시 30분까지 계속된다. 수요일에는 학교를 가지 않고 토요일은 한 달에 3주만 간다. 프랑스 초등학교의 연간 수업 일(日) 수는 180일로서 이탈리아의 215일, 영국의 200일과 비교해 볼 때 유럽에서 가정 적은 반면, 일주일 간의 수업 시간은 어린이를 힘들게 할 만큼 많이 책정되어 있어 항상 사회적으로 토론의 대상이 되고 있다. 초등학생의 수업 시간은 일주일에 27시간으로 이는 미국의 18시간, 덴마크의 23시간, 영국의 21시간, 독일의 20시간에 비하면 상당히 많은 시간이기 때문이다.

비로요(Vironchaux) 학교의 쉬는시간

성적은 0에서 10점 또는 0에서 20점 만점으로 처리되거나 A에서 E로 평가되기도 한다. 성적표에는 시험 성적과 함께 학생의 일상 태도가 평가되고 3개월에 한 번씩 학생들의 집에 우편으로 배달된다. 낙제 제도가 있어, 예를 들어 프랑스어를 완전히 익히지 못해 1년 또는 여러 해에 걸쳐 낙제하는 어린이들도 가끔 볼 수 있다.

♦ 학교 방학(17 주)
　– 봄 방학 또는 부활절 방학 : 4월(2주간)
　– 여름 방학 : 7월, 8월(9주간)
　– 만성절 방학 : 10월 말(10일간)
　– 크리스마스 방학 : 12월 말 ~ 1월 초(15일간)
　– 겨울 방학 또는 스키 방학 : 2월(2주간)
　　봄 방학과 겨울 방학은 프랑스 전역을 지리적으로 A, B, C 세 지역으로
　나누어 날짜가 다르게 설정된다

중등교육

중등교육은 전기과정인 중학교와 후기과정인 고등학교로 나뉜다. 어린이들은 집에서 가장 가까운 중학교와 고등학교에 입학하게 되고 시골에서는 대부분의 학생들이 중·고등학교 내의 기숙사 생활을 한다.

중학교 : 프랑스어로 중학교는 '콜레쥬(Collège)'이다. 중세에는 콜레쥬가 '형편이 어려운 학생들을 유숙시키던 건물'을 가리키던 말이었으나 점차로 교사들이 그 곳에 강의를 하러 오게 되었고, 프랑스의 첫 번째 중등 교육기관을 가리키는 말이 되었다. 현재 중학교 과정은 11세부터 4년간 무상 의무교육으로 이루어지고 우리 나라에서와 마찬가지로 매시간 수업의 종류가 바뀌고 교사가 바뀐다.

수업일수는 일주일에 30.5시간으로 독일의 33시간, 이탈리아와 덴마크의 30시간, 일본의 26시간, 영국의 22시간과 차이가 있다. 초등학교의 5학년 과정 이후 중학교부터는 6학년, 5학년…순으

로 학년이 불리운다. 6학년과 5학년의 첫 두 해는 '관찰과정 (le Cycle D observation)'이라 하여 모든 학생들이 같은 과목을 배우고 하나의 외국어가 필수로 포함되는데, 학생의 80% 정도가 영어를 선택하고 그 다음으로 스페인어, 독일어의 순이다. 5학년이 끝날 무렵이 되어도 학교에 적응을 잘 하지 못하는 학생들은 '특수교육반(sections d'enseignement spécialisé)'으로 가게 된다. 남은 두 해의 4학년과 3학년은 '진로결정 과정(le Cycle d'orientation)'이라 하여 중학교 졸업 후의 진로를 결정하는데 단기간의 직업 고등학교와 일반 고등학교 중 선택해야 한다.

누아지르그랑
(Noisy-le-grand)에
있는
빅토르 위고
중학교

매 학년마다 교사들과 학생들 및 학부모 대표가 참석한 회의(le conseil de classe)에서 각 학생들의 진급과 유급이 결정된다. 중학교에 입학한 학생 중 7/10만이 중학교의 마지막 과정까지 도달하고 그 중의 1/2만이 일반고등학교나 기술고등학교로 진학한다. 유급한 학생들은 학력에 의해서가 아니라 나이 16세가 되면 의무교육 기간이 지나므로 학교를 떠나야 한다. 매년 중학교에 진학한 1/10에 해당하는 학생들이 아무 자격증이나 졸업장 없이 학교를 떠나고 있어 사회적으로 문제가 되고 있다.

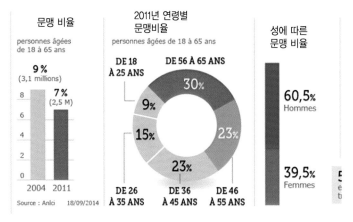

프랑스의 2천 5 백만 명의 문맹자들

문맹인의 숫자는 의무교육의 활성화로 감소하였지만, 학교를 졸업한 후에도 글을 잘 읽지 못하는 사람은 상당수 있다. 프랑스어로는 전혀 글을 배운 적이 없는 사람인 아날파베트(analphablète)와 글은 배웠지만 읽지 못하는 일레트레(illettré)를 구분하고 있는데, 일레트레 중 약 8%는 간단한 문장도 읽지 못하고 12% 정도는 일상적 프랑스어 70단어로 구성된 텍스트조차 전혀 이해하지 못한다고 한다. 프랑스에 살고 있는 18세 이상의 3천8백만 명의 프랑스인 중 2백 30만 명이 읽지도, 쓰지도 못하고 경우에 따라 셈도 하지 못하며, 자신의 의사를 표현하는 데 어려움을 겪는 것으로 나타났다.   *(Francoscopie 2001)*

고등학교 : 고등학교(Lycée)의 학비는 무료이지만 학생들에게 필요한 책과 기타 준비물은 부모가 부담해야 한다. 고등학교는 2년간 직업자격증을 준비하는 직업 고등학교와 3년 동안 대학입학을 위한 국가고시인 바칼로레아를 준비하는 일반 고등학교로 분류된다.

프랑스의 고등학교 교사들은 학생들에게 존대말을 사용한다. 중· 고등학교에는 교사 외에 '감독교사(surveillant)'라 하여 쉬는 시간이나 시험시간, 자습시간에 학생들을 감독하고 도와 주는 사람이 있다. 이 감독교사는 한 학교에 서너 명 정도 있고 주로 대학생들이 아르바이트로 일하는 경우가 많다. 학생들 간에는 '삐옹(pion)'이라는 말로 통한다.

고등학교 하위 항목

일반 고등학교 : 학생들은 문학, 과학, 경제, 사회, 무역 및 예술과 같은 모든 분야에서 고등교육을 받을 수 있다. 한국의 고등학교 1학년에 해당하는 것이 스공드(seconde), 고등학교 2학년은 프르미에르(première), 졸업반은 테르미날(terminale)이다. 학생들은 이 테르미날 과정에서 고등교육 졸업 자격시험인 바칼로레아를 치르고 그 결과에 따라 대학에 진학한다. 고등학교를 마친 후에 학생들은 기술대학 기관인 이유테(IUT)나 일반 대학에 갈 수 있고, 성적이 우수한 학생들은 고등학교의 3년과정 후에 2년간의 그랑제콜 준비반을 계속할 수 있다.

스트라스부르 국제고등학교

여러 가지 앙케이트 조사결과, 여학생이 남학생보다 학교 성적이 우수한 것으로 나타났다. 초등학교 1학년부터 여자 낙제생의 수가 더 적으며, 중학교 마지막 학년인 트와지엠므의 합격률도 여학생이 52%이고, 고등학교의 마지막 학년에 치르는 바칼로레아 합격률에서도 57%가 여학생이다. 그러나 학교에서의 성공과 사회에 나가 직업을 구할 때의 성공에는 프랑스 사회에도 차이가 있다.

직업 고등학교 : 졸업 후 학생들이 실생활에 즉각 활용될 수 있도록 하기 위해 2년간 전문직업 자격증을 준비시킨다. 자격증에는 구체적인 직업에 필요한 전문직업 적성증(CAP)과 교통, 호텔업 등에서 요구하는 전반적인 직업활동을 위한 전문직업 교육증(BEP)의 두 가지가 있다.

코르동 블루 요리학교

중학교에서 성적이 나빴던 학생들이 직업 고등학교로 입학하는 경향이 있다 보니 프랑스에서 직업교육은 일반 고등학교에서의 교육보다 낮은 평가를 받지만 반드시 그런 것은 아니다.

바칼로레아 고사장

바칼로레아 : 바칼로레아는 흔히 줄여서 '박(Bac)'이라고 부르며 1808년 나폴레옹의 3월 17일자 법령에 의해서 처음 제정되었다. 오늘의 바칼로레아는 중등교육을 마치는 졸업장이면서 동시에 대학으로의 진출 관문으로서 고등학교 마지막 학년에 시험이 치뤄지고 그 결과에 따라 학생들은 대학에 입학한다. 바칼로레아는 학생들의 적성과 취향을 고려하여, 문과반, 수학 및 과학반, 경제반 및 기술산업반으로 구분된다. 바칼로레아 시험은 계열에 관계없이 필기 · 구두 · 실기시험의 3가지로 구성되는데 상당히 높은 수준의 문제가 출제된다. 사지선다형이나 단답형은 전혀 없고 문제마다 논술이나 비평문 형태로 작성해야 한다.

바칼로레아는 약 20종류가 있는데, 예를 들어 '박 엘(Bac L)'이라함은 문학 바칼로레아를 의미하고 '박 S(Bac S)'는 과학 바칼로레아이다. 바칼로레아의 합격률은 남학생의 경우 약 75%, 여학생의 경우 76% 정도이다.

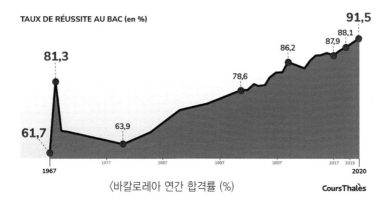

〈바칼로레아 연간 합격률 (%)〉

CoursThalès

학년의 호칭 : 프랑스에서는 학년 호칭이 거꾸로 불리워진
다. 초등학교 5년을 마친 후, 4년제의 중학교에 입학하면 우리 나
라에서의 1학년이 6학년(sixième)으로 시작되어 2학년은 5학년
(cinquième), 3학년은 4학년(quatrième) 그리고 중학교 졸업 학년
이 3학년(troisième)이다. 우리나라의 고등학교 1학년을 스공드
(seconde), 즉 2학년이라 하고, 고 2를 프르미에르(première), 우리
말로는 1학년에 해당하며, 고 3을 졸업반인 테르미날(terminale)이
라고 부른다.

학 교	나 이	학 년
	3 ~ 6	
초등학교(5년)	6 ~ 7	쎄페(Cours Préparatoire, CP)
	7 ~ 8	쎄으엥(Cours Eémentaire 1, CE 1)
	8 ~ 9	쎄으뒈(Cours Elémentaire 2, CE 2)
	9 ~ 10	쎄엠엥(Cours Moyen 1, CM1)
	10 ~ 11	쎄엠뒈(Cours Moyen 2, CM2)

중등교육	전반기	중학교	관찰 과정	11 ~ 12 씨지엠므(Sixième)
				12 ~ 13 쌩키엠므(Cinquième)
			진로 결정 과정	13 ~ 14 캬트리엠므(Quatrième)
				14 ~ 15 트와지엠므(Troisième)
	후반기	고등학교	전공 결정 과정	15 ~ 16 스공드(Seconde)
				16 ~ 17 프르미에르(Première)
				17 ~ 18 테르미날(Terminale)

학년의 호칭

고등교육

바칼로레아에 합격한 사람 중 85% 정도의 학생들이 대학에 진학한다. 학비는 없으나 사회보험료와 행정처리 비용으로 약 230유로, 한화로는 약 30만원(환율, 1유로=1300원) 정도를 지불한다. 선진국 중 프랑스는 캐나다와 스페인의 뒤를 이어 세 번째로, 전체 국민수에 비해 학생수가 많은 나라이다.

프랑스의 고등교육은 단기간의 고등교육과 장기간의 고등교육으로 분류할 수 있다. 장기간의 교육기관인 일반대학의 경우 바칼로레아 합격증만으로 원하는 대학의 원하는 학과에 입학할 수 있는데 비해, 단기간의 고등교육 기관은 대부분 2년 과정이고 졸업 후 쉽게 직장을 구할 수 있어 정원수에 비해 지원자가 너무 많아 서류 심사를 거쳐 선정된 사람만이 입학할 수 있다. 고등 기술자격증(BTS)을 준비하는 고등 기술학교와 기술대학 자격증(DUT)을 취득할 수 있는 이유테(IUT) 그리고 조산원, 간호원, 발음교정원 등과 같이 건강과 관련된 직업을 준비하는 특수학교 등이 이에 속한다.

장기간의 고등교육 기관, 대학교 : 프랑스에는 전국에 약 90여 개의 대학이 있고 대학 입학시험은 없으며 바칼로레아의 결과로 대학에 진학할 수 있다. 매우 한정된 숫자이긴 하나 여러 해 동안 전문 직업의 경험이 있는 사람들에 한해, 각 대학 주체의 특별시험 후 바칼로레아 합격증 없이도 입학을 허락한다.

대학 교육과정은 세 단계로 구성된다. 제1단계(premier cycle)는 첫 2년의 교양과정으로서 드그(Diplôme d'Etudes Universitairs Générales: DEUG)라고 하며, 학위를 취득할 수 있으나 이것만으로는 취직하기가 용이하지 않다. 드그 후 학사과정인 리상스 (Licence) 과정과 그 후 석사과정인 메트리즈(Maîtrise) 과정이 2단계에 포함된다. 3단계는 박사과정으로 학위를 마치기 위해 최소한 2년은 등록을 해야 한다.

Université

• 대학 2004년부터 LMD 시스템
• L 학사 (Licence 3년)
• M 석사 (Master 2년)
• D 박사 (Doctorat 2−3년)

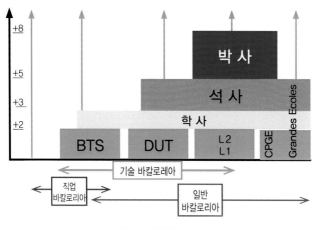

프랑스 고등교육 체제

대학 졸업시 우리 나라나 미국과 같은 학위수여식은 없다. 석사 과정에서 제출하는 논문은 메무아르(mémoire)라 하고 박사의 논문은 떼즈(thèse)라 한다. 박사 논문을 마무리하고 발표하는 과정을 수뜨낭스(soutenance)라고 하며 수뜨낭스가 끝나면 음식과 음료를 준비한 간단한 파티를 연다. 이를 뽀 드 쑤뜨낭스(pot de soutenance)라고 하며 교수들과 친구들이 함께 축하해 준다.

파리의 소르본 대학

파리의 대학들 : 파리에는 파리 I 대학부터 파리 XIII 대학까지 모두 13개의 대학이 운집해 있는데 각 대학마다 고유의 이름과 특징이 있다.

파리 I 대학은 팡테옹 소르본 대학으로 13세기에 소르본에 의해 건립되었고 세느 강변의 라틴 가에 위치하고 있으며, 경제와 경영, 정치분야가 유명하다. 파리 II 대학은 팡테옹 아싸 대학으로 법률과 정치학이 유명하다. 누벨 소르본이라 불리는 파리 III 대학은 언어학과 언어 교육의 메카이고, 파리 IV 대학은 소르본 대학으로 1957년 로베르 드소르본이 세워 처음에는 신학연구가 중심이었고 라틴어로 강의가 이루어지므로 이 대학이 있는 지역이 라틴가로 불리게 되었다. 파리 V대학의 또 다른 이름은 르네 데카르트 대

학, 파리 VI 대학은 피에르마리 퀴리 대학, 파리 VII 대학은 생
드니 대학, 파리 VIII 대학은 파리 북부 대학, 파리 IX 대학은 도
핀 대학이라 불리고, 파리 X대학은 낭테르 대학으로 라데팡스에
서 5분 거리에 위치하고 있다. 파리 XI 대학은 파리 남부 대학, 파
리 XII 대학은 파리 발 드 마른느 대학, 파리 XIII 대학은 파리 노
르 대학이라 한다. 각 대학의 인터넷 사이트 주소는 다음과 같다.

대 학	사이트 주소
파리 1 대학	http://www.pantheonsorbonne.fr
파리 2 대학	http://www.u-paris2.fr
파리 3 대학	http://www.univ-paris3.fr
파리 4 대학	http://www.paris-sorbonne.fr
파리 5 대학	http://www.parisdescartes.fr
파리 6 대학	http://www.upmc.fr
파리 7 대학	http://www.univ-paris-diderot.fr
파리 8 대학	http://www.univ-paris8.fr
파리 9 대학	http://www.dauphine.fr
파리10 대학	http://www.parisnanterre.fr
파리11 대학	http://www.u.psud.fr
파리12 대학	http://www.u-pec.fr
파리13 대학	http://www.univ-paris13.fr

각 대학의 인터넷 사이트

그랑제콜(Grandes Ecoles) : 그랑제콜이란 학교체제는 프랑
스 교육만의 한 특징이다. 대학과 구별되는 이 교육체제는 고등 교
육기관으로서, 국립과 사립이 있고, 그곳의 학생들은 어려운 입
학시험을 거쳐서 선발되며, 학생수는 일정하게 제한된다. 그랑
제콜 입학을 준비하는 프레파(prépa) 과정은 2년간이며 서류심사
로 입학이 결정되고 선발된 학생들은 입학 후 일주일에 약 60시간

이라는 엄청난 공부를 감수해야 한다.

일반 대학은 입학하고 나서 학교 성적에 의해 졸업하지 못하는 학생들도 상당수인 반면, 그랑제콜에 일단 입학한 학생들은 거의 졸업이 보장되어 있고 졸업 후 사회적으로 높은 지위의 직장을 얻을 수 있다.

그랑제콜에 입학하려면 파리나 지방의 우수 고등학교에서 2년간의 준비과정반을 거쳐야 하는데, 매년 80,000명의 학생들이 이 준비반에 등록한다. 그랑제콜을 졸업한 사람들은 사회적으로 고위 관리직과 대기업의 간부직을 맡고 있고 프랑스의 많은 정치인들이 이곳에서 공부하였다. 그랑제콜의 학업기간은 일반대학보다 2~3년이 더 길다.

유명한 그랑제콜을 몇 곳 소개해 보면, 이공계열 중 엔지니어 학교로는 에콜 폴리테크니크(Ecole Polytechnique)가 가장 우수하고 그 뒤를 이어 에콜 상트랄(Ecole Centrale), 에콜 데민(Ecole D'Emines) 등이 있고 경영학교로는 엑(Hautes Etudes Commerciales: HEC), 에섹(l'ESSEC) 등이 있으며 행정학교로는 에나(Ecole Nationale d'Administration: l'ENA)가 유명하다. 으엔에스(Ecole Nationale Superieure: ENS)는 문과계열의 고등 사범학교이며 에콜 밀리테르(Ecole Militaire)는 군인 양성 학교이다.

그랑제콜이 현실과 단절된 전문 지식만을 갖춘 고위 관리들을 길러낸다는 비난이 있기도 하지만, 프랑스인의 약 50% 정도는 프랑스의 엘리트 양성을 위해 오히려 그랑제콜이 필요하다고 여기고 있다.

에콜 폴리테크니크 : 통상적으로 릭스(l'X)라 불리며 1794년

에 설립되었고 현재 국방부에 소속되어 있다. 이곳의 학생들은 '대학생(에뛰디엉(étudiant)'이 아니라 필요한 상황에 대처할 수 있는 '장교'들이다.

매년 340명의 신입생을 받고 있으며 공화국에서 세 명의 대통령이 이학교 출신이다.

에콜 데민 : 1783년에 설립되었고 각 학년은 80명이다. 이 학교의 설립 목표는 발전하는 새로운 산업을 위해 국가의 고위 관리를 키워내는 것이다.

에콜 데 퐁 에 쇼쎄 : 운송과 토목, 지역개발, 다리와 인도의 건설을 위해 1774년에 창립. 〈폴과 비르지니〉의 작가인 베르나르뎅 드 생 피에르가 이곳 출신이다.

에콜 노르말 쉬페리에르(고등사범학교): '으엔에스(E.N.S.)'라고도 부르며 문학과 과학 분야의 교수들을 교육시키기 위해 1794년에 설립되었다. 매년 약 60명을 분야별로 선출한다. 베르그송, 사르트르, 퐁피두 등이 이곳 출신이다.

에콜 상트랄(좌)과
에콜 폴리테크니크의 학생들(우)

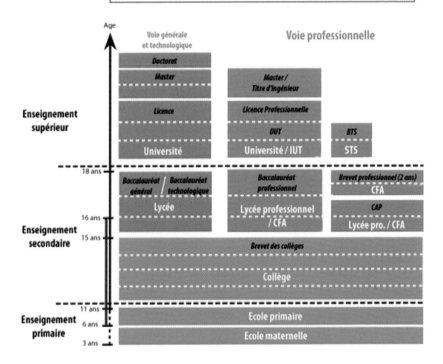

여가생활

07 여가생활

노동시간이 축소되어 자유시간이 늘어나고 건강하게 오래 살고 싶어하는 인간의 기본 욕구에 따라 프랑스인들의 여가생활 방식도 다양하게 변모하고 있다. 한 때 땀을 흘려 열심히 일을 하고 일의 대가로 잠시 여가활동을 즐겼던 세대도 있었으나 이제 프랑스의 젊은이들에게 여가활동은 일상생활의 일부이며 인간의 기본 권리라 여겨지고 있다.

바캉스

봉급 생활자들의 유급휴가가 처음 생긴 것은 1936년으로 기간은 연간 2주간이었다. 1982년부터 5주간으로 유급휴가의 기간이 연장되었고 여기에 국경일까지 합치면 프랑스는 유럽뿐 아니라 세계에서 가장 휴가가 긴 나라이다. 국경일이 목요일이나 화요일인 경우 '뽕(pont, 다리)'이라 하여 그날부터 주말까지 또는 주말부터 월요일을 끼어 화요일까지 모두 쉬는 것도 예사로운 일이다.

휴가를 좋아하는 프랑스인의 대부분은 여름휴가를 즐기는 편이며, 특히 7월과 8월 초에 휴가여행을 떠나는 인구가 가장 많고(약 63%) 이들의 3/4이 자동차로 대도시를 떠나므로 프랑스의 여름 휴가철 도로는 매년 교통난으로 시달리고 있다.

1936년 유급휴가

2019년 Crédoc통계에 따르면, 휴가를 떠나는 프랑스인의 비율은 약 60%에 이른다. 고소득층의 80%가 매년 여행 가방을 챙기는 반면, 최저 소득자들은 40% 미만 정도만 휴가를 떠난다. 휴가를 포기하는 사람들의 절반이 경제적인 이유였다. Crédoc에 따르면 20년 전 프랑스인의 약 3분의 2가 휴가를 떠났으나 휴가를 가는 비율이 점차 감소하여 2000년대 중반에는 약 50%로 떨어졌다가 2016년에는 62%로 다시 상승하였고 2019년에는 58%로 감소하였다. 나이에 따른 비율을 보면, 18세에서 24세까지의 젊은 층이 휴가를 가장 많이 떠났으며 65세 이상의 노인들은 약 26%로 28%인 50대의 뒤를 이었다(2021. Statista). 여행을 떠나지 않는 노인들은 경제적인 이유도 있겠지만 모두가 휴가를 떠난 시기를 이용하여 줄을 서지 않고 영화도 관람하고 정원도 가꾸고 친구도 집으로 초대하기 위해서라니 프랑스 노인들의 정신적 여유로움이 부럽기도하다.

　대체로 프랑스인들이 선호하는 휴가지는 프랑스 국내이다. 지역적으로는 코르시카(Corse)섬, 알프 코트다쥐르(Provence-Alpes-Côte d'azur), 론 알프(Rhon-Alpes)지방, 브르타뉴(Bretagne)의 순이고 바다, 산, 전원의 순이다. 외국으로 바캉스를 떠나는 프랑스인은 약 12% 정도에 달하는데, 대부분이 유럽 내로 떠나고 그 중에서도 이태리를 가장 선호하며 그 다음이 스페인과 영국의 순이다. 유럽 이외의 지역으로는 북아프리카로의 여행이 가장 많고 그 다음이 아시아이다. 베데엠(Vente de dernière minute: VDM)은 여행 마감 시간 직전, 여행사에서 교통비와 체류비를 할인하여 여행 티켓을 판매하는 시스템으로서, 여행객은 경제적 부담을 줄여 여행을 할 수 있다. 그 때문인지 유럽에서 국내선을 가장 많이 이용하는 국민으로 프랑스인이 손꼽히는데 평균 한 해에 4명 중 1명꼴로 국내 비행을 한다고 한다.

　프랑스의 사회보장 제도가 아무리 발달하고 사회계층간 격차가 적다고 하더라도 바캉스를 누리는 계층간에는 불평등이 존재한다.

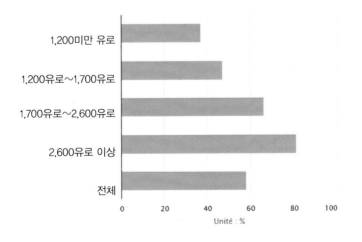

생활 수준에 따른 바캉스 떠나는 비율 (2019)

휴가를 떠나기 위해서는 휴가 비용이 필요한 만큼, 소득에 따라 휴가를 떠나는 비율에 차이가 있다. 2019년을 기준으로 할 때, 월소득이 1,200 유로 미만인 사람들의 37%만이 휴가를 떠난 반면, 2,600 유로가 넘는 고소득자들은 81%가 휴가를 떠났다. 직업군 별로는 노동자 계층이 47%인 것에 비해 고위 관리자 계층은 82%가 휴가를 떠난 것으로 집계되었다.

바캉스를 통해 추구하는 개념도 시대에 따라 변화되어, 1980년대 바캉스의 슬로건이었던 태양, 모래, 섹스(Soleil, Sable, Sexe)를 상징하던 3S는 이제 활동, 학습, 모험(Activité, Apprentissage, Aventure)이라는 3A로 대체되어, 바닷가 모래밭에서 이성간의 쾌락을 추구하던 바캉스에서 좀더 건전하고 교육적인 바캉스 개념으로 변화, 발전되었다. 바캉스의 나라라는 명칭은 프랑스인들의 긴 휴가기간에도 어울리지만 세계에서 가장 많은 여행 휴가객을 맞이하는 나라의 위상에도 적합한 호칭이다.

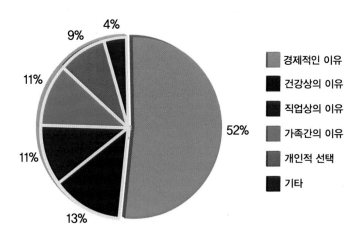

휴가를 떠나지 않는 이유

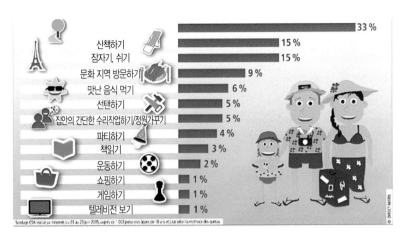

산책하기		33 %
잠자기, 쉬기		15 %
문화 지역 방문하기		15 %
맛난 음식 먹기		9 %
선택하기		6 %
집안의 간단한 수리작업하기/정원가꾸기		5 %
파티하기		5 %
책읽기		4 %
운동하기		3 %
쇼핑하기		2 %
게임하기		1 %
텔레비전 보기		1 %

휴가기간 동안 프랑스인들이 좋아하는 활동

프랑스는 연간 평균 6,800만의 외국인 여행객이 찾아오는 나라로서, 관광객이 가장 많이 방문하는 여행지는 파리 디즈니랜드, 파리 노트르담 성당, 루브르 박물관, 베르사이유 궁전, 에펠 탑, 퐁피두 센터, 오르세 박물관, 파리의 과학박물관, 레제페스의 공연예술극장의 순이다. 프랑스의 뒤를 이어 세계 관광객들의 발길을 모으고 있는 곳은 스페인, 미국, 이탈리아, 중국의 순이다. 프랑스인들은 그룹여행을 좋아하지 않는데, 아마도 그들의 개인주의적 성향 때문이 아닌가 생각된다.

프랑스가 세계 최고의 관광국가인 것은 외국인들 뿐 아니라 프랑스 자국민들도 인정하는 점이다. 프랑스 국민의 68%가 2018년 여름 휴가의 목적지로 프랑스를 선택했는데, 프랑스가 휴가를 위한 최고의 목적지라고 생각하는 사람들은 35~49 세(77%) 및 65세 이상(78%)로 나타났다. 그 외 프랑스인의 30%가 유럽으로 가기로 선택했고 특히 일드프랑스Ile-de-France 거주자와 18-24세(최대 35% 및 49%)가 유럽 국가로의 출발을 선호하는 것으로 나타났다.

　　휴가에 대한 프랑스인의 욕구는 마르지 않고 있으나 휴가지를 찾고 예약하는 수단은 바뀌고 있다. 현재 프랑스인의 87%가 인터넷에서 휴가를 예약하고 있다. 프랑스인이 좋아하는 국내 휴가 지역은 1위가 코르시카 섬, 2위가 브르타뉴 지방, 3위가 남부 프로방스로 나타났다.

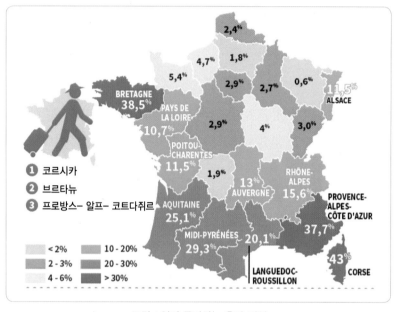

프랑스인이 좋아하는 휴가 지역

코르시카는 여름휴가 동안 프랑스인들이 가장 좋아하는 지역이다.

문화생활

여가활동 및 시간

Sofinscope 결과에 따르면, 2015년 프랑스인들의 평균 여가 활동비는 662유로로 2014년 대비 65유로가 증가하였다. 이는 11%가 증가한 것으로 한달에 3,500유로 이상의 수입원이 있는 가정에서는 5.3%, 관리직은 24.4%, 60세 이상의 사람들은 12.2% 증가액을 본인들의 휴식을 위해 사용한 셈이다.

연간 여가활동 경비

또한 일주일에 10시간 30분의 여가시간을 가짐으로써 2014년 대비 1시간 9분의 시간을 여가활동에 더 할애하는 것으로 나타났다. 이는 스마트폰과 타블렛PC의 이용시간이 늘어난 것과도 관련이 있으리라는 전문가들의 의견이다.

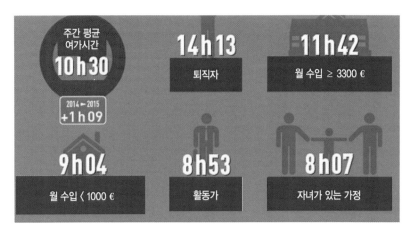

주간 평균 여가시간

　　프랑스인들은 평균 4.8개의 여가활동을 즐기는 것으로 설문결과 밝혀졌는데 지난 4년 연속, 컴퓨터 사용과 인터넷 서핑이 각각 74%로 주요 여가활동인 것으로 나타났다. 그 뒤를 이어 텔레비전 시청이 60%로 두 번째로 높은 여가활동이었다.

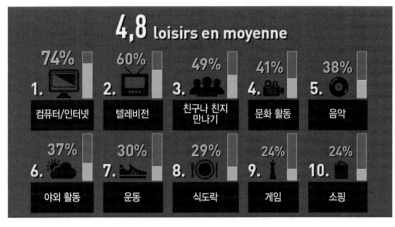

프랑스인들의 10대 여가활동

2016년에서 2017년에 걸쳐 15세 미만의 프랑스 어린이들을 대상으로, 부모 미동반의 경우의 휴가지를 조사해 본 결과, 연령대와 상관없이 50% 이상이 조부모댁에서 휴가를 보내는 것으로 나타났다. 2세까지의 영유아는 약 85%가 조부모가 돌보았고 연령이 높아짐에 따라 운동이나 문화 활동의 여행이 증가하였다.

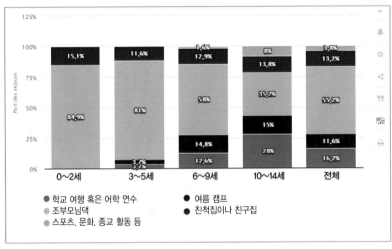

어린이들의 휴가지

Source : Insee

	시네마	박물관 혹은 전시회	연극	콘 서 트
전 체	51	33	17	32
15~29세	80	32	16	46
30~39세	62	34	16	33
40~49세	57	37	18	32
50~59세	44	38	21	30
60~69세	33	38	20	29
70~79세	21	25	14	17
80세 이상	9	12	6	9

연령별 문화 활동 (2006)

스포츠

균형 있고 아름다운 몸매를 유지하며 건강하게 오래 살고자 하는 현대인의 바람은 결과적으로 스포츠 인구의 증가를 가져왔다. 프랑스도 예외는 아니어서 몸과 마음의 긴장을 풀어 일상생활에서 활력을 되찾기 위한 하나의 방편으로 스포츠가 각광을 받고 있다.

랑도네

여론 조사결과 자유시간이 생기면 주로 스포츠를 한다는 프랑스인은 모두 41%로서 그중 남자가 47%, 여자는 이에 조금 못 미쳐 35%에 달한다. 스포츠를 하는 횟수는 매일 하는 사람이 29%, 28%는 가끔, 16%는 주말에만, 8%는 휴가기간 중에 주로 한다고 답변하였다.

겨울 스포츠인 스키는 장비 및 스키를 타기 위한 비용이 많이 들기 때문에 젊은이들 사이에서는 1990년대부터 스노우보드가 각광을 받고 있고 일반 스키에 비해 비용이 절감되는 노르딕 스키(ski de fond) 또한 널리 확산되고 있다.

최근 프랑스에서 발전한 랑도네(randonnée à pied)는 야외에서 산보 하듯이 걸어다니는 운동으로서 격하지 않고 부드러워 체력 소모가 많지 않아 65세 이상의 연령층과 여성들에게 특히 인기가 많다.

젊은이들 사이에서는 롤러 스케이트가 점점 유행되고 있는데, 이들은 같은 옷을 입고 같은 종류의 음악을 들으며 그들만의 문화를 형성해 나가고 있다. 매일 밤 10시에 파리에서 모임을 갖는 롤러 스케이트협회는 다음날 새벽 1시까지 파리 시내를 누빈다. 인터넷 사이트 www.pari-roller.com에 가면 프랑스 롤러 스케이트협회에 대해 자세히 알 수 있다.

롤러스케이트

청소년들이 좋아하고 실제로 많이 하는 운동으로 9세에서 18세 사이의 남녀를 대상으로 한 메디아파종 메디아메트리(Médiapason-Médiamétrie) 앙케이트 결과에 따르면, 축구가 1위를 차지하였고 배구가 적은 차이로 2위였다. 1992년의 올림픽 경기 이후 청소년들 사이에서 배구의 인기도는 계속 상승하는 추세이고, 미국 배구 선수들 중에는 청소년들의 우상도 꽤 있다.

일반 어른을 대상으로 한 여론 조사에서는 프랑스인이 선호하는 스포츠가 축구, 테니스, 유도, 페탕크, 배구, 승마, 스키, 럭비, 골프, 서핑, 핸드볼, 수영의 순서로 나타났다.

1	랑	도	네	30%
2	수		영	24%
3	럭		비	21%
4	축		구	20%
5	자	전	거	18%
6	테	니	스	17%
7	스		키	16%
8	댄		스	12%
9	핸	드	볼	12%
10	승		마	10%
11	달	리	기	9%

프랑스인들이 선호하는 운동

파리의 음악회장과 경기장들

음악회를 위한 제니뜨 (Zénth, 좌)와
올림피아 (Olympia, 우) 극장

샤를레티 스타디움 (stade de Charéty, 우)
프랭스 파크 (Parc des Princes, 좌)

운동경기와 함께 음악회도 열리는 베르시의 빨레 옴니스포르(Palais Omnisports, 위)
경기장과 프랑스 스타디움(Stade de France, 아래)

여름에는 어떤 운동을 좋아하시나요

프랑스인들이 주로 여름에 즐기는 운동은 산보와 수영이다. 그러나 전체 인구의 1/5은 아무 운동도 하지 않고 휴식을 즐긴다

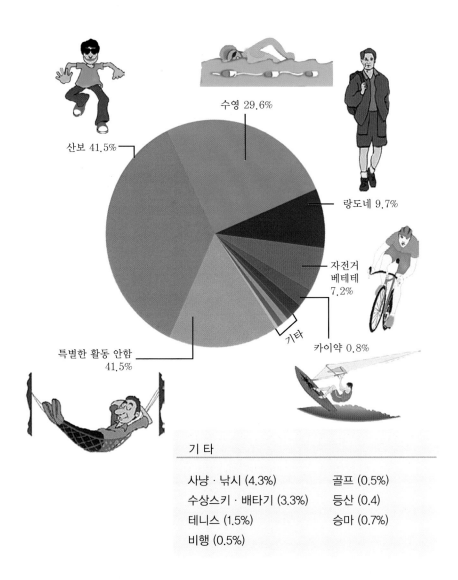

수영 29.6%

산보 41.5%

랑도네 9.7%

자전거
베테테
7.2%

기타

카이약 0.8%

특별한 활동 안함
41.5%

기 타

사냥 · 낚시 (4.3%)	골프 (0.5%)
수상스키 · 배타기 (3.3%)	등산 (0.4)
테니스 (1.5%)	승마 (0.7%)
비행 (0.5%)	

베테테, 모든 지역에서 자전거 타기 (le vélo-tout terrain: VTT)

VTT

미국에서는 '산에서의 자전거(mountain bike)'라 불리는 베테테가 프랑스에 도입된 것은 1963년이다. 남녀노소 모두가 도로가 아닌 산과 작은 오솔길 같은 곳에서 자전거를 달리며 모험을 즐길 수 있는 이 베테테는 점점 프랑스의 가족 운동으로 자리잡고 있다.

프랑스 일주 자전거 경주 투르 드 프랑, Le Tour de France

프랑스에서 가장 인기 있는 운동 종목 중의 하나인, 자전거 경주로 프랑스를 한 바퀴 도는 투르 드 프랑스는 선수들이 약 4,000km의 거리를 경주해야 한다. 1891년 스포츠 잡지사에서 개최한 보르도에서 파리까지의 자전거 경주가 현재 투르 드 프랑스의 시초였다. 이 경기는 매년 7월에 열리며 가장 좋은 자리에 앉아 구경하기 위해 길가에서 몇 일씩 기다리는 열성 팬들도 있다. 경기 내내 선수들이 지나는 전국 약 20여 개의 도

프랑스 일주 자전거

시에서는 이 경기동안 선수들은 물론이고 이 경기를 보기 위해 몰려드는 관광객들과 보도진들에게 숙식을 제공하며 경제적으로 이윤을 남기기도 한다. 경기의 종착지는 파리 샹젤리제 거리이다. 투르 드프랑스에서 각 구간 마다의 선두주자는 마이요 존느(Maillot joune)라는 노란색 티셔츠를 입는다.

페탕크(pétanque)

페탕크 게임은 1907년 마르세유와 툴롱 사이에 있는 씨오타(Ciotat)라는 작은 항구에서 시작되었다. 코쇼네(cochonnet)라 불리는 작은 빨간색의 공을 던져놓은 후, 그 코쇼네에 가장 가깝게 공을 던진 사람이 이기는 게임이다. 당시에는 프로방스 게임(jeu provençal)이라 불렸는데, 코쇼네에 잘 맞추기 위해 한두 발자국 앞으로 걸어나와 공을 던졌다.

페탕크

　전해지는 이야기에 따르면 쥘 르누아(Jules Lenoir)라는 이름의 페탕크 신봉자가 사고로 다리를 다쳐 휠체어에 의지하며 페탕크도 하지 못한채 우울하게 나날을 보내게 되자, 마을 사람들이 모여 의논한 끝에 원을 그려 그 안에서 공을 던지게 하기로 규칙을 바꾸었다고 한다. 남부 지방의 명물이었던 이 경기는 이제 프랑스 전국에서 주로 여름날 저녁, 동네 어린이에서 노인에 이르기까지 온국민이 즐기는 국민운동이 되었다.

축구와 럭비

이미 오래 전부터 프랑스 사람들의 사랑을 받아온 축구는 1998년 월드컵 경기에서 프랑스가 브라질과의 결승전 경기에서 우승을 차지한 이후 더욱 국민들의 관심과 사랑의 대상이 되었다.

1998년 월드컵에서 우승한 프랑스 팀

월드컵을 위해 약 3년여에 걸쳐 완성된 프랑스 스타디움의 지붕은 그 크기가 6헥타르로 콩코르드 광장과 같은 크기이며 무게는 13톤에 달하고 8만명의 관람객 자리가 마련되어 있다.

1998년 프랑스에서 개최된 월드컵(Coupe du monde)의 마스코트 푸틱스는 프랑스와 프랑스인들을 대표하는 상징 동물인 수탉을 의인화한 것이다. 패기 있고 활력이 넘치는 젊은이들의 축제인 월드컵을 대변하기 위해 남성다움과 새벽의 신선함을 상징하는 수탉을 마스코트로 선정했다.

축구가 전국에 걸쳐 모든 국민이 즐기는 스포츠인 반면 럭비는 주로 남부, 특히 남서부쪽에 인기가 집중되어 있다. 그러나 텔레비전 시청률은 축구와 럭비가 비슷하다.

테니스, 롤랑 가로스(Roland Garros)

롤랑 가로스

1913년 지중해를 건너간 최초의 비행사인 롤랑 가로스를 기념하기 위해 경기장을 짓고 이름을 롤랑 가로스라 하였다. 매년 6월 이 곳에서 열리는 국제 테니스 경기의 명칭도 롤랑가로스이다.

◆ 르네 라코스트 (René Lacoste)

스포츠 용품의 유명상표인 라코스테는 프랑스의 테니스 선수 르네 라코스트의 이름에서 유래되었다. 1927년 데이비드 컵의 우승자였기도 한 라코스트는 운동에서 은퇴한 후, 스포츠 센터 및 의류점을 창설하였고 이제는 세계적 상표로 성장하였다.

경마

루이 16세 때부터 유행되었고 장외마권제도(Le Pari Mutuel Urbain: PMU)로 프랑스 전역에 조직적인 내기가 가능해지면서, 경마는 안정적인 스포츠로 자리잡게 되었다.

비디오 게임, 오락

프랑스인의 68%가 비데오 게임을 하며 연령대별로는 18-34세 연령층이 91%로 가장 많이 분포되었고 연령대가 올라갈수록 감소하는 경향을 보였다. 비디오 게임은 누구와 할까? 혼자 하는 경우, 자녀들과 비디오 플레이어의 거의 절반(47%)이 때때로 파트너와 비디오 게임을 하는데, 응답자의 나이에 따라 차이가 보였다. 18-24세의 79%가 커플과 게임을 하는 반면, 65세 이상은 16%였고 "친구 간" 비디오 게임 전체 플레이어의 38% 중 특히 18세 이상은 62%로 나타났고 65세 이상은 9%로 나타났다.

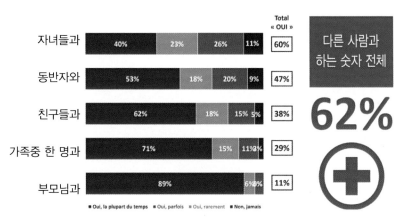

음악

프랑스의 젊은층이 좋아하는 음악은 록, 가요, 포크송, 재즈 순이고, 이들은 일년에 4~6번 정도 음악 콘서트에 가며 이들의 2/3가 적어도 하나의 악기를 가지고 있고 연주도 할 수 있다. 프랑스의 젊은이들은 정치에 직접적인 관심이 별로 없는 것으로 알려져 있지만 소외된 사람들의 우울함을 노래하는 사회성 짙은 르노(Renaud)의 콘서트는 항상 젊은 관객들로 가득 메워진다.

프랑스의 멋

08 프랑스의 멋

향수와 패션

향수의 어원은 라틴어 'perfumun : per(through)−fumun(smoke)'
으로 '무엇을 태우는 과정에서 연기
를 통해 나오는 것'의 의미를 가지고
있다. 향수는 향과 알코올 용액의 농
도에 따라 가장 농도가 높은 파르팽
(Parfum, 15~25%)에서 오 드 파르팽
(Eau de Parfum, 10~15%), 오 드 투아
레트(Eau de Toilette, 5~10%), 오 드 콜
로뉴(Eau de Cologne, 5%)로 나뉘어
진다. 인간이 최초로 향수를 사용했

던 것은 기원전 3000~4000년경이다. 이집트나 그리스 등에서는 몰
약과 유약 등을 올리브유 또는 동물 기름과 혼합한 향유를 만들
어 종교의식에서 사용했다. 향수는 기원전 3~4세기경에는 마취제
나 진정제로 사용되었고, 16세기경에 가죽 냄새를 없애기 위해 그

라스에서 향수가 활발하게 생산되다가, 18세기가 되면서 낭만주의
와 함께 많은 사람들의 사랑을 받게 된다.

향수하면 향수의 본고장 프랑스나 샤넬, 이브 생 로랑, 에르메
스 등 고급 부티크 혹은 남프랑스에 있는 그라스 등을 떠올릴 수
도, 『좀머씨 이야기』의 저자인 쥐스킨트의 『향수』를 떠올릴 수도 있
다. '어느 살인자의 이야기'라는 부제를 가진 쥐스킨트의 『향수』
는 악취의 문제와 함께 18세기 프랑스 파리를 배경으로 극히 예민
한 후각을 타고 난 그루누이의 짧은 일대기를 담고 있는데, 이 책
에서 보여 주는 파리의 모습은 다음과 같다.

"…이 책에서 이야기되고 있는 시대에는 우리 현대인으로서
는 거의 상상도 할 수 없을 정도의 악취가 도시를 짓누르고 있었
다. 길에서는 똥 냄새가, 뒷마당에서는 지린내가, 계단에서는 나
무 썩는 냄새와 쥐똥 냄새가 코를 찔렀다. 부엌에는 상한 양배추
와 양고기 냄새가 퍼져 나왔고, 환기가 안 된 거실에서는 곰팡내
가 났다. 침실에서는 땀에 절은 시트와 눅눅한 이불 냄새와 함
께, 요강에서 나는 코를 얼얼하게 할 정도의 오줌 냄새가 배어 있
었다. 거리에는 굴뚝에서 퍼져 나오는 유황 냄새와 무두질 작업장
의 양잿물 냄새, 그리고 도살장에서 흘러나온 피 냄새가 진동하
고 있었다. 사람들한테서는 땀 냄새와 함께 빨지 않은 옷에서 악취
가 풍겨왔다. 게다가 충치로 구취가 심했고, 트림을 할 때는 위에
서 썩은 양파즙 냄새가 올라왔다. 어느 정도 나이가 든 사람한테서
는 오래된 치즈와 상한 우유, 그리고 상처 곪은 냄새가 났다.

강, 광장, 교회 등 어디라고 할 것 없이 악취에 싸여 있었다. 다
리 밑은 물론이고 궁전이라고 다를 바가 없었다. 농부와 성직자, 견

습공과 장인의 부인이 냄새에 있어서는 매한가지였다. 귀족들도 모두 악취에 젖어 있었다. 심지어 왕한테서도 맹수 냄새가 났고, 왕비한테서도 늙은 염소 냄새를 맡을 수 있었다. 여름이나 겨울이나 차이가 다를 바 없었다. 18세기에는 아직 박테리아의 분해 활동에 제약을 가할 방법을 알아내지 못했을 뿐 아니라, 건설하고 파괴하는 인간의 활동, 싹이 터서 썩기까지의 생명의 과정치고 냄새 없이 이루어지는 것은 하나도 없기 때문이다. 물론 악취가 심한 곳은 파리였다. 프랑스에서 가장 큰 도시이기 때문이다…."

(파트리크 쥐스킨트, 『향수』 중)

«A l'époque dont nous parlons, il régnait dans les villes une puanteur à peine imaginable pour les modernes que nous sommes. Les rues puaient le fumier, les arrière-cours puaient l'urine, les cages d'escalier puaient le bois moisi et la crotte de rat, les cuisines le chou pourri et la graisse de mouton ; les pièces d'habitation mal aérées puaient la poussière renfermée, les chambres àcoucher puaient les draps graisseux, les courte-pointes moites et le remugle âcre des pots de chambre. Les cheminées crachaient une puanteur de soufre, les tanneries la puanteur de leurs bains corrosifs, et les abattoirs la puanteur du sang caillé. Les gens puaient la sueur et les vêtements non lavés ; leurs bouches puaient les dents gâtées, leurs estomacs puaient le jus d'oignons, et leurs corps, dès qu'ils n'étaient plus tout jeunes, puaient le vieux fromage et le lait aigre et les tumeurs éruptives. Les rivières puaient, les places puaient, les églises puaient, cela puait sous les ponts et dans les palais. Le paysan puait comme le prêtre, le compagnon tout comme l'épouse de son maître artisan, la noblesse puait du haut jusqu'en bas, et le roi lui-même puait, il puait comme un fauve, et la reine comme une vieille chèvre, étécomme hiver. Car en ce XVIIIe siècle, l'activitédélétère des bactéries ne rencontrait encore aucune limite, aussi n'y avait-il aucune activitéhumaine, qu'elle fût constructive ou destructive, aucune manifestation de la vie en germe ou bien àson déclin, qui ne fût accompagnée de puanteur. »

- Le parfum – Patrick Suskind -

그라스 라벤더 모습

이런 지독한 악취 때문에 향수산업이 발달했다고 볼 수 있지만 프랑스에서 향수제조가 빠르게 발달한 것은 꽃으로 가득한 향수의 마을, 후미진 거리에도 꽃으로 장식되어 있는 마을, 분수가 있는 광장에서 좁고 어두운 골목까지 향기 가득한 그라스 덕분이라고 할 수 있다. 쥐스킨트가 『향수』를 쓰던 시절, 그의 방에는 18세기 프랑스 지도가 한 벽면을 차지하고 있었고, 그는 수시로 향수의 도시 그라스로 취재 여행을 떠났다고 한다.

그라스는 6, 7세기경에 지중해 연안의 켈트족으로부터 약탈을 피해 이주민이 정착하면서 형성된다. 그라스에서는 16세기 말

갈리마르 향수 박물관

부터 사치품으로 유행하기 시작한 장갑이나 가방 등의 가죽제품을 이탈리아와 스페인 등지에 수출했는데, 그때 동물 가죽의 역겨

운 냄새를 지우기 위해 향수산업이 함께 발전하게 된 것이다. 그라스에서 생산되는 향수 원액은 향수 공장의 76%가 몰려 있는 파리 교외 지역으로 보내져 일반 상품으로 가공되어 판매되고 있는데, 이곳에는 명성 높은 여러 향수 박물관과 향수 제조공장들이 있다.

프라고나르 향수 박물관

국제 향수 박물관(Musée international de la Parfumerie) 앞에는 향수옷을 입은 소녀의 동상이 향기의 세계로 떠나기를 바라는 사람들을 맞고 있다. 이 곳 1층에는 향수의 천연재료의 처리법인 냉침법이나 증류법, 추출법 등에서부터 향의 합성까지 향수가 만들어지는 과정의 모든 비밀을 보여 주고 있고, 2층에서는 화학자 폴 테이세리(Paul Teisseirie)의 실험실이 있다. 천연재료 처리 과정과 합성을 통한 화학적인 작용에 의해서 더 좋은 향수가 만들어질 수는 있지만, 향수를 만들 때 가장 중요한 것은 조향사의 창조성과 섬세하고 예민하게 발달된 후각이다. 향수를 만드는 일은 창조적인 활동으로, 향수의 성공 여부는 향을 선택하는 조

국제 향수 박물과 내부(좌)와 향을 맡고 있는 조향사 모습(우)

장 오노레 프라고나르

향사의 재능에 달려 있다.

또한 이곳에는 고대에서 현대에 이르기까지 이집트나 그리스, 인도 등에서 사용했던 향료나 향료를 담았던 여러 용기, 화장용품 등이 전시되어 있다. 이곳 온실에서는 재스민이나 장미, 미모사, 라벤더 말고도 쇠풀이나 일랑일랑같이 향수재료로 알려지지 않은 여러 종류의 꽃들과 그 꽃들을 추출해서 만든 향료를 동시에 맡아볼 수 있다.

국제 향수 박물관 앞에는 전통적인 제조방법을 현대적으로 발전시켜 최상의 향수와 비누제품을 만들고 있는 장 오노레 프라고나르 향수 박물관(Musée Jean-Honoré Fragonard)이 있다. 17세기 말 정원에 멋진 종려나무가 있는 아름다운 시골집이었던 이 박

프라고나르, 〈목욕하는 여인들〉, 1764~70년, 파리.루브르 미술관

물관에는 그라스 출신으로 여인들의 모습을 섬세하고 관능적으로 표현해 내었던 풍속화가인 프라고나르의 그림들이 잘 보존되어 있다. 현재 루브르 미술관에 전시된 프라고나르의 대표작 〈목욕하는 여인〉(1764~70년)에서 은은한 향기가 나는 듯한 것은 이 그림에 그라스 향이 배어있기 때문이 아닌가 싶다.

이 향수 제조공장은 모테사, 그레스프 마르티넥사, 외젠 푹스사로 여러 번 이름이 바뀌었다. 프라고나르라는 박물관의 이름은 제1차 세계대전 후 프라고나르 가에 경의를 표하기 위해 붙여진 이름으로, 지금도 프라고나르 자손들이 이곳을 관리하고 있다. 이곳에는 향수가 만들어지는 전 과

몰리나르 향수 박물관

정을 단계적으로 직접 보여 주는 공장과 시대별 향수의 재료와 제조방법 등을 보여 주는 여섯 개의 아름다운 전시실이 있다. 그라

스 가까이에 있는 에즈(Eze)와 파리 카퓌신느 거리에도 프라고나르 향수 회사가 관리하는 향수 박물관이 있다. 오페라 극장 근처에 있는 파리 향수 박물관은 1900년에 지어진 아름다운 공연장에 세워진 것으로, 이곳에서도 향수의 역사나 제조과정 등을 간단하게나마 모두 볼 수 있다.

프랑스 향수의 자존심이라 불리는 몰리나르 향수 박물관(Musée Molinard)은 1849년 이후로 그들의 전통적인 제조방식과 경영방식을 3세기에 걸쳐서 5대째 고수하며 그 명성을 이어가고 있다. 몰리나르 향수 박물관에서는 향수의 역사나 제조과정을 보여줄 뿐 아니라 16~18세기 사람들이 사용했던 오래된 가구도 전시하고 있다. 이곳 공장에서는 조향사의 도움으로 자신에게 맞는 향수를 찾을 수 있는 기회(1시간 30분 정도 소요)도 사람들에게 제공하고 있는데, 자기가 선택한 향수는 팩스나 이메일을 통해서 언제든지 다시 살 수 있다. 누구도 가지고 있지 않은 자신만의 독특한 향을 가질 수 있는 색다른 경험을 이곳에서는 할 수 있다.

시대별 향수의 발전사

 여성 향수 Top 10 (Top 10 des parfums pour femme les plus vendus)

① 샤넬 N ° 5

② 겔랑 살리마

③ 이브생로랑 오피움

④ 뮈글러 엔젤

⑤ 크리스찬 디올 자도르

⑥ 겐조 플라워

⑦ 랑콤 라 비 에 벨

⑧ 겔랑 라 쁘띠뜨 로브 누아르

⑨ 샤넬 코코마드무아젤

⑩ 크리스찬 디올 미쓰 디올

남성 향수 Top 10 (Top 10 des parfums pour homme les plus vendus)

① 장 폴 고티에 르 말 밀리온

② 에르메스 떼르

③ 파코 라반 원

④ 조르주 아르마니
아쿠아 디 지오루즈

⑤ 디올 오 소빠주

⑥ 겔랑 아비

⑦ 세루티 1881

⑧ 보스 바틀드

⑨ 아자로 크롬

⑩ 티에리 뮈글러 A맨

향수 산업과 함께 프랑스 파리는 패션의 중심지로, 여러 차례 행해지는 세계적인 패션쇼로 유행을 앞서가고 있다. 여러 패션

"여자에게 가장 아름다운 옷은 그녀를 안고 있는 사랑하는 남자의 두 팔이다. 하지만 불행하게도 그런 남자가 없는 여자들을 위해 내가 존재한다."
(2002년 1월 7일 전격 은퇴 발표를 한 이브 생 로랑이 남긴 말)

이브 생 로랑
패션쇼 모습(위)과
이브 생 로랑(아래)

쇼가 열릴 뿐 아니라 1년에 두 번 세계적인 디자이너들은 그들의 옷이나 작품을 패션쇼에서 선보인다. 하지만 모든 프랑스 사람들이 최신 유행을 따르는 것은 결코 아니다. 몽테뉴 거리나 생 오노레 거리 등에 우리에게 잘 알려진 샤넬이나 이브 생 로랑, 크리스찬 디오르, 에르메스, 뤼이뷔통 등과 같은 세계적인 고급 부티크가 즐비하기는 하지만 대학이나 거리를 지나다니 젊은이들에게서 그런 화려함을 찾아보기는 힘들다.

그들은 다른 사람을 따라 유행이니까 따라 입고 노랗게, 빨갛게 머리를 염색하는 우리 나라 사람들과 달리 그들의 취향에 따

라 자신만의 "여자에게 가장 아름다운 옷은 그녀를 안고 있는 사랑하는 남자의 두 팔이다. 하지만 불행하게도 그런 남자가 없는 여자들을 위해 내가 존재한다."

개성을 멋지게 연출해 낸다. 이것이 바로 프랑스를 더욱 패션의 중심지로 만드는 것이 아닌가 싶다.

'고급 맞춤복, 고급 의상실'의 의미를 가진 오트 쿠튀르(Haute Couture)와 '기성복'의 의미를 가진 프레타포르테(Prêt-à-porter)는 프랑스 패션을 이루며 서로 영향을 주고받고 있다. 1950년대에는 프레타포르테가 점점 더 모습을 드러내면서 60년대에 이르러서는 오트 쿠튀르를 고집하던 이들도 프레타포르테를 만들면서 이 둘을 함께 발표하기에 이르게 된다. 그 뒤로 현재에 이르기까지 프레타포르테는 그것의 색다른 아이디어로 수요 감소에 따른 적자난을 겪고 있는 오트 쿠튀르와 당당히 맞서고 있다. 하지만 재정이 건실한 샤넬이나 니나리치, 크리스찬 디오르 등과 같은 고급 부티크들은 오트 쿠튀르에서의 적자를 향수, 악세서리 등에서 충당하면서 계속 오트 쿠튀르에 비중을 두고 있다.

시대별 패션의 변천

1920년대-짧은 스커트와
짧은 머리가 유행

1970년대-레이스 블라우스와
폭 넓은 긴 스커트 유행

1900년대-폭이 좁고 긴
원피스 유행

1930년대-폭 넓고 긴
스커트가 다시 유행

1945년대-하이힐과
함께 짧은 스커트
다시 유행

2021년 파리 컬렉션

① 샤넬

② 셀린

③ 니나리치

④ 크리스찬 디올

⑤ 지방시

⑥ 루이 뷔통

프랑스인들의 소비생활

　토요일 오후 프랑스인들이 가장 좋아하는 것은 무엇일까? 프랑스인들은 친구와 만나 여유로운 한 때를 보내는 것도, 여기저기에 있는 공원을 거니는 것도 우리에게 유명한 박물관 뿐 아니라 거리거리에 흩어져 있는 조그마한 미술관을 찾는 것도 모두 다 좋아하지만 토요일 오후를 쇼핑을 하며 보내는 것을 가장 선호한다고 한다.

　생활수준의 향상으로 프랑스인들의 소비는 지속적으로 증가추세를 보이고 있다. 데카르트의 유명한 문구인 '나는 생각한다, 고로 나는 존재한다(Je pense donc je suis)'가 프랑스인들 사이에서 '나는 물건을 산다, 고로 나는 존재한다(J'achète donc je suis)'로 대체되어 프랑스인들의 소비생활을 재미나게 풍자하고 있다. 이로 인해 프랑스가 쇼핑의 천국이라는 말을 듣는 것이라고 할 수 있지만, 그들 모두가 매일 물건을 사들이는 계획성 없는 소비자들은 결코 아니다. 쇼핑을 즐기며 필요한 물건을 사들이기는 하지만 즉흥적으로 사는 일은 거의 없다. 루이뷔통이나 샤넬, 이브 생 로랑, 카르티에 등과 같은 고급 부티크가 늘어서 있는 몽테뉴 거리에 즐비한 유명 디자이너의 옷이나 값비싼 물건들의 고객은 프랑스의 일부 부유층과 외국인이 대부분이다.

냉동식품 전문점 피카르

소비형태는 이전보다 식비나 피복비의 지출이 줄고 주거나 교통, 문화비에 지출이 늘고 있다. 여성근로자의 증가로 식비에서 통조림과 냉동식품이 인기를 얻고 있으며 양보다는 양질의 식품을 선호하는 경향이다. 중산층에서는 식비보다 문화비에 더 많은 지출을 하지만 아직도 노동자들은 식비에 많은 지출을 하고 있다.

백화점(Grand Magasin) : 프랑스에는 가정용품이 많은 프랭탕

오 봉 마르셰 백화점

(Printemps), 다양한 색깔의 유리와 철구조물로 장식된 돔이 있는 갈르리 라파이예트(Galerie Lafayette), 다른 백화점에 비해 가격이 저렴한 사마리텐(Samaritaine) 백화점, 에펠 탑의 설계자 귀스타브 에펠이 설계한 파리 최초의 백화점인 오 봉 마르셰(Au Bon Marché) 등의 백화점이 있다.

대부분 도심에 위치한 백화점들은 다른 곳에 비해 가격이 비싸

지만 1월과 7월에 하는 대바겐세일(Soldes) 기
간을 이용하면 저렴한 가격에 다양하고 좋
은 물건을 살 수 있다. 2008년 통계에 따르
면 프랑스인의 60% 이상이 세일 기간인 1월
과 7월에 옷을 구입한다.

프랭탕 백화점

대형 할인매장 : 프랑스에는 우리 나라에
도 들어와 있는 카르푸(Carrefour) 이외에
도 오샹(Auchamps), 맘무스(Mammouth), 콩
티낭(Continant) 등의 할인매장이 있는데, 이곳들은 대량으로 물건
을 판매하기 때문에 다른 곳보다 가격이 저렴하다.

봉 마르쉐 백화점 내부

벼룩시장(Marché aux puces) : 프랑스인들의 검소한 소비형태를 단적으로 보여 주는 곳으로, 잘만 고르면 진귀하고 값비싼 물건을 만날 수 있다. 이곳은 가격이 천차만별인데 부르는 대로 사서는 절대로 안 되고 깎을 수 있는 만큼 깎아야 한다. 가장 규모가 큰 벼룩시장은 4호선 종착역인 지하철 포르트 드 클리냥쿠르(porte de Clignancourt)에 있는 생투앙(Saint Ouen) 벼룩시장이다. 그 외에도 아프리카 물품이 많이 눈에 띄는, 지하철 9호선 포르트 드 몽트레이으(Porte de Montreuil)에 있는 몽트뢰이으 벼룩시장, 방브 벼룩시장 등이 있다.

대형 할인매장이나 슈퍼마켓의 이용자수가 요즘들어 급격하게 증가하고는 있지만 프랑스인들은 재래시장에서 직접 신선한 과일이나 야채, 꽃들을 사는 것을 좋아한다. 그런 이유 때문인지 꽃시장이나 과일 시장, 새 시장들을 많이 볼 수 있다.

아랍 가게는 가격이 상당히 비싸고 물건도 한정되어 있는 단

포르트 드 방브 벼룩시장 모습

점이 있기는 하지만 밤 늦게까지 영업을 하기 때문에 이용하는 사람이 적지는 않다. 서점으로는 일반서적, 교육서적과 함께 CD 등도 같이 판매하는 지베르 조셉(Gibert Joseph), 교육서적을 판매하며 서점에서 작은 독서 모임이나 강연회도 개최하는 소르본 대학 앞에 있는 퓌프(PUF) 서점, 작고 예쁜 콩파니(Compagnie) 서점, 서적에서 다양한 종류의 레코드와 전자 도구도 함께 판매하는 프낙(Fnac) 등이 있다.

토요일 오후 쇼핑을 하기 위해서건 사람을 만나기 위해서건 프랑스 젊은이들이 가장 많이 드나드는 거리는 카르티에 라탱 서쪽에 위치한 생 제르맹 데 프레 거리이다. 이곳에는 고서점이나 골동품 가게에서부터 여러 다양한 크고 작은 부티크, 카페, 레스토랑, 영화관이 즐비한 거리다. 이 거리는 한마디로 프랑스인이나 관광객들에게 기분 좋은 소비를 부추기고 있는 곳이다. 이곳에는 사르트르나 보부아르와 그외 예술인

꽃시장 모습

들이 자주 드나들었다는 레 되마고나 플로르 카페가 있는 곳이기도 하다.

마레 지구 역시 크고 작은 예쁜 카페나 부티크, 화방이나 미술관들이 있는 곳으로 많은 사람들의 발길을 끌고 있는 곳이다. 세느 강변을 따라 걷고 있노라면 고서적상들을 쉽게 만날 수 있

다. 그곳에서는 오래되거나 절판된 책이나 복사본 그림들을 살 수 있다. 최근 들어서는 우리 나라와 같이 시간에 쫓기는 현대인들 사이에서는 전화나 미니텔을 이용하거나 인터넷을 이용해서 책이나 물건을 구매하는 경향이 증가하고 있다.

교 통

09 교 통

　1950년대 말에 가족예산의 10%에 불과하던 교통비는 1999년에는 15.2%로 지난 40여 년 동안 큰 폭의 증가세를 보이며, 주거비와 식비 다음으로 중요한 소비원이 되고 있다. 1년에 교통비로 쓰이는 돈은 가정당 약 30,000 프랑 정도에 달하며, 이동에 걸리는 시간은 하루에 평균 55분 정도 걸린다. 대도시에 사는 많은 프랑스인들은 자동차를 이용하지만, 2015년 통계에 따르자면 2km 정도의 거리에서는 12% 정도가 대중교통을, 20% 정도가 걸어서 출퇴근을 한다. 대중교통 이용률은 남자보다 여자가, 중년층보다 젊은층이나 노년층이 높다.

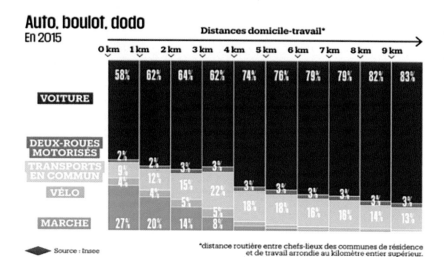

Auto. boulot. dodo
En 2015

Distances domicile-travail*

	0 km	1 km	2 km	3 km	4 km	5 km	6 km	7 km	8 km	9 km
VOITURE	58%	62%	64%	62%	74%	76%	79%	79%	82%	83%
DEUX-ROUES MOTORISÉS	2%	2%	3%	3%						
TRANSPORTS EN COMMUN	9%	12%			3%	3%	3%	3%	3%	3%
VÉLO	4%	4%	15%	22%						
			5%	5%	18%	18%	16%	16%	14%	13%
MARCHE	27%	20%	14%	8%						

Source : Insee

*distance routière entre chefs-lieux des communes de résidence et de travail arrondie au kilomètre entier supérieur.

 파리 지하철

프랑스 당국이 극심한 교통혼잡과 공해문제를 해결하기 위해 대중교통 발전에 더욱 힘을 기울이고 있어서인지 파리의 지하철은 세계 최고의 완벽한 교통망을 자랑하고 있다. 현재 14개 노선이 운행 중인 파리 지하철(메트로, Métropolitain)은 1900년 7월 19일 파리에 첫선을 보였는데, 그 때는 325개의 정류장을 가지고 있었다. 그 이후로 1977년에 마르세유(Marseille)에, 1978년 리옹(Lyon)에, 1983년에 릴(Lille)에 이어 1993년 툴루즈(Toulouse)에 지하철이 개통되었다. 교외 거주자를 위한 파리 시내와 시외를 연결하는 수도권 고속전철(Réseau Express Régional: RER)은 현재 5개 노선(A, B, C, D, E)이 운행 중이며, 열차의 속력은 시속 140km에 달한다. 샤를 드골 공항에서 파리 시내로 들어갈 경우는 RER B3을, 베르사유 궁전을 갈 경우는 RER C5를, 유로 디즈니 랜드를 갈 경우는 RER A4를 이용하면 된다.

파리의 지하철역만 봐도 이 도시가 예술이 숨쉬고 있는 것을 느

아르 누보 양식의 지하철 역 입구   로댕 미술관이 있는 바렌느 역

화폐박물관이 있는 퐁네프 역

낄 수 있다. 폴 기마르(Paul Guimard)가 1899년부터 1904년까지 만든 아르 누보(Art Nouveau) 양식의 전철역 입구, 역대 문인들의 이름이 새겨져 있는 소르본 대학으로 통하는 클러니 드 소르본 역, 로댕의 〈생각하는 사람〉이나 발자크 조각이 있는 로댕 미술관으로 통하는 바렌느 역, 루브르 미술관 역 등은 이제 파리를 나타내는 한 부분이 되었다.

지하철 티켓 종류

티켓 종류는 아주 다양한데, 체류기간, 이동할 횟수 등을 잘 계산하여 구입하는 것이 좋다. 한 주 혹은 한 달 동안 버스나 지하철 모두를 무제한으로 이용할 수 있는 카르트 오랑즈 (Carte Orange)의 경우 그 카드에 본인의 사진을 붙이지 않거나 이름을 기입하지 않으면 벌금을 물 수도 있으므로 주의해야 한다. 한 주 동안 무제한으로 버스나 지하철을 이용

모빌리스

할 수 있는 카르트 에브도마데르(Carte hebdomadaire)는 월요일부터 일요일까지 사용 가능한 것이지 표를 산 날부터 일주일동안 사용 가능한 것이 아니다. 몇 년 전부터는 우리나라의 교통 카드같은 나비고를 이용하면 편리하다.

카르트 오랑즈(좌)와 파리 비지트(우)

파리 비지트(Paris Visite)는 파리 관광객을 위한 정기권으로 1일, 3일, 5일권이 있다. 파리에 오랫동안 머물지 않거나 주중 며칠만 머물 경우는 하루 무제한 이용권인 모빌리스(Mobilis)나 10장이 한 묶음인 카르네(Carnet) —1장에 8프랑, 10장 묶음에 55프랑—를 이용하는 것이 경제적이다. 파리 지역 노선은 5개 구간으로 나눠져 있는데 1, 2구간은 시내요금이고, 3구간부터는 교외요금이다.

나비고 자동 판매기

파리 지하철 한 구간은 아주 짧기 때문에 한두 구간 정도는 파리를 느끼며 걸어가거나 단거리를 가장 빠르게 이동할 수 있는 교통수단인 버스를 이용하는 것이 좋다. 시내버스는 58개 노선으로 운행되는데, 일요일과 국경일은 단축 운행된다. 버스도 지하철과 마찬가지로 파리 교통공사(Régie Autonome de Transports Parisiens: RATP)가 운영하기 때문에 버스표도 지하철역에서 판매하며, 지하철표를 버스 승차시에도 사용할 수 있다. 프

랑스의 버스기사들은 우리 나라와 같이 차장을 겸하고 있다. 버스를 탔을 때 운전석 옆의 기계에 표를 넣으면 되지만, 카르트 오랑즈 등과 같은 정기 패스를 가진 경우는 버스기사에게 패스를 보여

주면 된다. 파리에는 새벽 1시부터 새벽 5시 30분까지 운행되는 심야버스인 노크탕뷔스(Noctambus)가 있는데, 이 버스의 종점은 샤틀레로 현재 18개 노선이 있다. 심야버스의 속도는 시속 30km로 제한되어 있다. 심야버스 이외에도 여름에만 운행되는 섬머버스, 관광객들을 위한 투어버스 등이 있다.

지하철 이용시 유의사항

지하철을 타서 혹은 지하철을 갈아탈 때 흔히 〈장미빛 인생 La vie en rose〉이나 〈파리의 하늘 아래 Sous le ciel de Paris〉 등 우리에게 익숙한 흘러간 옛 노래를 들을 수 있다. 한 번은 그들의 모습을 사진 찍고 평소처럼 10프랑 정도를 주었다가 혼이 난 적이 있다. 비록 거

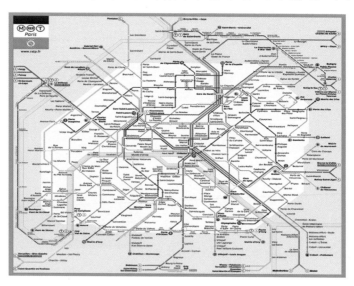

파리 지하철 노선도

리의 악사들이 연주로 사람들에게 구걸하기는 하지만 그들은 그

들 음악에 자부심을 가지고 있는 것이다. 정부가 인정을 한 사람들만 지하철에서 연주를 할 수 있는 자격이 주어져서인지는 몰라도 그들의 표정은 밝고 악기 연주도 수준급이었다. 그들의 모습도 프랑스를 이루는 한 부분일 것이란 생각이 든다.

이제 지하철을 이용할 때 몇 가지 유의할 사항에 대해서 알아보기로 하겠다. 지하철 문을 열 때는 손잡이를 올려 문을 열 수 있는 손잡이식 수동문과 버튼식 자동문이 있다. 마들렌느 역에서 미테랑 도서관(Bibliothèque François Mitterand) 역을 오가는 14호선은 우리 나라처럼 자동문이지만 대부분 자하철의 문은 수동식이므로 그냥 가만히 문이 열리기를 기다렸다가는 다음 역까지 가기 쉽다. 또 몇 개의 최근에 개통된 노선을 제외하고는 안내방송이 나오지 않으므로 내릴 역을 주의해서 살펴야 한다.

지하철에서 음악을 연주하는 악사

지하철에는 일반 좌석 외에 접었다 폈다 할 수 있는 간이좌석이 있는데, 사람이 적을 때는 이것을 펴서 앉아갈 수 있지만 붐

빌 때는 더 많은 사람이 이용할 수 있도록 자리를 접고 서서 가는 것이 좋다.

버튼식

손잡이식

지하철 문

간이 의자

파리 사람들이 무척 바쁜 것인지 아니면 합리적이어서인지 에스컬레이터를 탈 때 오른쪽으로 붙어서 있어야 한다. 이는 바쁜 사람에게 길을 비켜주는 배려로 요즘은 우리 나라에서도 흔

스트라스부르 전차 모습

히 볼 수 있는 모습이다. 하지만 내가 처음 프랑스에 갔을 때 '빠흐동(Pardon)'을 연발하며 걸어가는 사람들의 뒷모습이 무척 인상적이었던 기억이 난다. 파리에서 지하철을 이용할 경우 꼬레스빵당스(Correspondance, 갈아타는 곳), 쏘르띠(Sortie, 출구), 앙트레(Entrée, 입구), 뿌쎄(Poussez, 미시오), 띠레(Tirez, 당기시오), 기쉐(Guichet, 표파는 곳) 등의 단어를 알아두면 훨씬 쉽게 목적지까지 갈 수 있으리라고 본다. 그르노블이나 스트라스부르 같은 지방도시의 경우는 소음이 적고 공해가 없는 전차(Tramway)를 이용하고 있다.

 ## 기차

1937년에 만들어진 프랑스 국영철도인 에센쩨에프(Société Nationale des Chemins de Fer Français: SNCF)는 장거리 노선(Grandes Lignes)과 교외선(Banlieues)으로 운행되고 있다. 파리에

파리~ 런던(3시간) 철도인 유로스타와
파리~ 브뤼셀(1시간 25분) 철도인 탈리스

는 생 라자르 역(gare Saint-Lazare), 북역(gare du Nord), 동역(gare de l'Est), 리옹 역(gare de Lyon), 오스텔리츠 역(gare d'Austerlitz), 몽파르나스 역(gare Montparnasse)과 같은 6개의 기차역이 있는데, 이곳에서 거의 모든 지역으로 기차가 떠나고 도착한다. 마르세유나 리옹, 니스 등과 같은 지방은 리옹 역에서 출발하고, 투르나 보르도, 툴루즈 등 프랑스 서부지방은 몽파르나스 역에서, 릴이나 브뤼셀 등은 북역에서, 스트라스부르는 동역에서, 오를레앙은 오스텔리츠 역에서, 일 드 프랑스나 노르망디 지방은 인상파 화가들의 그림의 소재가 되기도 했던 생 라자르 역에서 출발한다.

열차가 여행자들이 파리와 인접한 지역을 쉽게 이동할 수 있게는 했지만 열차가 처음 사람들에게 선보일 당시에는 이용자수가 그리 많지 않았다. 하지만 1981년 9월 초 고속열차인 테제베(Train à Grande Vitesse: TGV) 열차가 운행되기 시작하면서 대부분의 사람들은 먼 거리 이동시 자동차보

다는 열차를 더 선호하게 되었다. 최고시속은 515km, 평균 시속 300km에 달하는 테제베는 1,000km 이내의 거리에서는 비행기보다 빠르며, 가격도 싸고 더 편안하다.

테제베 열차를 타려면 미리 예약을 해야 한다. 예약을 하지 않앉더라도 역에 조금 일찍 도착해서 그 자리에서 예약을 하고 표를 살 수 있는데, 예약금을 내야 한다. 역에서 표를 살 때는 매표소를 이용할 수도 있고, 기차표 자동판매기를 이용할 수도 있다. 또 역에서 간단한 식사나 다른 볼일이 있을 경우 역에 짐을 맡겨둘 수도 있고, 손수레를 이용할 수도 있다. 역에 설치된 화장실도 유료이기 때문에 항상 약간의 동전은 소지하는 것이 좋다. 또 열차를 탑승하기 전에는 반드시 오렌지색의 표 찍는 자동개찰기에 소인을 찍어야 하는데, 이를 찍지 않은 것이 적발되면 벌금을 물어야 한다. 유럽여행을 할 경우 유레일 패스를, 프랑스 여행을 할 경우는 프랑스 철도패스를 이용하면 더 저렴하게 여행할 수 있다.

 ## 비행기 · 공항

프랑스에는 초현대식 공항인 루아씨 샤를드골 공항(Aéroport de Roissy-Charles-de-Gaulle)과 오를리 공항(Aéroport d'Orly)이 있다. 파리 시내 북동쪽에 위치한 샤를 드골 공항은 세계적 국제공항으로 CDG 1과 CDG 2 두 개의 터미널을 가지고 있는데 CDG 2는 주로 에어프랑스 전용 터미널이다. 파리 시내 남쪽에 위치한 오를리 공항은 국내선 전용으로 남쪽과 서쪽에 두 개의 터미널이 있다. 최근 항공사들은 공

항과 호텔 운행버스인 무료 셔틀버스(navette) 운행을 대폭 확대시키는 등 항공 서비스를 더욱 확대시켜 나가고 있는데, 이는 테제베 이용자들을 그들에게로 끌어들이기 위함이라고 할 수 있다. 프랑스에서 비행기를 이용하는 사람들의 수는 계속 증가 추세를 보이고 있다. 하지만 프랑스 사람들 중 1/3 이상은 비행기를 타보지 못했다고 한다.

자동차

자동차는 도심에서 이용률이 가장 높은 교통수단으로 이로 인해 공해문제가 더욱 심각해지고는 있다. 하지만 프랑스인들이 먹는 것(食)과 사는 집(住) 다음으로 중요하게 생각하는 것은 다름 아닌 자동차로 그들 삶의 한 부분을 드러낸다고 볼 수 있다. 78%의 프랑스인들은 매일 자동차를 이용해서 이동을 하는데, 그들 중 64% 정도는 출퇴근시에 자동차를 이용하고, 60% 정도는 쇼핑을 위해 자동차를 이용한다. 프랑스 가정의 79%는 자동차 한 대를, 28% 정도는 자동차 두 대를 보유하고 있다. 교통체증으로 최근 들어 많은 파리 사람들이 대중교통을 이용하고 있기는 하지만 증가되는 자동차의 생산과 한정된 도로사정으로 교통난은 해를 거듭할수

고전적인 시트로엥 2CV

록 더욱 심각해지고 있다.

자동차의 모양에도 큰 변화가 일고 있는데 이전에는 자동차의 견고함이나 힘 등과 같은 남성 취향적인 자동차가 인기를 얻었

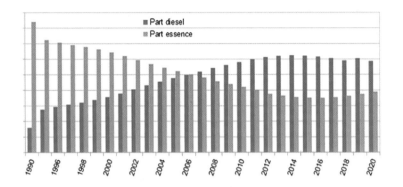

으나 최근 들어서는 부드러움이나 조용함, 트렁크의 크기, 아이를 위한 공간, 세련미 등과 같은 여성 취향적인 자동차가 인기를 모으고 있다. 또한 최근 들어서는 고급 휘발유나 가솔린보다 가

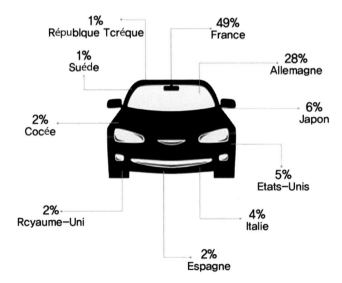

프랑스인들은 프랑스차를 가장 선호한다.

격이 싸다는 경제성 등을 이유로 택시나 트럭에 주로 사용되었던 디젤 엔진 자동차가 증가추세를 보이고 있다. 1970년대에 자동차 총보유의 1%, 1980년대에 4%를 차지했던 디젤 자동차는 1999년에 총 자동차의 34%를 차지하고 있으며, 2000년 통계에 따르면 1995년에는 신형 자동차 모델 중 46.5%가, 1999년에는 신형 자동차 모델 중 44.1%가 디젤 자동차 모델이고 2020년 현재까지 계속 증가세를 보이고 있다. 1999년 통계에 의하면 프랑스인들이 선호하는 외제차로는 폭스바겐(Volks-wagen, 11.4%), 포드(Ford, 7.4%), 제네럴 모터스(General motors, 6.8%), 피아트(Fiat, 5.6%) 등이다. 2017년 통계에 따르면 프랑스인들은 프랑스차를 가장 선호하고 2020년 판매 Top 5는 푸조, 르노, 시트로엥 등이다.

운전면허증(Permis de conduire)은 18세부터 받을 수 있으나, 부모가 같이 탑승한 경우는 16세부터 운전면허증을 받아 운전을 할 수 있다. 자동차 운전자는 여러 법규를 지켜야 한다. 가령 고속도로 제한속도는 시속 130킬로미터, 국도인 경우는 시속 90킬로미터이며, 안전벨트는 앞좌석과 뒷좌석 모두 매야 한다. 또 10세 미만 어린아이는 앞좌석에 앉아서는 안 되는 것과 그 외 신호법규, 공해 관련 법규를 지켜야 한다.

PEUGEOT 208 92 796 / RENAULT CLIO 84 031 / PEUGEOT 2008 66 698 / CITROËN C3 58 547 / RENAULT CAP 54 597

주차를 할 경우는 P라고 씌여진 곳이나 유료주차라고 표시된 곳에 주차를 해야 한다. 대부분의 대도시와 마찬가지로 파리에서는 계속 주차시설을 확충하고 있음에도 불구하고 주차공간은 턱없이 부족한 실정이다. 이런 이유로 해서 통행이 많은 거리에는 원칙적으로 두 시간 이상 주차를 할 수 없다. 또 주차 요금은 지방별로, 또 그 장소에 따라 다르다. '주차금지'라고 씌여진 곳에 주차를 하면 우리 나라와 같이 벌금을 내거나 견인이 되므로 주의해야 한다. 주차 기계는 동전/카드 겸용과 카드 전용이 있는데, 주차 카드는 가두 판매점(kiosque)에서 살 수 있다.

주유소는 직접 급유를 해주는 곳과 카드를 이용할 수 있는 무인 주유소가 있으며, 최근에는 싼 가격으로 승부하는 카르푸와 같은 대형 할인점이 운영하는 주유소가 프랑스인들에게 큰 인기를 끌고 있다.

자동차를 이용할 경우 Parking Payant(유료 주차), Stationnement Interdit(주차 금지), Permis(Permis de Conduire, 운전면허증), Station Service/essencerie(주유소), Péage(톨게이트) 등의 프랑스어를 알아두면 편리하다.

자전거

자동차나 지하철 만큼 이용인구가 많지는 않다. 프랑스는 3%만이 자전거로 이동을 하는데, 이는 자전거 이용률이 27%에 달하는 네덜란드나 28%인 덴

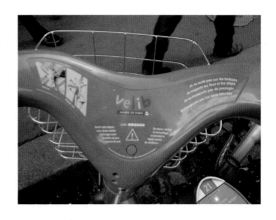

마크, 10%인 독일이나 벨기에에 비해 낮은 수치이다. 하지만 자전거를 이용하는 프랑스인들을 최근 들어 거리에서 쉽게 볼 수 있다. 이는 지하철의 잦은 파업이 그 원인이라고 할 수도 있는데, 최근 자전거 도로의 확대와 자전거 주차 공간 확보 등을 주장하는 환경 보호론자들에 의해 자전거 이용자 수는 더욱 확대되고 있다. 기차를 이용할 경우 자전거를 기차에 싣고 탈 수 있으며, 교외에 있는 기차역에서는 자전거를 빌려 주기도 한다. 자전거를 타며 프랑스의 정취를 맘껏 느낄 수 있으리라고 본다.

예 술

10 예 술

    프랑스는 한마디로 예술의 나라라고 할 수 있다. 프랑스가 배출해 낸 문인이나 화가, 음악가 뿐 아니라 눈부신 건축물과 거리에서도 프랑스인들의 미적 감각을 느낄 수 있다. 한마디로 프랑스 전체가 걸작품이라고 해도 과언이 아닐 듯싶다.

    프랑스의 대표적인 음악가로는 〈환상교향곡〉(1830년)의 베를리오즈, 〈카르멘〉의 비제, 〈동물의 사육제〉의 샤를 생상스, 〈목신의 오후〉의 드뷔시, 〈볼레로〉의 라벨 등이 있다.

드뷔시 모습

    최근 파리에는 음악행사가 더욱 풍성해졌는데, 이는 프랑스 정부가 오페라와 고전음악 그리고 현대음악 공연에 투자를 아끼지 않겠다고 공식적으로 발표했기 때문이다. 파리에서는 해마다 음악축제가 개최되며, 바스티유 오페라 극장이나 플레엘 홀, 샤틀레 극장, 루브르나 오르세 강당에서 뿐 아니라 학교나 교회에서도 많은 음악회가 열리고 있다. 대부분의 호텔에서는 다양한 공연 안내 책자를 구비해 놓고 있으며, 표 예매나 좌석 예약을 대행해 준다.

성황리에 공연되었던 〈노트르담 드 파리〉

프랑스는 음악의 나라이기도 하지만 미술의 나라라는 말이 더 잘 어울리는 듯싶다. 프랑스를 빛낸 화가로는 색채의 마술사로 니스와 남프랑스의 아름다운 자연을 색채로 표현해 낸 마티스나, 고요한 바르비종의 전원생활의 진솔한 모습을 화폭에 담은 밀레, 아름다운 지베르니에서 〈수련〉 연작을 그리며 생을 마감했던 모네, 그 누구보다도 여인들의 모습을 아름답게 표현해냈던 르누아르, 창조적인 재능으로 우리를 금방이라도 초현실적인 세계로 이끌고 가는 달리, 현대적인 모티브인 경마나 발레 등의 움직임을 잘 표현해냈던 드가, 몽마르트르의 풍경을 자신의 감정을 실어 그려냈던 위트릴로 등이 있다.

프랑스 태생은 아니지만 프랑스에서 왕성한 작품활동을 했던 화가들도 많이 있다. 피카소는 프랑스에만 그의 작품을 전시하고 있는 미술관이 두 곳씩이나 있기도 하다. 한 곳은 파리의 아름답고 역사적인 풍취가 느껴지는 마레 지구에 위치해 있고 다른 한 곳은 푸르른 지중해안에 있는 앙티브에 위치해 있다. 우리에게 변함없이 사랑을 받고 있는 고흐 역시 프랑스에서 작품활동을 펼친 화가로 그가 죽기 전 70여일을 보냈던 오베르 쉬르 우아즈에서 그렸던 72점의 그림들은 우리에게 고흐의 위대성을 다시금 느끼게 해준다. 오베르 쉬르 우아즈는 고흐뿐 아니라 도비니나 세잔, 피사로 등 야외로 나가 그림을 그렸던 화가들에게 너무도 멋진 하나의 아틀리에였다. 꽃과 만발한 낙원을 화려한 색채로 그려냈던 샤갈 역시 러시아 비테브스크 출신이지만 프랑스에서 작품활동을 펼치다 남프랑스 방스의 생폴에서 생을 마감한 화가이다.

〈모나리자〉로 밀레의 〈만종〉만큼이나 우리에게 잘 알려져 있는 레오나르도 다빈치 역시 이탈리아 사람이었으나 프랑수아 1세의 초청으로 프랑스 클로 뤼세(Clos Lucé) 성에 와서 왕실 화가이

모네, 〈인상 해돋이〉, 1873년 파리 · 마르모탕 모네 미술관

자 건축가, 공학자로 천재성을 발휘하다 생을 마감하게 된다. 다빈치가 프랑스로 올때 그의 〈모나리자〉나 〈성 세례요한〉, 〈성녀 안나〉 등의 작품을 가지고 왔기 때문에 우리는 이탈리아가 아닌 루브르 박물관에서 그의 걸작품들을 만날 수 있게 된 것이다.

〈모나리자〉
파리 · 루브르 박물관

　이 모든 화가들의 작품이나 화가들의 일생에 대해서 이 책에서는 지면 관계상 다 다루지 못하고 다만 이 화가들의 작품이 전시되어 있는 미술관을 소개하는 정도로 그쳐야 할 것 같다.

〈성녀 안나 〉(좌)와 〈성세례요한〉(우)
파리 · 루브르 박물관

 ## 프랑스 미술 여행

　　프랑스 파리에는 세계에서 규모가 가장 큰 루브르 미술관이
나 인상파 작품을 주로 전시하고 있는 오르세 미술관, 1905년

부터 현대까지의 작품을 소장
한 퐁피두 센터, 특별 전시를 하
는 죄 드 폼이나 그랑 팔레, 파리
의 역사를 한눈에 볼 수 있는 카
르나발레 박물관, 고대와 중세미
술품을 전시하는 중세 박물관, 17
세기의 대저택에 들어서 있는 로
댕 미술관, 모네의 〈수련〉 연작이나

마르모탕 모네 미술관

로댕 미술관

몽마르트르 미술관

달리 미술관

2일 – 55 유로
4일 – 66 유로
6일 – 78 유로
18세 미만, 18세 – 25세(유럽연합국)
무료

〈해돋이〉 등이 전시되어 있는 마르모탕 모네 미술관, 달리 미술관, 몽마르트르 미술관뿐 아니라 크고 작은 여러 미술관이 곳곳에 산재해 있다.

이렇듯 많은 미술관에서 건축물들, 지하철 역에 이르기까지 파리 전체는 한마디로 역사와 미술이 살아 숨쉬는 하나의 예술품이라고 해도 과언이 아닐 것이다. 우리에게 너무도 잘 알려져 있던 다빈치의 〈모나리자〉나 밀레의 〈만종〉, 고흐의 〈오베르 교회〉, 마네의 〈풀밭에서의 점심식사〉 등을 직접 만날 수 있는 곳도 바로 이 곳 파리이다.

파리나 일 드 프랑스에 있는 박물관이나 미술관을 중점적으로 관람하고자 하는 사람들은 박물관 카드를 이용하는 것이 훨씬 경제적이다. 개인이 운영하는 몇 개의 미술관을 제외하면 대부분 적용되는 이 카드는 박물관이나 미술관, 주요 지하철 역, 관광 안내소 등에서 구입할 수 있다.

루브르 박물관 입구에 있는 카페 마를리

루브르 박물관

고대부터 19세기에 이르는 많은 그림과 조각품을 소장한 루브르 미술관의 역사는 프랑수아 1세가 레오나르도 다빈치를 앙부아

루브르 박물관

즈의 클로 뤼세 성으로 초청하고 이탈리아 화가들의 작품을 모으면서 시작된다. 프랑스 대혁명 이후 1793년 중앙박물관이란 이름이 붙여지고, 국왕 소유의 예술품들이 일반인에게 공개되면서 그 규모는 계속 확장되고 있다.

들라크루아, 〈민중을 이끄는 자유의 여신〉, 1830년, 파리 · 루브르 미술관

프랑스의 국왕이나 공화정 대통령들은 그 시대에 건축물을 지어 자기 이름을 후대에 남기고자 했던 것 같다. 루이 14세가 베르사유 궁전을, 퐁피두 대통령이 퐁피두 센터를 세웠듯이 미테랑 대통령은 1981년'궁전 전체를 미술관으로'라는 '그랑 루브르(Grand Louvre)'계획을 발표하게 된다.

그 계획에 따라 루브르 미술관은 대대적인 공사를 하게 되었고, 이 때 다량의 유물이 발굴되고 복원되었다.

1983년 착공해서 1989년 완공된 프랑스 혁명 200주년을 기념하는 피라미드는 중국계 미국인 건축가 이오 밍페이(Ieoh Ming Pei)가 설계한 것으로 이제는 루브르의 상징이 될 정도로 인기가 높다. 600장의 유리와 금속으로 만들어진 초현대적인 피라미드는 루브르 궁의 고색 창연함과 아름다운 조화를 이루며 빛을 발하고 있다. 루브르 미술관은 유리 피라미드를 중심으로 리슐리외(Richelieu) 관, 쉴리(Sully) 관, 드농(Denon) 관으로 이뤄져 있는데, 이 세 전시관은 서로 연결되어 있다. 고대 그리스 · 로마, 고대 이집트, 고대 오리엔트, 중세 르네상스와 근세 등으로 크게 나뉘어 전시되고 있는 루브르 미술관에서는 다비드의 〈나폴레옹 대관식〉, 레오나르도 다빈치의 〈모나리자〉, 밀로의 〈비너스〉, 들라크루아의 〈민중을 이끄는 자유의 여신〉 등을 만날 수 있다. 루브르 미술관을 나가는 길에는 '카페 마를리'가 여행자들을 반기고 있다.

오랑주리 미술관

튈르리 정원 내에 특별 전시회를 하는 죄 드 폼 미술관 옆에

오랑주리 미술관

는 인상파 화가들의 작품을 주로 소장하고 있는 오랑주리 미술관이 있다. 이 미술관 1층 전시실에는 르누아르나 세잔, 에수틴, 마티스, 피카소 등의 작품이 전시되어 있다. 특히 우리에게 잘 알려진 작품으로는 르누아르의 〈피아노 치는 소녀들〉과 앙리 루소의 〈결혼식〉, 피카소의 〈몸집이 큰 목욕하는 여자〉 등이 있다. 지하에 있는 두 개의 전시실에는 마치 수면과 연못가가 보이는 것처럼 관광객이 위에서 아래로 내려다 볼 수 있도록 모네의 〈수련〉 연작 일부가 타원형으로 된 전시실의 벽 아래 쪽에 전시되어 있다.

오르세 미술관

1848년부터 1914년까지의 세계 걸작품을 전시하고 있는 오르세 미술관은 빅토르 라루(Victor Laloux)가 설계한 오르세 역을 개조해서 만든 것이다. 파리 만국박람회를 기념하기 위해 오르세 역이 19세기와 20세기를 잇는 1900년에 세워졌기 때문에 고대와 현

오르세 미술관

마네 〈풀밭위의 점심식사〉, 1863년, 파리 · 오르세 미술관

대를 잇는 작품들을 전시하기 적합하다고 보았기 때문이었다. 이
곳에 전시된 작품들은 이전에 루브르 미술관이나 죄 드 폼 미술
관, 퐁피두 센터 등에 소장되어 있던 작품들을 이전한 것으로, 시
대적으로 고대 예술품부터 19세기 중엽의 예술품을 소장하고 있
는 루브르 미술관과, 20세기 미술품을 소장하고 있는 퐁피두 센터
의 국립 현대 미술관을 잇는 역할을 하고 있다.

　모두 3층으로 이루어진 오르세 미술관에 우리에게 친숙한 그림
들이 많이 전시되어 있어서인지 미술관 안은 항시 많은 사람들로 붐
빈다. 1층에는 1840년부터 1875년 사이에 제작된 조각작품들이 중앙
에 전시되어 있고, 그 양옆으로 밀레의 〈만종〉이나 〈이삭줍기〉, 모
네의 〈까치〉, 쿠르베의 〈세상의 근원〉, 마네의 〈올랭피아〉나 〈풀밭
위의 점심식사〉, 모네의 〈풀밭 위의 점심식사〉 등 인상주의나 후기
인상주의 화가들의 작품들이 전시되어 있다.

2층에는 자연주의와 상징주의 작품과 20세기 초기 작품이, 3층에는 고흐의 〈오베르 교회〉나 르누아르의 〈물랭드라 갈레트에서의 무도회〉 등 1874년 이후 인상파 화가들의 작품이 전시되어 있다. 높고 큰 천장으로부터 쏟아져 내려오는 빛이 오르세 미술관에 전시된 작품들을 한층 더 빛의 세계로 빠져 들게 해준다.

국립 현대 미술관

오르세와 루브르 미술관과 함께 프랑스 3대 미술관 중의 하나인 국립 현대 미술관이 있는 퐁피두 센터로 발길을 옮겨 보자. 안과 겉이 뒤집힌 듯한 퐁피두 센터의 외관만 봐도 이곳이 기존의 틀을 깨는 이전과는 다른 전시 공간임을 알 수 있다. 퐁피두 센터는 조르주 퐁피두 대통령이 바랬던 것처럼 미술과 음악·영화 등이 어우러진 복합적인 문화공간으로 지하에는 공연장과 영화관이, 1층과 6층에는 현대작가의 전시회장이, 2층과 3층에는 도서관이, 4층과 5층에는 1905년부터 현대에 이르는 작품의 전시공간인 국립 현대 미술관이 자리잡고 있다.

국립 현대 미술관
외관

5,000여 점이 넘는 작품을 전시하고 있는 국립 현대 미술관의 모습은 마치 4차원 세계나 우주공간, 초현실적인 공간을 연상시킨다. 밖으로 드러난 파이프, 철골 구조물은 파랑과 빨강, 초록 등 원색과 함께 현대적인 모습을 잘 표현해낸 하나의 거대한 작품과도 같다. 현대 미술품 중 60년대 이전의 작품(1905~65년)은 5층에 전시되어 있다.

그외 미술관들

인상파 화가들의 새로운 모티브이자 그들을 파리 근교로 이동할 수 있게 해주었던 생 라자르 역도 역시 프랑스 미술에서 언급하지 않으면 안 될 장소일 것이다. 많은 화가들은 이 역에서 기차를 타고 파리 근교로 가서 그곳의 자연의 순간적인 모습을 화폭에 담았기 때문이다.

화가들의 삶의 냄새를 맡기 원하는 사람들은 화가들이 보냈던 장소를 찾아가는 것도 좋을 듯싶다. 모네가 아름다운 정원을 일구고 그곳에서 〈수련〉 연작을 그렸던 지베르니에는 모네의 집이 있다.

모네, 〈생 라자르 역〉, 1877년, 파리 · 오르세 미술관(좌)
생 라자르 역(우)

지베르니에 있는 모네의 집

오베르 쉬르 우아즈에 있는
고흐와 테오의 무덤

고흐가 묵었던 라부 여인숙
(고흐의 집)

　고흐가 마지막 몇 개월을 보냈던 오베르 쉬르 우아즈에는 하루
에 단돈 3프랑 50을 주고 머물렀던 라부 여인숙(고흐의 집)이 있
다. 이 여인숙의 1층은 레스토랑이 되어 그곳을 추억하고자 하
는 관광객을 맞고 있고 2층에는 예쁜 가게가, 3층에는 그가 머물
던 작고 보잘것없는 방이 그대로 남아 있다. 이곳에는 도비니의 아
틀리에나 도비니 미술관, 그 시대 많은 사람들이 마셨던 72도나 되
는 독한 술인 압생트 관련 자료와 관련 그림을 전시하고 있는 압
생트 박물관, 자드킨의 고흐 동상이 서 있는 고흐 공원, 고흐와 그
의 동생 테오의 무덤과 가셰 박사의 집 등이 있다.

　밀레가 파묻혀서 전원생활을 그렸던 바르비종에는 밀레의 집
과 루소의 아틀리에, 퐁텐블로 숲, 그리고 여러 화가들이 머물
다 갔던 간 여인숙(Auberge Ganne)과 크고 작은 여러 아틀리에
가 있다. 이제는 바르비종 미술관으로 변한 간 여인숙의 벽에 그려
진 그 당시 화가들의 그림에
서 그들의 체취가 느껴지는 듯
하다.

　우리에게 휴양지로 잘 알려
져 있는 니스에는 〈성서〉 연작
이 전시되어 있는 샤갈 미술
관, 한적한 시미에 언덕에 자리
잡은 마티스 미술관, 니스 국립
현대 미술관 등 가 볼 만한 미술
관이 여럿 있다.

압생트 박물관

밀레 아틀리에 입구

간 여인숙(바르비종 미술관)

루소 아틀리에

샤갈 미술관 (좌)
테르트르 광장 모습 (아래)

마티스 미술관 (좌)
니스 근 · 현대 미술관 (아래)

앙티브 피카소 미술관

라팽 아질

카뉴 쉬르 메르에 있는 르누아르 아틀리에 내부

주위의 초록빛 나무와 남프랑스의 푸르른 하늘과 강렬한 색채의 대비를 이루고 있는 마티스 미술관에는 68점의 유화와 과슈, 오려내기 작품과 236점의 드로잉, 218점의 판화, 57점의 조각, 마티스 삽화가 들어간 14권의 책, 95점의 사진 외에도 마티스가 1917년부터 1954년 숨을 거둘 때까지 니스에 자리를 잡고 살며 모았던 187개의 마티스 개인 소장품, 스테인드 글라스 등이 전시되어 있다.

우리에게 국제적인 영화제로 알려진 칸과 니스 중간에 있는 도기 제조의 중심지인 앙티브, 1928년부터 고고학 박물관으로 사용되던 그리말디 성(Château Grimaldi)에는 피카소 미술관이 있다. 또 카뉴 쉬르메르에는 르누아르가 모네처럼 콜레트 거리에 있는 집을 사들이고 정원을 지어 그곳에서 말년을 보냈던 르누아르의 아틀리에가 있다.

이곳 이외에도 크고 작은 미술관이나 화가들의 향기를 느낄 수 있는 장소는 너무도 많이 있다. 그라스와 파리에 있는 향수 박물관, 방스에 있는 마그 재단, 프로방스의 세잔 아틀리에, 퐁타방 미술관, 들라크루아 미술관, 부르델 미술관, 자드킨 미술관, 모로 미술관이나 해양 박물관, 화폐 박물관, 우표 박물관, 열쇠 박물관에서 몽마르트르의 테르트르 광장이나 몽마르트르 미술관, 달리 미술관, 오 라팽 아질 등 프랑스의 구석구석에는 화가의 자취와 예술이 숨쉬고 있다고 해도 과언은 아닐 것이다.

마르모탕 모네 미술관	www.marmottan.com
달리 미술관	www.dalionline.com
루브르 미술관	www.louvre.fr
오르세 미술관	www.musee-orsay.fr
국립 현대 미술관	www.centrepompidou.fr
지베르니에 있는 모네의 집	www.fondation-monet.com
라부여인숙(고흐의 집)	www.maison-de-van-gogh.com
간여인숙(바르비종 미술관)	www.barbizon-france.com
마티스 미술관	www.musee-matisse-nice.org
앙티브 피카소 미술관	www.antibesjuanlespins.com
오 라팽 아질	www.au-lapin-agile.com

 ## 프랑스 문학

프랑스인들이 가장 좋아하는 문인은 우리에게 프랑스 문학하면 떠올릴 수 있는 사르트르도 카뮈도, 그들의 화폐에까지 등장하

자크 프레비르(좌)와 보리스 비앙(우)

는 『어린 왕자』의 작가 생텍쥐페리도 아니다. 프랑스인들로부터 가장 사랑을 받았고 지금도 계속해서 끊임없이 기억되는 문인은 바로 영화 마르셀카르네의 〈밤의 문 Les Portes de la nuit〉의 주제 음악인 샹송 〈고엽 Les feuilles mortes〉의 작가인 자크 프레베르(Jacques Prévert, 1900~77년)이다.

어떻게 보면 그의 시가 너무도 평이한 언어로 사랑의 기쁨이나 슬픔을 노래하지 않았나 생각할 수도 있다. 하지만 일상적인 사랑이나 단조로운 풍경 속에서 삶의 근원적인 의미를 절묘하게 끄집어내는 데 그의 힘이 있다고 생각된다. 소설가 이브 시몽은 프레베르가 많은 사람들의 사랑을 받는 것은 소시민이나 열등생들, 연인들을 노래했기 때문이라고 말하기도 했다.

프레베르 다음으로 프랑스인들의 사랑을 받는 문인은 우리에게도 『이방인』이나 『페스트』 등으로 잘 알려져 있는 알베르 카뮈(Albert Camus, 1913~60년), 3위로는 국내에는 그리 잘 알려지지 않은 소설가 보리스 비앙(Boris Vian, 1920 ~59년)과 앙리 트르와이야(Henri Troyat)가, 공동 5위로는 영화 감독인 장 콕토와 함께 실존주의 문인으로 시몬느 보부아르와의 계약결혼이나 『구토』, 『벽』 등으로 우리들에게 알려져 있는 장 폴 사르트르(Jean Paul Sartre, 1905~80년)가 차지했다.

탄생 200주년을 맞아 프랑스 전체를 떠들썩하게 했던 빅토르 위고(1802~85년) 역시 프랑스를 대표하는 문인 중 한 명이다. 프랑스 교육부는 크리스마스 방학이 끝나고 개학하는 1월 7일(2002년) 프랑스의 모든 초·중·고교 첫 수업에 위고 작품을 읽고 토론하라고 지시했다. 알퐁스 도데는 『마지막 수업』이란 작품을 남겼지만 위고는 그의 작품이 모든 프랑스 학교의 교재가 되는 기록을 남긴 셈인데, 이런 것이 프랑스 문학이 발전할 수 있는 힘이 아닌가 싶다.

이 책에서는 지면상의 문제로 프랑스 문학을 다 다룰 수도 없을 뿐 아니라 이에 관해서는 자료가 풍부하게 있기 때문에 대표적인 몇몇 작가들과 그 작품을 시대별로 간단히 소개하는 정도로 그치고자 한다.

16세기

작가	몽테뉴 (Montaigne) 1533 ~ 1592	라블레 (François Rabelais) 1494~1553	롱사르 (Pierre de Ronsard) 1524 ~ 1585
작품	1580~92년 엣세(Essais)	1534년 가르강튀아(Gargantua)	1534년 사랑(Amours)

17세기

작가	코르네이유 (Pierre Corneille) 1601 ~ 1684	몰리에르 (Jean-Baptiste Poquelin Molière) 1622 ~ 1673	라신 (Jean Racine) 1639 ~ 1699
작품	1637년 르 시드(Le cid)	1668년 수전노(L'Avare)	1667년 앙드로 마크(Andromaque)
	1640년 오라스(Horace)	1669년 타르튀프(Tartuffe)	1677년 페드르(Phèdre)

몰리에르의(여인들의 학교)에서의
이자벨 아자니

라신의(페드르) 장면

코메디 프랑세즈 모습

코르네이유의(르 시드)
장면

18세기

작가	루소 (Jean Jacques Rousseau) 1712 ~ 1778	디드로 (Denis Diderot) 1713 ~ 1784	보마르셰 (Beaumarchais) 1732 ~ 1799
작품	1762년 에밀 (Emile)	1762~77년 라모의 조카 (Le Neveu de Rameau)	1783년 피가로의 결혼 (Le Mariage de Figaro)
	1761년 신엘로이즈 (Nouvelle Héloïse)	1773년 운명론자 자크와 그 주인 (Jacques le Fataliste et son maître)	세빌리아의 이발사 (Le barbier de Séville)

19세기

작가	빅토르 위고 (Victor Hugo) 1802 ~ 1885	조르주 상드 (George Sande) 1804 ~ 1876	발자크 (Honoré de Balzac) 1799 ~ 1850
작품	1862년 레미제라블 (Les Misérables)	1842년 콩슈엘로 (Consuelo)	1833년 으제니 그랑데 (Eugenie Grandet)
	1831년 노트르담 드 파리 (Notre Dame de Paris)	1841년 오라스 (Horace)	1842년 인간 희극 (La comédie humaine)

작가	스탕달 (Henri Beyle Stendhal) 1783 ~ 1842	플로베르 (Gustave Flaubert) 1821 ~ 1880	에밀 졸라 (Emile Zola) 1840 ~ 1902
작품	1830년 적과 흑 (Le Rouge et le Noir)	1857년 보바리 부인 (Madme Bovary)	1877년 목로주점 (L'Assommoir)
	1839년 파름므의 수도원 (La Chartreuse de Parme)	1869년 감정교육 (L'éducation sentimentale)	1885년 제르미날 (Germinal)

작가	기 드 모파상 (Guy de Maupassant) 1850 ~ 1893	보들레르 (Charles-Pierre Baudelaire) 1821 ~ 1867	랭보 (Arthur Rimbaud) 1854 ~ 1891
작품	1833년 여자의 일생 (Une vie)	1857~61년 악의 꽃 (Les Fleurs du mal)	1873년 지옥의 계절 (Une saison en enfer)

Sensation

Par les soirs bleus d' été j' irai dans les sentiers

Picoté par les blés, fouler l' herbe menue:

Rêveur, j'en sentirai la fraîcheur à mes pieds.

Je laisserai le vent baigner ma tête nue.

Je ne parlerai pas, je ne penserai rien:

Mais l'amour infini me montera dans l'âme.

Et j'irai loin, bien loin, comme un bohémien.

Par la nature-heureux comme avec une femme.

le 20 avril 1870

Rimbaud

감 각

여름의 푸르른 저녁, 밀이 찔러대는
오솔길을 가리, 부드러운 잔풀을 밟으며
몽상가가 되어 발밑에서 신선함을 느끼리
바람이 내 맨 머리를 씻겨 주도록 두리

나는 아무 말도, 아무 생각도 않으리
그래도 무한한 사랑은 내 영혼에 올라오리니
방랑자처럼 멀리, 아주 멀리 가리
여자와 함께 가듯 행복에 겨워 자연 속으로 가리

1870년 4월20일

랭보

20세기

작가	프루스트 (Marcel Proust) 1871 ~ 1922	앙드레 지드 (André Gide) 1869 ~ 1951	말로 (André Malraux) 1901 ~1976
작품	1913~1927년 잃어버린 시간을 찾아서 (A la recherche du temps perdu)	1909년 좁은 문 (La porte étroite)	1933년 인간의 조건 (La condition humaine)
	1896년 즐거움과 나날 (Les plaisirs et les jours)	1919년 전원교향곡 (La symphonie Pastorale)	1937년 희망 (L' espoir)

작가	생텍쥐페리 (Saint Exupéry) 1900 ~ 1944	아폴리네에르 (Guillaume Apollinaire) 1880 ~ 1918	사르트르 (Jean-Paul Sartre) 1910 ~ 1980
작품	1931년 야간비행 (Vol de nuit)	1913년 알콜 (Alcools)	1943년 파리떼 (Les Mouches)
	1943년 어린 왕자 (Le petit prince)	1913년 큐비즘의 화가들 (Les peintres cubistes)	1938년 구토 (La Nausée)

작가	알베르 카뮈 (Albert Camus) 1913 ~ 1960	시몬느 드 보부아르 (Simone de Beauvoir) 1908 ~ 1986	로브그리예 (Alain Robbe-Grillet) 1922 ~ **2008**
작품	1942년 이방인 (L'étranger)	1943년 초대받은 여자 (L'invitée)	1957년 질투 (Le Jalousie)
	1947년 페스트 (La Peste)	1949년 제2의 성 (Le Deuxième sexe)	1963년 누보로망을 위하여 (Pour un nouveau roman)

작가	자크 프레베르 (Jacques Prévert) 1900 ~ 1977	사뮤엘 베케트 (Samuel Beckett) 1906 ~1960	이오네스코 (Eugène Ionesco) 1912 ~ 1994
작품	1946년 파롤 (Paroles)	1953년 고도를 기다리며 (En attendant Godot)	1950년 대머리 여가수 (La cantatrice chauve)
	1951년 정경 (Spectacle)	1959년 명명할 수 없는 것 (L'innommable)	1951년 수업 (La Leçon)

작가	롤랑 바르트 (Roland Barthes) 1915 ~ 1980	미셸 뷔토르 (Michel Butor) **1926~2016**	마가리트 뒤라스 (Marguerite Duras) 1914 ~ 1996
작품	1957년 신화론 (Mythologies)	1956년 시간사용 (L'emploi de temps)	1960년 내 사랑 히로시마 (Hiroshima mon amour)
	1973년 텍스트의 즐거움 (Plaisir du texte)	1957년 변경 (La modification)	1984년 연인 (L'amant)

영화
〈내 사랑 히로시마〉의
한 장면

샤르트르와 시몬느 보부아르가
생제르맹 거리를 걷는 모습

연극 〈고도를 기다리며〉의 한 장면

　프랑스에서는 가을이 되면 1903년에 시작된 콩쿠르 상(Prix Goncourt)이나 심사위원이 모두 여성으로 이뤄진 페미나 상(prix Femina)을 비롯해서 여러 문학상의 작가들을 발표하기 때문에 가을을 문학상의 계절이라고 부르기도 한다. 프랑스에는 매년 800개 이상이 되는 출판사들이 새롭고 다양한 책들을 계속 선보이고 있으며, 전체 도서 발행은 거의 4억만 권에 달한다. 대중소설은 많은 사람들에게 계속 사랑을 받고 있는데, 대표적인 출판사로는 우리에게도 잘 알려진 갈리마르나 플라마리옹, 세이으 등이 있다. 플라마리옹은 최근 프랑스 전반에 관한 자세한 설명을 자세하게 싣고 있는 ABC 총서(L'ABC daire)로 우리에게 더 잘 알려지게 되었다. 그 외에도 백과사전 등 사전류 서적을 주로 출판하는 로베르(Robert)나 라루스(Larousse)가 있고, 프랑스어 관련 도서를 주로 출판하는 클레(CLE)나 아쎄트(Hachette) 등이 있다.

　우리 나라에도 최근에 번역 · 출간되어 인기를 얻고 있는『아스테릭스』같은 만화책은 20여 년 동안 청소년층 뿐 아니라 성인층에서도 계속적인 사랑을 받고 있다. 한마디로 도서출판은 프랑스에서 최고로 자부심을 가지는 문화활동 중의 하나라고 할 수 있다.

　잡지 판매량의 증가와 함께 최근 도서 판매량이 다소 줄어들고 있다. 하지만 1953년에 프랑스에 처음으로 모습을 보인 문고판 도서는 저렴한 가격과 휴대의 편리성으로 독서량의 증가에 큰 공헌을 했다. 정부는 프랑스인들의 독서량을 증진시키기 위해 공공도서관의 개장과 함께 공공도서관 시설을 갖추지 못한 작은 마을에는 이동도서관(biblibus) 시설을 확충시키고 있다.

프랑스 영화

제7의 예술로 예술의 영역에서 당당한 자리를 차지하고 있는 프랑스 영화는 영화가 처음 태어났던 1895년부터 오늘날에 이르기까지 할리우드 영화의 압력에 잘 대응하며 세계 영화의 중심지로 세계 어느 나라의 영화보다 다양한 장르와 형식을 선보이며 프랑스 영화의 자존심을 지켜나가고 있다.

하지만 영화관을 이용하는 사람의 수는 TV시대 도래와 함께 1970년에 큰 감소세를 보인 이후로 큰 증가세를 보이고 있지 않

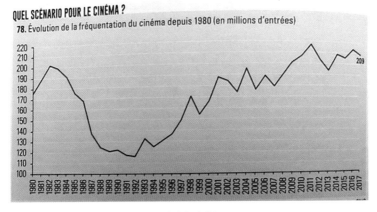

QUEL SCÉNARIO POUR LE CINÉMA ?
78. Évolution de la fréquentation du cinéma depuis 1980 (en millions d'entrées)

영화관 관객수

다. 1998년에 영화 〈타이타닉〉의 성공으로 약간의 증가세를 보이기는 했지만 이전 같은 사랑을 받지 못하는 것은 많은 프랑스인들이 직접 영화관에 가기보다는 집에서 영화를 보는 것을 더 좋아하기 때문이다. 하지만 스마트 폰이나 DVD에서 느낄 수 없는 영화관에서만 느낄 수 있는 또 다른 감동과 경험으로 인해 1990년대 초

반의 예상

르네 클레망,
〈금지된 장난〉,
1952년

과는 달리 2011년에는 많은 프랑스인들이 영화관을 찾았고, 2021년 현재에도 지속적으로 영화관을 찾는 사람의 수는 크게 줄어들지 않고 있다. 최근 모 영화 잡지사에서 뽑은 70년대의 영화 베스트 10을 보면, 르네 클레망의 〈금지된 장난(Jeux Interdits)〉(1952년)과 장 뤽 고다르의 〈네 멋대로 해라(A bout de souffle)〉(1960년) 등 프랑스 영화가 7개나 차지했다. 30대 이상 정도의 사람들은 아직도 가을이면 〈밤의 문〉의 주제곡인 이브 몽탕의 〈고엽〉을 들으며 분위기에 젖어 차 마시기를 즐기고, 〈태양은 가득히〉에서 보여 주었던 태양보다 더 강렬한 알랭 드롱의 눈빛을 추억할 것이며, 〈남과 여〉의 배경이 된 도빌 해변에서의 멋진 사랑을 꿈꿔왔

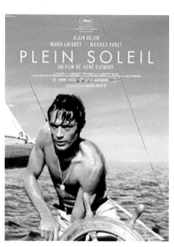

르네 클레망, 〈태양은 가득히〉,
1960년

으리라고 본다. 이렇

루이 뤼미에르, 〈뤼미에르 공장의
퇴근〉, 1895년

듯 프랑스 영화는 70~80년대에 우리에게 깊숙이 파고 들었
던 것 같다.

시네마토그라프(영사기)를 발명한 뤼미에르 형제(루이 뤼미에
르, 1864~1948년 / 오귀스트 뤼미에르, 1862~1954년)와 공상과학

영화인 〈달세계 여행 (Le voyage
dans la lune)〉(1903년)에서 오늘
날에도 여전히 사용되고 있는 영
화기법을 개발해 낸 멜리에스
(Georges Méliès, 1861~1938년)
에 의해 시작된 프랑스 영화는 다
른 어느 나라보다 가장 먼저 영화
산업의 기반을 구축할 수 있었다.

조르주 멜리에스, 〈달세계 여행〉 1903년

1895년 3월 22일 루이 뤼미에르의 첫 번째 영화 〈뤼미에르 공장의 퇴근(La sortie des usines Lumière)〉(1895년)이 사진장려협회에서 상연된다. 뤼미에르 형제는 같은 해 12월 28일 파리의 카퓌신 가에 있는 그랑 카페 지하 인디언 살롱에서 문화예술인 33명을 초대한 가운데 최초로 유료영화(1프랑)를 상연했는데, 관객들의 반응은 한마디로 열광적이었다. 그때 상연된 영화 중 실제와 같은 느낌을 재현한 〈시오타 역에 도착하는 기차(Arrivée d'un train à la gare Ciotat)〉(1895년)를 보고 있던 관객들이 역구내로 진입하는 기차를 보고는 이리저리 피하느라 한바탕 소란을 피웠다는 이야기는 유명하다.

이 영화 상영을 보았던 멜리에스 역시 감동을 받고 스스로 자신의 기계를 만들어 보고 1896년에는 '스타필림'을 세운다. 멜리에스의 유명한 작품으로는 쥘 베른과 웰스에게서 영감을 받은 〈달세계 여행〉 이외에도 〈요정들의 왕국〉, 〈고무머리 사나이〉, 〈마법의 책〉 등이 있다. 멜리에스에 의해 영화는 현실에 대한 기록이 아닌 허구세계를 독창적으로 그려내는 하나의 예술 장르가 된다.

고몽사 상징

뤼미에르가 영화를 탄생시킨 다음 해인 1896년에 는 영화의 기업화를 목적으로 파테사와 고몽사 같은 영화 제작사가 설립되었는데, 이는 프랑스 영화 발전에 주요한 역할을 하며, 막강한 영향력을 행사하게 된다. 서로 선의의 경쟁을 하며 동반자로서 자산을 교환하기도 하는 두 회사의 상징을 보자면, 파테사는 프랑스의 상징은 수탉인 반면 고몽사는 데이지꽃이다. 이 두 회사는 1995년에 영화 탄생 100주년을 자축했는데, 고몽사는 시네마테크 프랑세즈에서, 파테사는 퐁피두 센터에서 화려한 기념행사를 가졌다.

프랑스 영화는 1895년 탄생한 이후 1920년대에는 아방가르드 영화가, 1930~40년대에는 시적 리얼리즘(réalisme poétique) 영화가 주류를 이루게 된다. 이 시기에 장 가뱅, 루이 주베, 미셸 모르강 등 명배우가 탄생하게 된다. 1950년대 중반부터 1960년대, 70년대까지를 이끌어간 프랑스 영화를 '새로운 물결', 다시 말해 '누벨 바그(Nouvelle Vague)'라고 말하는데, 침체에 빠진 기존 영화를 비난하며 이전 영화와의 단절을 외치고 새로운 스타일의 영화를 만들어 낼 것을 주장한다. 이 시기에는 시네마테크의 운영과 영화 비평지인 『카이에 뒤 시네마(Cahier du cinéma)』에서 영화 비평활동을 하다가 감독이 된 〈쥘과 짐(Jules et Jim)〉의 프랑수아 트뤼포나 〈네 멋대로 해라(À bout de souffle)〉의 장뤽 고다르, 〈내사랑 히로시마(Hiroshima mon amour)〉의 알랭 레네, 클로드 샤브롤, 에릭 로메르 등이 활동을 했다. 하지만 『렉스프레스 L'Express』지가 '누벨바그'라고 묶어 표현했던 그들 모두는 『카이에 뒤시네마』에 글을 썼고 30대 전후라는 것을 제외하고는 각자가 너무도 개성적인 그들만의 방법으로 영화를 만들었기 때문에 주제나 영화의 기법에 있어서 공통점을 거의 찾을 수 없다.

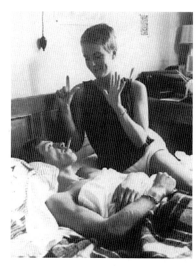

알랭 레네, 〈내 사랑 히로시마〉, 1959년

장 뤽 고다르, 〈네 멋대로 해라〉, 1960년

프랑수아 트뤼포, 〈쥘과 짐〉, 1962년

장 뤽 고다르

1960~1970년대의 누벨바그에 이어 새롭고 다양한 기법의 영화가 계속 쏟아져 나왔다. 이렇듯 이전과 다른 1980년대의 영화 경향은 '누벨 이마쥬(Nouvelle Image)', 다시 말해 '새로운 이미지'라고 부르는데, 이를 '새로운 누벨바그(Nouvelle Nouvelle Vague)' 혹은 '네오 바로크(Néo Baroque)'라고 부르기도 한다. 여기에는 독특한 화면으로 이미지를 내보인 〈디바 Diva〉나 광란적인 사랑을 표현한 〈베티블루 37.2 (Betty Blue 37.2)〉의 감독인 장 자크 베넥스나, 〈니키타〉, 〈그랑 블루〉, 〈레옹〉, 〈제5 원소〉, 〈잔다르크〉 등으로 할리우드 영화 만큼이나 국내에서 인기를 거둔 뤽 베송, 〈소년 소녀를 만나다〉, 〈퐁네프의 연인들〉, 〈나쁜 피〉, 〈폴라 X〉 등으로 그 당시 가장 독특한 감독으로 불려졌던 레오 카락스 등이 있다. 특히 살인 청부업자와 12살 소녀와의 우정을 그린 영화 〈레옹〉은 전세계적으로 폭발적인 인기를 얻었는데, 이 영화에 대한 프랑스 비평가들은 혹평과 찬사로 양극화를 보였다.

뤽 베송, 〈잔다르크〉, 1999년

이 시기에는 독창적인 소재와 과감한 시도로 세계 영화인들

에게 다가온 영화 〈델리카트슨
(Delicatessen)〉이나 〈잃어버린 아이
들의 도시(La cité des enfants perdus)〉
의 장 피에르 주네와 마르크 카
로, 어두운 사회 현실을 흑백 영상
으로 그려낸 〈증오(La haine)〉나 〈
혼혈아(Métisse)〉 (1993년) 등을 감
독한 카소비츠 등도 있다.

장 자크 베넥스,
〈베티 블루 372〉, 1986

연출 솜씨 못지않은 카소
비츠(니노 역)의 뛰어난 연기력
을 보려면 한국에서 〈아멜리에〉라는 제목으로 상연된 장 피
에르 주네 감독의 〈아멜리 뿔랭의 멋진 운명(Le fabuleux
Destin d'Amélie Poulain)〉(오드레토투, 마티유 카소비츠 주연)
을 보면 된다. 주네 감독이 카로 감독과 함께 만들었던 인육을 먹
는 핵전쟁 후 미래의 한 도시의 푸줏간 주인과 그에 기생하는 다
양한 인간의 모습을 그려낸 〈델리카트슨〉이나, 아이들의 꿈을 뺏
아 불로장생하려는 어른의 탐욕을 그려낸 〈잃어버린 아이들의 도
시〉에서 보여 주었던 어두운 분위기에서 탈피해, 〈아멜리에〉에서
는 짓궂은 유머와 파스텔톤 화면으로 2001년 무려 1,000만 명의 프
랑스 관객을 모으는 데 성공했다. 〈아멜리에〉는 자신만의 세계에
갇혀 지내던 수줍은 처녀가 주변 사람들을 행복하게 변화시킨다
는 줄거리의 동화적 코미디로 주네 감독은 평생 모아둔 에피소드
를 이 한 편에 쏟아 부었다고 말했다 한다.

　문학작품들, 특히 소설의 영화화는 주로 장편영화로 나타나는
데, 알베르 카펠라니는 위고의 소설을 각색한 〈레미제라블
(Les Misérables)〉(1912년)과 졸라의 작품을 각색한 〈제르미날
(Germinal)〉(1913년)을, 앙드레 앙투안은 위고의 소설을 각색
한 〈바다의 노동자들〉(1918년)을 만들어 낸다. 소설을 영화화한 작
품 중 실패한 작품도 없지는 않지만 문학작품들이 영화에 도입되
면서 문학이 더욱 대중과 가까워진 것은 아무도 부인할 수 없는 사
실이다. 특히 브레송의 영화는 베르나노스의 원작 소설『어느 시
골 사제의 일기』(1951년) 보다도 훨씬 뛰어나다는 평을 받고 있
다. 그 이외에도 레이몽 크노의 원작을 각색한 〈지하철 소녀
(Zazie dans le métro)〉, 마가리트 뒤라스 소설을 영화화한 〈내사랑
히로시마(Hiroshima mon amour)〉나 〈연인(L'Amant)〉, 로스탕 소설
을 영화화한 〈시라노(Cyrano de Bergerac)〉, 파뇰의 소설을 영화한
〈마농의 샘(Manon des Source)〉이나 그의 소설『아버지의 영광』을 영

장 자크 아노, 〈연인〉(좌)
장 피에르 주네,〈아멜리에〉(우)

화화한 〈마르셀의 여름(La gloire de mon Père)〉, 레이몽 장 소설을 영화화한 〈책 읽어 주는 여자(La lectrice)〉 등이 있다.

2019년 봉준호 감독의
〈기생충(Parasite)〉은
칸 영화제에서 황금종려상을
받았다.

1946년 이후로 매년 5월에는 프랑스 남부 지중해 해안에 위치한 아름다운 칸에서는 칸 국제영화제가 열리며, 프랑스는 해마다 140여 편의 영화가 만들어지고, 프랑스 국내 영화 점유율이 40% 정도를 유지하고 있기는 하지만 영화관을 찾는 사람들의 발길은 해가 거듭될수록 감소추세를 보이고 있다. 영화의 나라 프랑스이지만 프랑스인들의 43%가 영화관에 한 번도 가본 적이 없다는 통계(2000년)에 놀라지 않을 수 없다. 최근 들어서는 프랑스 영화 발전을 위한 자구책으로 다른 나라 영화 제작진과 합작영화를 만드는 새로운 경향을 보이기도 한다.

⟨ 2019–2020 프랑스인들이 좋아하는 인물 Top 10 ⟩
(Les personnalités préférées des français en 2019/2020)

프랑스인들이 좋아하는 인물 Top 10에 대부분이 영화배우라는 것은 프랑스인들이 여전히 프랑스 영화를 사랑하고 있다는 것을 보여준다.

프랑스에서 외국영화를 볼 때 프랑스어가 자막처리 된 V.O.(Version Originale)와 프랑스어로 더빙된 V.F.(Version française) 중 자신이 원하는 것을 선택해서 영화관에 들어가야 한다. 프랑스어에 익숙하지 않은 사람은 V.F. 보다는 V.O.라고 표기된 영화를 보는 것이 나을 듯싶다.

어떤 극장에서 어떤 영화가 상연되는지를 알아보려면 파리스코프(Pariscope)나 로피시엘 데 스펙타클(L'officiel des spectacles) 등과 같은 문화 정보지를 이용하면 좋다. 이 정보지들은 매주 수요일에 발간되는데, 신문판매대(Kiosque)에서 쉽게 구입할 수 있다.

프랑스 인기 영화 Top 5

1	타이타닉 Titanic: 35 %
2	알로, 슈티 Bienvenue chez les Ch'tis : 31,9 %
3	언터처블, Intouchables : 29,8 %
4	아스테릭스 2 미션 크레오파트라, Asterix et Obelix : Mission Cléopâtre : 23,3 %
5	비지터 Les Visiteurs : 23,2 %

 프랑스에는 영화뿐 아니라 연극이나 무용, 음악과 관
련된 공연이나 축제가 끊이지 않고 있다. 특히 프랑스 남
부 프로방스 지방에 위치한 아비뇽에서 1947년에 장 빌라르
(Jean Vilar) 이후로 매년 7월 중순부터 2주 정도로 '아비뇽 연극
제(Festival d Avignon)'가 열린다. 이 도시는 〈아비뇽 다리 위에
서(Sur le pont d'Avignon)〉라는 노래로 잘 알려져 있는 생 베네제
(Saint Bénézet) 다리가 있는 곳이기도 하다.

샹송

프랑스의 거리나 카페, 지하철, 테르트르 광장 등을 가게 되면 흔히 흘러간 샹송을 들을 수 있다. 프랑스 하면 떠올릴 수 있는 것이 향수나 패션, 미술, 포도주 등 여럿 있겠지만 샹송도 프랑스의 한 부분을 나타내고 있다고 할 수 있다. 샹송이 아름다운 사랑이나 추억 등을 나타내는 감미로운 어떤 다른 뜻을 가지고 있다고 생각하기 쉬운데 그렇지는 않다. 샹송은 프랑스어로 '노래하다(chanter)'라는 동사의 명사 형태로 '노래(Chanson)'라는 의미를 가진다. 프랑스에서 샹송의 역사를 거슬러 올라가다 보면 그 기원은 수도사나 사제들이 전도를 목적으로 샹송을 지어 불렀다고 한다. 지금까지 전해지고 있는 샹송으로 가장 오래된 것은 881년 발렌센 수도사가 만들었다는 〈성녀 우라리의 이야기〉이다. 중세기에는 순례자나 투르바두르(Troubadour)라는 남부 프랑스의 음유시인이 활약하였고, 이보다 약간 뒤에 트루베르라는 북부 프랑스 음유시인들이 작사, 작곡해서 노래를 불렀다.

샹송에서는 멜로디보다는 가사가 더욱 중시되기 때문에 가사 내용의 전달이 아주 중요하다. 그로 인해 시인들의 시를 노래로 만들어 부르는 경우가 많은데, 그 예로는 프레베르의 〈고엽(Les feuilles mortes)〉이나 아폴리네에르의 〈미라보 다리(Le pont Mirabeau)〉, 아라공의 〈엘자의 눈동자(Les yeux d'Elsa)〉 등이 있다.

일상생활의 기쁨과 슬픔을 다양한 주제로 노래하고 있는 샹송이 많은 사람들에게 폭넓은 사랑을 받고 있는 것은 대중과 가까이에서 그들의 마음을 그대로 담고 있기 때문이 아닌가 싶다. 최근 들어서는 가사를 전달하기보다는 멜로디만을 노래하는 곡들이 늘어나고 있기는 하다. 프랑스의 샹송은 쿠플레(Couplet)라는 가사 부분과 르플렝(refrain)이라는 반복 부분으로 이루어져 있는데, 이러한 형태가 완성된 것은 12세기 경이며, 이때부터 샹송이라는 표현도 쓰이게 되었다. 샹송의 종류로는 영어의 팝송이나 작가 미상의 민요 등을 가리키는 샹송 포퓔레르(chanson populaire), 〈롤랑의 노래〉 등으로 유명한 무훈시에 해당하는 샹송 드 제스트(chanson de geste), 가사가 예술적이거나 시에 곡을 붙인 샹송 리테레르(chanson littéraire) 혹은 샹송 사방트(chanson savante), 달콤하고 감미로운 노래인 로망스(romance), 우리의 노동 가요에 해당하는 참여 노래인 샹송 앙가제(chanson engagée) 등이 있다.

1950~60년대 가수로는 아직도 변함없이 우리에게 큰 감동을 주고 있는 에디트 피아프(Edith Piaf)나 줄리에트 그레코(Juliette Greco), 조르주 무스타키(Georges Moustaki)나 이브 몽탕(Yves Montant) 등이 있다. 불운한 어린 시절을 보내서인지 샹송계 최대 여성 가수인 에디트 피아프의 절규하듯 부르는 노래에서는 삶의 고통이나 절망을 가슴 깊이 느낄 수 있다. 그의 대표적인 노래로는 우리에게 너무도 잘 알려진 〈장미빛 인생(La vie en rose)〉, 〈사랑의 찬가 (Hymne à l'amour)〉, 〈빠담 빠담 (Padam Padam)〉,

조르주 무스타키

미라보 다리

-기욤 아폴리네에르

세느강이 흐르고
우리의 사랑도 흘러간다네
고통 뒤에는 언제나
기쁨이 온다는 것을
나는 진정 잊지 않고 있다네

밤이여 오라, 종이여 울려라
세월은 가버리고 나는 여기 있네
손과 손을 붙들고
서로 얼굴을 맞대고 있으세
우리의 팔 아래로
그렇게 지쳐버린 물결이
영원한 눈길로 지나갈 때에

사랑은 흐르는 물과 같이
가 버리네
사랑은 사라져 가 버리네
삶이 느리듯이
희망이 강렬하듯이

날이 가고
세월이 흘러간다네
흘러간 시간도
사랑도 되돌아오지 않는다네
미라보 다리 아래
세느강이 흐른다네

Le pont Mirabeau

-G. Apollinaire

Sous le pont Mirabeau.
coule la Seine.
Faut-il m'en souvienne
La joie venait toujours
après la peine

Vienne la nuit sonne l'heure
Les jours s'en vont je demeure
Les mains dans les mains
restons face à face
Tandis que sous le pont
de nos bras passe des éternels regards
l'onde si lasse

L'amour s'en va
comme cette eau courante
l'amour s'en va
Comme la vie est lente
Et comme l'espérance est violente

Passent les jours
et passent les
  semaines
ni temps passé
ni les amours

기욤 아폴리네에르

〈아무 것도 후회하지 않아요 (Non, je ne regrette rien)〉, 〈나의 병사님 (Milord)〉 등이 있다.

에디트 피아프(좌)와 줄리에트 그레코(우)

〈파리의 하늘 밑(Sous le ciel de Paris)〉으로 잘 알려진 줄리에트 그레코는 이 노래로 파리에 대한 기대감과 함께 파리의 낭만을 잘 전해 주고 있는데, 그녀는 사르트르나 장 콕토 같은 문인과 교류를 가지기도 했다. 감미로운 목소리로 고독과 사랑을 노래했던 조르주 무스타키의 대표곡으로는 〈너무 늦었어요 (Il est trop tard)〉, 〈나의 고독(Ma solitude)〉 등이 있다. 프레베르 시에 조제프 코스마가 곡을 붙인 〈고엽〉을 영화 〈밤의 문〉에서 불러 일약 스타가 된 이브 몽탕은 가수뿐 아니라 영화배우로도 유명하다. 그는 이 곡 외에도 작자가 알려진 민요로 오늘날 널리 불려지는 가장 오래된 샹송 가운데 하나인 〈버찌의 계절(Le temps de cerise)〉, 〈C'est si bon〉, 〈À Paris〉 등에서 많은 연인들의 사랑과 이별의 슬픔을 노래했다.

고 엽

– 자크 프레베르

오! 나는 당신의 행복했던 나날들을
기억하기를 바랍니다.
우리들이 서로 사랑했었던 그 나날들을
그 때 생은 너무도 아름다웠고
태양은 오늘보다 더 불타 올랐지요.
떨어지는 낙엽이 수북하게
모여집니다.
나는 진정 잊을 수가 없답니다.
떨어지는 낙엽이 수북하게
모여집니다.
추억과 후회도…
북풍이 잊혀짐의 차디찬 밤으로
그것들을 가져가 버립니다.
나는 당신이 나에게 불러주던
노래를 진정 잊을 수 없답니다.

그것은 우리를 닮은 노래이지요.
당신은 나를 사랑했고, 나는 당신을 사랑했지요.
우리 둘은 함께 지냈었지요.
당신은 나를 사랑했고, 나는 당신을 사랑했지요.
하지만 삶이라는 것은
서로 사랑하는 사람들을 아주 천천히
소리도 없이 갈라놓습니다.
그리고 바다는 모래 위에서 헤어진
연인들의 발자국을 지워버립니다.

Les Feuilles mortes

– Jacques Prévert

Oh, je voudrais tant que
tu te souviennes
des jours heureux où nous étions amis.
En ce temps-là la vie était plus belle
et le soleil plus brûlant qu'aujourd'hui
Les feuilles mortes se ramassent
à la pelle.
Tu vois, je n'ai pas oublié
Les feuilles mortes se ramassent
à la pelle.
Les souvenirs et les regrets aussi …
Et le vent du nord les emporte
dans la nuit froide de l'oubli
Tu vois, je n'ai pas oublié
la chanson que tu me chantais

C'est une chanson qui nous ressemble
Toi tu m'aimais et je t'aimais
Nous vivions tous les deux ensemble
Toi qui m'aimais, moi qui t'aimais
Mais la vie sépare
ceux qui s'aiment tout doucement
sans faire de bruit
Et la mer efface sur le sable
les pas des amants désunis

343

아다모(Adamo, (좌)와
미셸 사르두(M. Sardou, (우)

　　1970~80년대의 대표적인 가수로는 오지 않는 연인을 기다리는 아픔을 노래한 〈눈이 내리네(Tombe la neige)〉나 〈여름날의 왈츠(Valse d'été)〉, 〈Sans toi m'amie〉 등을 노래한 살바도르 아다모나 〈사랑의 열병(Délire d'amour)〉, 〈여느 때처럼(Comme d'habitude)〉 등을 부른 미셸사르두 등이 있다. 사르두가 노래한 〈여느 때처럼〉은 클로드 프랑수아와 질 티보가 작사하고 자크 르보가 작곡한 곡으로 1967년 발표 1년 후 〈마이 웨이(My Way)〉라는 제목으로 미국에서 폴 앵카가 영어 가사를 붙이고 프랑크 시나트라가 노래를 불러 대단한 인기를 누리기도 했다.

　　1980년대를 접어들면서 오늘날에 이르기까지 샹송에는 큰 변화가 생기는데, 사랑을 담은 샹송의 아름다운 노랫말 대신 미국 영향을 받은 강한 비트의 리듬이 샹송에서 더욱 중요한 자리를 차지하게 된다.

80년대 후반에 나타난 파트리샤 카스(Patricia Kass)의 노래에는 샹송에 재즈나 블루스를 도입해 독특한 샹송인 프렌치 팝을 선보임으로써 프랑스뿐 아니라 전세계적으로 지금까지 사랑을 받고 있다. 특히 한국에서도 그녀가 부른 〈케네디 로즈(Kennedy Rose)〉나 〈내 남자(Mon mec à moi)〉, 〈아가씨가 블루스를 노래하네(Mademoiselle chante le blues)〉 등은 카페나 거리에서 많이 들려지는 곡들이기도 하다. 샹송의 가

파트리샤 카스

사보다는 팝적인 사운드에 비중을 둔 가수로는 파트리샤 카스 이외에도 〈나의 선물(Mon cadeau)〉, 〈나는 너에게로가(Je viens vers toi)〉 등을 부른 엘자(Elsa)나 〈오늘 저녁 잠이 오지 않아요(Ce soir je ne dors pas)〉, 〈음악(Musique)〉 등을 부른 프랑스 갈(France Gall), 〈너와 같이(Comme toi)〉의 장 자크 골드만, 파트릭 브뤼엘, 엘렌느, 프랑스와즈 아르디, 바네사 파라디 등

엘자(좌)와
파트릭 브뤼엘 (우)

이 있다.

우리는 거의 매일 TV나 영화를 보거나 거리를 걸을 때 샹송을 접할 수 있다. 우리가 보통 인식하지 못할 뿐이다. 도빌을 배경으로 한 남자와 한 여자의 사랑을 그린 〈남과 여〉나 〈모나코〉, 〈태양은 가득히〉, 〈금지된 장난〉, 〈쉘부르의 우산〉 등의 영화음악이 그것이다. 이외에도 〈밤의 문〉의 〈고엽〉이나 〈프렌치 키스〉의 〈눈을 뜨고 꿈을 꿔요(Les yeux ouverts)〉, 〈세 남자와 아기 바구니〉의 〈달빛 아래에서(Au clair de la lune)〉, 〈제 8요일〉의 〈세상에서 가장 아름다운 엄마(Maman la plus belle du monde)〉 등이 있다.

달빛 아래에서

달빛 아래에서
삐에로 내 친구야
너의 펜을 빌려줘
한마디 쓰려고 그래

내 촛불이 꺼졌어
난 더 이상 불이 없어
너의 문을 열어주렴
하나님의 사랑을 위해

샹송은 광고 음악에서도 많이 사용되는데, 프랑수아즈 아르디(Françoise Hardy)의 〈어떻게 작별인사를 해야할까(Comment te dire adieu)〉나 〈하루의 첫 행복(Le premier bonheur du jour)〉, 사르두의 〈사랑의 열병(Le délire d'amour)〉, 비달의 〈샹제리제(Les Champs-Elysées)〉 등이 그것이다.

얼마 전까지 파리바게트 삽입곡이었던 다니엘 비달의 〈카트린느(Catherine)〉나 〈피노키오(Pinocchio)〉 역시 밝고 경쾌한 멜로디로 더욱 많은 사람들의 사랑을 받고 있다. 〈샹제리제〉를 흥얼거리며 듣다 보면 그 노랫말처럼 그 거리를 거닐며 마주치는 누구에게나 마음을 열고 '봉쥬르(Bonjour)!'라고 인사하고, 바라는 모든 것이 있는 그 추억과 낭만과 사랑이 넘실대는 거리에서 낯선 사람과 사랑에 빠진 연인이 된 듯한 행복한 착각을 하게 된다.

우리 곁에서 변함없이 샹송이 사랑을 받는 것은 우리들 모두의 마음 한 구석에 남아 있는 아련한 사랑의 기억이나 기대, 설레임을 다시 추억하고자 함이 아닌가 싶다.

프랑스인들에게 가장 사랑받았던 5대 가수로는 장 자크 골드만(Jean Jacques Goldman), 앵도신(Indochine), 프랑시스 카브렐(Francis Cabrel), 소프라노(Soprano), 스트로메(Stromae)이다. 장 자크 골드만은 전체의 33%를 차지했다. 대부분의 프랑스인들은 그들의 노래인 대중음악을 가장 좋아하고(41%), 그 다음이 클래식 음악(19%), 락과 팝(14%), 재즈(4%), 블루스(3%), 영화음악(2%), 오페라(1%) 순이다.

(RIFFX, 2020)

자크 브렐

부 록

제스처

제스처는 언어만큼이나 주요한 의사소통 수단이다. 같은 의미라도 나라와 문화권에 따라 다른 제스처가 존재하는가 하면 같은 제스처가 다른 의미를 나타내기도 한다.

프랑스인들의 독특한 제스처 몇 가지를 살펴보자.

좋아, 멋져, 훌륭해! (Superbe!) : 엄지손가락은 위로 치켜올리고 나머지 손가락은 접는다.

지긋지긋해! (Ras le bol!) : 손가락을 모은 채 90도로 꺾어 자신의 이마 주변에서 좌우로 흔든다. 한계가 머리 끝까지 달했음을 의미한다.

동의 (D'accord! O.K!) : 두 팔을 양쪽으로 벌려 호의를 표시한다.

금지! (Non, C'est interdit!) : 두 번째 손가락을 들어 좌우로 흔든다.

거론의 여지도 없다!(Pas question!) : 손가락을 편 채로 모으고 손바닥은 상대방을 향하게 한다.

그럭저럭 웬만큼 괜찮다 (Plus ou moins, couci-couça) : 손가락을 벌린 채 손은 아래로 내려 아래 위로 흔든다.

희망이 이루어지기를 (Pourvu que ça marche) : 세 번째 손가락을 두 번째 손가락 위에 올려놓고 희망사항을 말한다.

거짓말~ (Mon œil) : 두 번째 손가락으로 한 쪽 눈 밑을 내린다.

질문 있습니다! (J'ai une question!) : 두 번째 손가락을 세운 채 팔을 들어올린다.

숫자 세기

1, 2, 3까지는 엄지에서 장지까지 손가락을 하나씩 바깥으로 펼친다. 4는 엄지를 안으로 접고 나머지 네 손가락을 편다.

5는 다섯 손가락을 모두 펼친다.

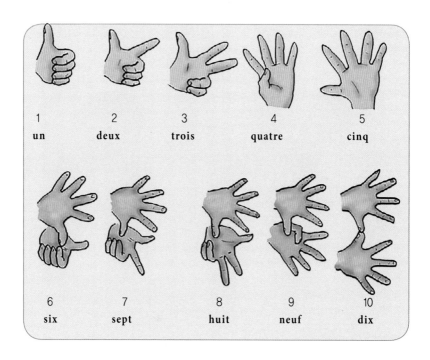

유네스코에서 정한
문화기념물

▲ 1979년, 몽 생 미셸 수도원과 만(灣)

　브르타뉴와 노르망디의 경계를 이루는 곳의 바위섬 위에 우뚝 솟아 있는 몽 생 미셸 (Mont-Saint-Michel) 수도원은 베네딕트 수도원으로서 백년전쟁 때에는 영국 해 협의 요새 역할을 하였고 혁명 후에는 감옥으로도 사용 되었다. 드넓은 해안, 자욱한 안개와 반짝이는 모래 위로솟은 몽 생 미셸은 지상의 하늘나라로도 불리는, 프랑스에서 가장 매혹적인 곳 중의 하나이다.

▲ 1979년, 샤르트르대성당

1020년부터 건축이 시작된 이 성당은 1194년의 화재 이후 26년 동안 재건축되어 현재까지도 고딕예술의 진수를 보여 주고 있다.

역사 예술가인 에밀은 '샤르트르(Chartres) 대성당은 명백한 중세의 정신을 대표한다'고 말하기도 했다.

▲ 1979년, 베르사유 궁전과 기하학적 양식의 정원

　루이 14세부터 16세에 이르기까지 프랑스 절대왕권이 지배했던 베르사유 (Versailles) 궁은 수세기를 거쳐 건축가와 조각가, 실내장식가, 조경사들에 의해 아름답게 꾸며졌고, 왕궁이 갖추어야 할 하나의 모델을 제시하고 있다.

▲1981년, 퐁텐블로 성과 공원

　일 드 프랑스에 위치한 12세기 프랑스 왕들의 사냥터였던 퐁텐블로(Fontaine bleau) 숲은 이 곳을 '새로운 로마'로 만들고자 했던 16세기 프랑스와 1세에 의해 증축되고 더욱 아름답게 꾸며졌다. 방대한 숲으로 둘러싸인 퐁텐블로 성은 이탈리아 양식에서 영감을 얻은 것으로 르네상스와 프랑스의 전통이 만나 이루어진 걸작품이다.

▼ 1981년, 아미엥 성당

  프랑스 북부의 피카르디 지방 중앙에 자리잡고 있는 아미엥 성당(Cathédrale d' Amiens)은 13세기에 세워진 가장 웅장한 고딕 성당 중의 하나로서 50년 만에 완공되었다. 1206년의 십자군 전쟁에서 되찾아온 세례 요한의 머리를 보관하기 위해 지어진 성당이다.

▼ 1981년, 오랑주 고대극장

아우구스투스 황제의 통치 때 로마시대 양식으로 만들어진 오랑주 극장(Théâtre antique d' Orange)은 완벽한 음향시설이 갖춰져 있는 곳이다

▲ 1981년, 아를르의 로마 기념물

　아를르(Arles)는 고대문화와 유럽의 중세문화가 조화롭게 어우러진 도시로서 로마 시대의 유물과 유적이 고스란히 보관되어 있다. 투기장과 로마 원형극장의 건축 연대 는 기원전 1세기까지 거슬러 올라가고, 콘스탄티누스 대제의 목욕탕은 4세기경에 지 어졌다는 것만으로도 이 도시가 얼마나 번성하였었는지를 알 수 있다.

▲ 1981년, 퐁트네 수도원

1119년에 생 베르나르에 의해 설립된 퐁트네 수도원(Abbaye de Fontenay)은 초기 토회 수도사들이 추구한 자급자족적 생활의 모습과 수도회 정신을 잘 보여 주고 있다.

▲ 1983년, 낭시의 스타니슬라스 광장

로렌의 공작인 스타니슬라스(Stanislas) 레친스키 시절에, 건축가 에레(Héré)의 지휘하에 1752년에서 1756년 사이에 완성된 광장으로 금도금한 철제 문들과 울타리로 둘러쳐져 있다.

▲ 1983년, 코르시카의 지롤라타와 포르토 만, 스캉돌라, 칼랑슈, 피아나

코르시카는 열대성 야자나무, 오렌지 숲, 포도밭, 야생화, 끝없는 모래해변 등이 야생적 아름다움을 분출하는 곳이다. 포르토(Porto) 만, 스캉돌라(Scandola)와 지롤라타(Girolata), 칼랑슈(Calanches), 피아나(Piana) 지역은 그 자체가 자연 공원으로서 유네스코가 정한 문화유산이다.

▼ 1985년, 가르 교

님(Nîmes)에 신선한 물을 제공해 주기 위해 만들어졌던 가르(Gard) 교는 높이가 50m에 달하고 3층으로 구성되어 있다. 2000년의 역사를 가진 이 다리는 로마인들에 의해 만들어진 기술과 예술의 걸작이다.

▲ 1988년, 스트라스부르

　프랑스와 독일의 문화가 함께 숨쉬는 알자스 지방의 역사적 중심지이다. 11세기에 축조를 시작한 노트르담 대성당은 사암으로 지어져 붉은색 빛을 띠고 있는 웅장한 고딕양식 건축물이다. 대성당 주교를 위해 세워진 로앙(Rohan) 궁에는 미술관과 박물관이 있으며 프랑스의 도자기들이 전시되어 있다.

▼ 1991년, 랭스의 노트르담 대성당

랭스(Reims)의 노트르담(Notre-Dame) 대성당은 13세기의 고딕 예술 건축물로 많은 조각장식들이 조화롭게 어우러져 있다. 중세부터 샤를 10세가 왕위에 오르던 1825년까지 모든 대관식이 거행되었던 곳이다.

▲ 1992년, 부르주 성당

　12세기 말에서 13세기 말에 건축된 이 성당은 고딕양식으로서 중세 프랑스의 기독교 정신을 대변해 주는 걸작 중 하나이다. 조각과 스테인드 글라스 고실(鼓室)이 특히 훌륭하다.

▲ 1995년, 아비뇽

아비뇽(Avignon)은 14세기 교황청이 있던 곳으로 중세의 유적이 많은 곳이다. 웅장한 교황청의 고딕건물 외에 프티 팔레와 노트르담 대성당, 생 디디에 교회 등은 14세기 기독교 문화권에서 큰 역할을 하였던 아비뇽의 모습을 잘 보여주고 있다. 아비뇽은 1947년 장 빌라르(Jean vilar)에 의해 시작된 아비뇽 연극제로도 유명하고 생 베네제(St. Bénézet) 다리는 <아비뇽 다리 위에서>라는 노래의 소재가 된 곳이다.

▶ 1997년, 카르카손 요새

2세기 로마인들에 의해 언덕 위에 세워진 요새로 19세기 비올레 르 뒤크(Viollet-le-Duc)에 의해 복구되었다. 현재 복구된 카르카손(Carcassonne)은 성으로 둘러싸여 외부로부터 방어해 주는 중세 요새의 모습을 그대로 보여 주고 있다.

▼ 1998년, 리옹 역사 유적지

기원전 1세기 로마인들에 의해 갈리아(Trois Gaules)의 수도였던 리옹 (Lyon)은 이후로도 유럽의 정치, 경제, 문화에서 중요한 역할을 하고 있으며 현재 프랑스 제2의 도시로 중요한 역할을 담당하고 있다. 로마시대의 원형경기 장에서는 지금도 음악회가 열린다. 도시의 중앙부인 벨 쿠르 광장에는 말을 타고 있는 루이 14세 동상이 있다.

▼ 1999년, 생테밀리옹

포도 재배는 로마인들에 의해 풍요로운 이곳 아키텐 지방으로 도입되어 중세에 더욱 발전되었다. 생테밀리옹 지역은 11세기부터 성지순례로 향하는 길목이 되어 여러 성당과 수도원, 병원이 세워져 마을과 도시 전체가 역사적 기념물로 가득하며 이 모든 것은 포도밭 풍경과 아름다운 조화를 이루고 있다.

▲ 2000년, 루아르 계곡

　루아르(Loire) 계곡에는 앙브아즈, 샹보르, 쉬농소 등의 아름답고 화려한 성들이 늘어서 있고, 여러 세기를 거쳐 내려오는 역사적 유물이 가득한 마을이 주변 자연과 어우러져 아름다운 풍경을 자랑하고 있다. 화려한 성과 왕정시절의 유물로 가득한 이곳은 다양하고 풍족한 음식과 포도주와 더불어 부르주아들의 천국임을 보여 주고 있다.

▼ 2001년 프로뱅, 중세 시장 도시

프로뱅은 11세기 이 지역에서 강력한 권력을 누리던 샹파뉴 백작 가문의 옛 영토에 속해 있던 중세 시대의 요새 도시로, 무역 시장의 설립과 모직 산업의 초기 발달 과정을 알 수 있는 곳이다. 프로뱅의 도시 구조는 특별히 무역 시장과 그와 관련된 행사를 주최하기 위해 마련된 것으로 지금까지 잘 보존되어 있다.

▲ 2005년, 벨기에와 프랑스의 종루

1999년 벨기에의 플랑드르(Flanders)와 왈로니아(Wallonia)에 있는 32개의 종루가 세계 문화유산으로 먼저 등재되었으며, 2005년 프랑스 북부와 벨기에 왈로니아 지방의 장블루(Gembloux)에 있는 종루 23개가 추가로 등재되었다. 11세기~17세기에 걸쳐 오랜 시기에 만들어진 종루들은 로마네스크 · 고딕 · 르네상스 · 바로크 등의 다양한 건축 양식을 표현하고 있다. 종루는 시민의 자유가 승리했음을 상징적으로 보여 주는 유산이다.

▲ 2007년, 보르도

보르도는 프랑스 남서부에 있는 항구도시로 지형이 초승달 모양으로 하고 있어 '달의 항구'라고 불린다. 보르도는 주민들이 살고 있는 역사 도시로, 도시와 건축에 있어 특별한 유적으로 잘 보존되어 있다. 보르도는 2000년 넘게 유럽의 문화적 가치가 교류하는 장소로서 역사적 중심지 역할을 해왔다. 특히 12세기 이후에는 영국과 저지대 국가들(네덜란드 등)의 무역 중심지로 번성하였고 계몽주의 시대에는 국제도시로 발전하였다. 18세기 초 이후부터 20세기 초까지 보르도는 프랑스 내에서는 파리를 제외하고 다른 어떤 도시보다 많은 건축물이 건설되었다. 보르도는 18세기의 고전주의와 신고전주의 건축물과 도시계획이 통일성·일관성 있게 보존되어 있다. 보르도는 도시를 인본주의, 보편주의, 문화의 용광로로 만들고 싶었던 '철학자들의 성공'을 상징하는 곳이다.

▼ 2008년, 보방의 요새 시설

보방의 요새시설은 프랑스 서쪽, 북쪽, 동쪽 국경선을 따라 12군(群)의 요새화된 건물과 유적지이다. 보방의 요새시설에는 루이 14세의 공학자 세바스티앵 르 프레스트르 드 보방(Sébastien Le Prestre, Seigneur de Vauban,1633~1707)의 가장 뛰어난 작품들이다. 연속 유산에는 보방이 세운 마을들, 성들, 도시 성벽, 성탑들이 포함된다. 산악 요새, 항구, 산악 포대, 두 개의 산악 통신 구조물들도 있다. 보방 요새시설에는 전형적인 서양 군사 건축의 고전주의적 절정을 증명하는 유산이다. 보방 성채는 19세기 중반까지 성채 건축에 있어서 유럽을 비롯한 여러 대륙에서 큰 영향을 미쳤다.

▲ 2010년, 알비 주교시, 코스와 세벤의 중세 농경목축 문화 경관

　　프랑스 남서부를 지나는 타른 강변에 있는 옛 도시 알비는 중세적 건축과 도시 앙상블의 절정을 보여 준다. 오늘날에도, 르 퐁-비유(Le Pont-Vieux, 오래된 다리라는 뜻)와 생-살비(Saint-Salvi) 마을과 상가 그리고 10~11세기에 지어진 그곳의 교회가 당시의 발전상을 증언해 주고 있다. 13세기에 이르러, 십자군이 카타리파(Cathari)를 상대로 원정에 나서게 되면서, 이후 도시 알비는 로마 가톨릭의 강력한 주교 도시로서 위상을 갖게 된다.

▲ 2010년, 자연유산, 레위니옹섬의 피통, 시르크, 랑파르

　　레위니옹 섬의 피통(pitons), 시르크(cirques), 랑파르(remparts) 유산지역은 레위니옹 국립공원의 핵심지역과 일치한다. 이 유산은 인도양 남서부에 위치한 인접한 두 화산 지괴로 이루어진 섬, 레위니옹의 40%인 100,000ha 이상을 차지한다. 우뚝 솟은 두 화산 봉우리와 거대한 벽, 절벽으로 둘러싸인 협곡을 중심으로 여러 종류의 험한 지형과 인상적인 급경사면, 숲이 우거진 골짜기와 분지가 장관을 이룬다. 다양한 식물의 자연 서식지로 지방 특유의 고유성을 자랑한다. 아열대 우림과 운무림, 황야가 놀라운 광경을 연출하며 생태계와 자연경관이 매우 아름답게 모자이크를 이룬다

▼ 2012년, 노르-파 드 칼레 광산

노르-파 드 칼레 광산 유적(Nord-Pas de Calais Mining Basin)은 1700년대부터 1900년대까지 300여 년 동안 석탄 채굴로 형성된 주목할 만한 경관을 간직하고 있다. 이 유적은 약 120,000ha에 걸쳐 109곳의 개별 구성 요소로 구성되어 있다. 1850년부터 이용된 가장 오래된 갱, 리프트 시설, 면적 90ha 높이 140m에 이르는 광재 더미, 석탄 수송시설, 철도역 등의 광산 기반 시설이 있으며, 사교 장소 · 학교 · 종교 건축물 · 의료 및 지역 시설 · 회사 사업장 · 소유주 및 관리자의 주택 · 시청 등의 노동자 사유지와 탄광 마을 등이 있다. 이 유적은 19세기 중반부터 1960년대까지 노동자 도시의 모델을 창조하기 위한 탐색을 증언하는 유적이며, 또한 유럽 산업 역사의 특별한 시기를 보여 주고 있다. 이 유적은 노동자들의 생활 여건과 더 나은 환경을 얻기 위한 노동자들의 결속을 보여 주는 증거이다.

▼ 2014년, 퐁다르크의 장식동굴, 아르데슈주에 있는 쇼베-퐁다르크 동굴

프랑스 남부 아르데슈(Ardéche) 강의 석회암 고원에 있는 유산이다. 이곳에는 보존이 매우 잘 된 세계 최고(最古)의 구상 벽화가 여러 점 있다. 연대가 오리냐크 문화기(Aurignac period, BC 30,000~32,000년, 유럽의 후기 구석기시대)까지 거슬러 올라가는 이 동굴 벽화는 선사시대 예술을 보여 주는 특별한 증거이다. 동굴은 약 20,000년 전에 암벽 붕괴로 폐쇄된 뒤, 1994년 발견될 때까지 봉인된 상태로 남아 있었기 때문에 원시의 상태 그대로 보존되어 있다. 현재까지 의인화된 그림과 동물을 주제로 한 그림 1,000여 점이 동굴 벽면에서 확인되었다. 매우 뛰어난 심미적인 수준의 이 벽화는 색을 능숙하게 사용하였고, 염료를 이용한 그림과 조각의 결합, 해부학적 정밀성, 3차원성과 운동감 등 다양한 기법이 표현되어 있다. 매머드, 곰, 고양잇과의 동물, 코뿔소, 들소, 오록스(소의 조상으로 불리는 멸종 동물) 등 당시로서는 관찰하여 그리기 어려웠던 맹수를 그린 4,000점 이상의 선사시대 동물상이 그려져 있으며 다양한 형태의 사람 발자국, 손자국 등의 흔적도 함께 발견되었다.

▲ 2015년, 샹파뉴 언덕, 샴페인 하우스와 저장고

　'샹파뉴 언덕, 샴페인 하우스와 저장고' 유산은 17세기 초부터 19세기 산업화에 이르기까지 스파클링 와인(sparkling wine, 발포성 와인)의 개발 및 생산 기술과 관련된 모든 지역을 포괄한다. 스파클링 와인은 백포도주를 병 속에서 2차 발효시키는 원리로 개발 생산된 것이다. 이 유산은 오빌리에르(Hautvilliers)와 아이(Aÿ) 그리고 마뢰이-쉬르-아이(Mareuil-sur-Aÿ) 등에 있는 유서 깊은 포도밭과 랭스(Reims)의 생 니케즈(Saint-Nicaise) 언덕에 있는 저장고, 에페르네(Epernay)의 아비뉴 드 샹파뉴(Avenue de Champagne)와 포트 샤브롤(Fort Chabrol)에 있는 샴페인 하우스, 이 세 가지의 유산으로 이루어진 앙상블이다. 오랜 세월에 걸쳐 언덕을 따라 형성된 원료 공급지인 포도밭, 지하 저장고가 있는 생산지, 샴페인 하우스가 있는 판매 및 유통의 중심지라는 유산의 세 가지 구성 요소는 샴페인 생산에 대한 전체 과정을 보여 주고 있다. 이 유산은 훗날 '농공 산업'으로 발전하게 되는 고도로 전문화된 장인 활동의 발전상을 보여주는 뚜렷한 증거이다.

▲ 2016년, 르 코르뷔지에의 건축 작품

　르 코르뷔지에(Le Corbusier, 1887~1965)의 작품 가운데 선정된 총 17개의 유산은 7개 국가에 흩어져 있는 초국적 연속유산이며 과거와 대별되는 새로운 건축 언어를 창조한 역사적 사건에 대한 증거이다. 이 유산들은 르 코르뷔지에가 '끈기 있는 연구'라고 묘사한 건축 과정 가운데 반세기의 시차를 두고 완성된 것들이다. 찬디가르(Chandigarh)의 청사 복합지구 인도), 도쿄 국립서양미술관(國立西洋美術館, 일본), 라 플라타(La Plata)의 쿠루체트 하우스(Maison Curutchet, 아르헨티나), 마르세유(Marseille)의 위니테 다비타시옹(Unité d'habitation, 프랑스) 등은 20세기 사회의 요구에 부응한 새로운 건축 기법의 발명이라는 과제에 대한 해법으로서 모더니즘 운동과 관련된 작품들이다. 창의성 넘치는 천재가 남긴 이상의 걸작들은 전 지구적인 건축 기법의 국제화를 입증한다.

▼ 2017년 타푸타푸아테아

'타푸타푸아테아(Taputapuātea)' 유산은 라이아테아(Raiatea) 섬의 문화 경관과 바다 경관으로 구성되어 있다. 라이아테아 섬은 작은 섬들이 점점이 흩어져 있는 광대한 태평양의 일부이자 인간이 정착한 마지막 땅인 '폴리네시안 트라이앵글(Polynesian Triangle)'의 한가운데에 있다. 이 유산은 유형의 속성들(고고학 유적지, 구전 전통 장소와 관련 장소, 마라에)과 무형의 속성들(기원설, 의식 및 전통 지식)이 결합된 하나의 문화경관이다. 마오히 족의 고대(전통적) 가치와 현대(현재) 가치의 연속성이 표현되어 있으며, 동시에 마오히 족과 자연경관의 관계가 드러난 이례적인 사례이다. 이 유산에는 탁월한 보편적 가치를 표현하는 모든 요소가 들어 있다. 완충지역은 유산 구성요소를 포함하고 있지 않으나 적절히 설정되어 있다.

▲ 2017년 스트라스부르 : 그랑딜에서 노이슈타트까지

    일(Ill) 강의 두 지류에 둘러싸인 그랑딜(Grande Ile, 큰 섬)은 알자스 주도의 유서 깊은 역사 도시이다. 이 옛 시가지에는 매우 작은 지역 안 곳곳에 대성당, 4개의 고대 교회, 로앙 성(추기경이 머물던 옛 성) 등과 같은 빼어난 기념물들이 밀집해 있다. 이곳은 고립된 유적 같은 겉모습과 달리 중세 도시의 특징을 그대로 간직하고 있을 뿐 아니라, 15세기에서 18세기까지의 스트라스부르 발전 상황을 잘 보여 주고 있다.

▼ 2018년, 셍 드 푸이 : 리마뉴 단층 구조 지역

프랑스 중부 오베르뉴론알프(Auvergne-Rhône-Alpes) 레지옹(Région)의 '퓌 산맥-리마뉴 단층지역(Chaîne des Puys – Limagne fault tectonic arena)'은 3천 5백만 년 전에 알프스 산맥이 형성된 이후에 남은 결과로 서유럽 단층의 일부를 대표하는 전형적인 지형이다. 유산의 면적은 24,223ha, 완충구역은 16,307ha이며, 핵심 구역을 전략적으로 보호할 수 있는 면적으로 유산의 범위가 결정되었다. 유산의 경계는 지질학적 특징과 경관, 긴 리마뉴(Limagne) 단층, 줄지어 이어진 퓌 산맥의 화산군과 라세르 산(Montagne de la Serre)의 기복 역전(起伏逆轉, 침식 작용으로 지표면의 생성 시기가 역전된 상태인 지형)이 연출하는 아름다운 경치가 포함되도록 설정되었다. 이 모든 특징에는 대륙의 지각이 열개(裂開, 갈라짐)·붕괴하면서 땅속 깊은 곳의 마그마가 분출되어 지표 위로 광범위하게 융기하는 과정에서 형성된 것이다.

▲2019년 프랑스 남방 영토와 해양

　프랑스령 남방 및 남극 지역 (Terres australes et antarctiques françaises; TAAF)은 인도양과 아프리카 남동쪽 바다의 프랑스령 군도와 남극 대륙의 아델리랜드를 지칭한다. 다음 지역들로 구성되어 있다. 남극해 한가운데에 있는 이 '오아시스'는 해양 조류와 포유류에 있어서 세계에서 가장 높은 수준의 집중도와 다양성을 지탱하는 곳이다. 야생의 풍성한 자연을 품고 있는 웅장한 화산 경관은 이 유산에 이례적일 정도로 특출한 특징을 부여한다.

Les
frai

urs
es

1 La pensée française

ⓐ <Le drapeau tricolore ; le roi (Blanc),ville de Paris (Bleu, Rouge)>   ⓑ < Le coq supporter de l'équipe de France >
ⓒ < La tour Eiffel construite par Gustave Eiffel de 1887 à 1889, l'un des symboles les plus célèbres de France >
ⓓ < Le logo de la marque France, une Marianne très moderne >

Les symboles de la France

Chaque pays possède des symboles et la France en a beaucoup : *la Marseillaise* (l'hymne national), le drapeau tricolore, le 14 juillet (fête nationale), le coq, Marianne (buste de la République), *Liberté, Égalité, Fraternité* (la devise de la République), le bonnet phrygien, l'Hexagone (la forme géographique de la France), etc. Certains symboles apparaissent lors des cérémonies officielles. On trouve le drapeau tricolore devant les Hôtels de Ville et le coq comme supporter des équipes sportives.

On trouve d'autres symboles : la tour Eiffel, les grandes marques de luxe comme Chanel ou Louis Vuitton, la cuisine française, Astérix, la pétanque (jeu de boules).

La pensée française aussi est un des symboles de la France. En principe, la pensée française est cartésienne. Descartes, le modèle du penseur, a écrit que la raison est première chez l'homme. Selon lui, douter c'est penser et si « je pense », alors « je suis ». C'est ce que signifie sa formule : « Je pense donc je suis » (Cogito ergo sum). Quand je doute, je sais que j'existe. Maintenant, tous les Français connaissent bien ce fameux « doute cartésien » même s'ils ne sont pas tous philosophes. On peut trouver des expressions calquées sur la formule de Descartes dans la rue ou sur Internet : « je mange donc je suis », « je vote donc je suis » ou « j'achète donc je suis ».

< René Descartes >

< Livre de Gérard Apfeldorfer >

Aujourd'hui, on a souvent l'impression d'une banalisation de la pensée française et on regrette la disparition des grands penseurs. Mais il semble que la pensée française soit encore bien présente car les Français ont la réputation d'être des rationalistes et des intellectuels à la différence des Anglais, des Italiens ou des Américains.

< Annonce publicitaire pour le vote >

Activité 1

VRAI OU FAUX ?

1 On peut voir le drapeau tricolore devant les grands magasins.
2 Montaigne est le modèle du penseur.
3 Le coq apparaît en général dans les mairies.
4 Tous les Français sont philosophes car ils connaissent bien la formule « Cogito ergo sum ».
5 Aujourd'hui, la pensée française et les penseurs ont disparu.

Activité 2

1 Complétez les mots manquants du premier couplet de l'hymne national de la France :

> Allons enfants de la patrie,
> le _____ de gloire est arrivé.
> Contre nous de la _____
> l'étendard _____ est levé.(bis)
> Entendez-vous dans les campagnes,
> mugir ces féroces _____ ?
> Ils _____ jusque dans nos bras.
> _____ nos _____ et nos compagnes.

Discussion

1 On a souvent l'impression d'une banalisation de la pensée francaise. Pourquoi ?

2 Quels sont les symboles de la Corée ? Pour les étrangers, qu'est-ce qui représente le mieux la Corée du Sud ?

2 Archaïsme et modernité

La France : archaïque ou moderne ?

La France a connu de nombreuses révolutions dont la plus connue, celle de 1789, a influencé de nombreux peuples à travers le monde. car elle a connu la Révolution en 1789 ainsi que Mai 68, avec des réformes qui ont bouleversé en profondeur la société. C'est un pays très créatif car Paris est toujours une des capitales de la mode où beaucoup de professionnels viennent assister aux défilés de prêt-à-porter ou de haute couture. La France est aussi un pays moderne car quelques artistes avant-gardistes ont rejeté l'académisme. Ces artistes, en avance sur leur temps, considéraient qu'il n'y avait pas de modèle éternel du beau et que tout pouvait devenir art. Marcel Duchamp, inventeur des « ready-made » au début du XXᵉ siècle, a créé *Fontaine*, œuvre considérée comme une icône de l'art contemporain.

< Défilé Christian Dior, 2010-2011 >

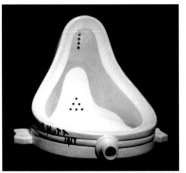

< *Fontaine*, Marcel Duchamp, 1917 >

< Monument aux victimes de la guerre >

La « fontaine » est en fait un urinoir... Cela a provoqué un grand scandale.

L'archaïsme et la tradition

En général, les Français refusent la modernité et préfèrent l'archaïsme des anciens. L'archaïsme est un attachement profond à la tradition. Beaucoup de Français pensent que l'archaïsme n'est pas un obstacle au progrès mais un support essentiel de la société française. Ainsi, on peut voir partout des monuments aux victimes de la guerre dans tous les villages. De nombreuses cérémonies se tiennent pour commémorer des centenaires, comme celui de la mort de Proust, ou encore celui de l'affaire Dreyfus. L'attachement au souvenir et au passé est donc important.

Il suffit de visiter les librairies anciennes sur les quais de la Seine pour savourer le temps qui passe. Sur 3 km, le long des quais de la Seine, il y a beaucoup de librairies à ciel ouvert. Un vrai bonheur pour les flâneurs. Le poème « Le pont Mirabeau » illustre bien la correspondance entre la Seine qui coule et le temps qui passe.

< Librairie ancienne sur la Seine et une bouquiniste >

Le Pont Mirabeau

« Le Pont Mirabeau » est un extrait du recueil *Alcools* paru en 1913.

Guillaume Apollinaire (1880 - 1918)
On peut se promener dans
Paris avec ses poèmes

Sous le pont Mirabeau coule la Seine
Et nos amours
Faut-il qu'il m'en souvienne
La joie venait toujours après la peine

Vienne la nuit sonne l'heure
Les jours s'en vont je demeure

Les mains dans les mains restons face à face
Tandis que sous
Le pont de nos bras passe
Des éternels regards l'onde si lasse

Vienne la nuit sonne l'heure
Les jours s'en vont je demeure

L'amour s'en va comme cette eau courante
L'amour s'en va
Comme la vie est lente
Et comme l'Espérance est violente

Vienne la nuit sonne l'heure
Les jours s'en vont je demeure

Passent les jours et passent les semaines
Ni temps passé
Ni les amours reviennent
Sous le pont Mirabeau coule la Seine

Vienne la nuit sonne l'heure
Les jours s'en vont je demeure

La restauration

En France, il y a beaucoup de monuments historiques restaurés. Les travaux de restauration du Mont Saint-Michel et de la cité de Carcassonne en sont de bons exemples. L'abbaye du Mont Saint-Michel, restaurée par Corroyer, est devenue l'un des monuments les plus visités de France. Les fortifications de la cité de Carcassonne par Viollet-le-Duc étaient l'un des plus ambitieux programmes de restauration du XIXe siècle. La restauration des monuments historiques naît toujours de l'admiration pour le passé, c'est-à-dire de l'archaïsme. Cependant, quelques Français critiquent ces travaux de restauration à cause de leur coût très élevés.

< Abbaye du Mont Saint-Michel >

< Cité de Carcassonne >

< Site *du Secret de maître Cornille*, Musée Daudet >

On peut voir l'attachement profond à l'archaïsme dans *Le secret de maître Cornille* de Daudet, où l'auteur a bien exprimé sa nostalgie pour les moulins à vent. Allier modernité et archaïsme n'est pas aisé mais on a bien souvent trouvé la modernité dans un apparent archaïsme, à l'image de la Pyramide qui se dresse dans la cour du Louvre.

Activité 1

VRAI OU FAUX ?

1 Paris est encore la capitale de la mode.
2 Les bouquinistes des Champs-Élysées donnent du bonheur aux flâneurs.
3 Marcel Duchamp est l'auteur du « Pont Mirabeau ».
4 Les Français rejettent aujourd'hui les traditions.
5 Alphonse Daudet n'était pas content de la disparition des moulins à vent.

Activité 2

Reliez :

                • a. *Fontaine* de Marcel Duchamp

1 Modernité   • b. Monuments aux victimes de la guerre

                • c. Centre Pompidou

2 Archaïsme   • d. Bouquiniste sur les quais de la Seine

                • e. Défilés de mode

Discussion

1 Ci-dessus le buste de Dame Carcas à Carcassonne avant et après la restauration. Trouvez-vous que la restauration soit la manifestation d'un attachement irrationnel au passé ?

2 Trouvez des éléments illustrant l'archaïsme, puis des éléments illustrant la modernité en France et en Corée.

3 La Révolution française

< Déclaration des droits de l'homme et du citoyen >

La Révolution française

« Les hommes naissent et demeurent libres et égaux en droit.» C'est une phrase importante de la Déclaration des droits de l'homme et du citoyen de 1789. Avant la révolution de 1789, la vie d'une personne dépendait de son origine et les Français obéissaient à la monarchie d'Ancien Régime. Il y avait une distinction entre les nobles, les bourgeois et les paysans ; ils n'avaient pas les mêmes droits. Après la Révolution, tous les individus sont devenus égaux devant la loi et tous pouvaient étudier à l'école gratuitement. Les Français sont devenus citoyens et ils pouvaient participer directement ou par leurs représentants à la vie politique. La Révolution a donc bouleversé la société française.

La devise de la République « Liberté, Égalité, Fraternité » date de la Révolution française. On peut trouver cette devise sur les façades des édifices publics depuis 1793.

< La devise « Liberté, Égalité, Fraternité » >

< Manifestation en mai 1968 >

Mai 68

Mai 68 a débuté dans les universités avec une protestation à Nanterre. La crise s'est très vite répandue dans le Quartier latin. Beaucoup de manifestants ont été blessés et soixante barricades ont été dressées dans le Quartier latin ; les affiches de Mai 68 et les slogans

< Nuit d'émeutes au Quartier latin >

fleurissaient sur les murs. L'un des slogans les plus connus, « Sous les pavés, la plage », rend bien compte de ce qui se passait. Les manifestants prenaient les pavés des routes pour « s'armer » contre la police. Il y avait de graves affrontements entre les étudiants et les forces de l'ordre. C'est de cette époque que vient la formule « CRS = SS », qui associe les forces de police (CRS) à la police de Hitler (SS).

Ce mouvement n'était pas une réaction exclusive de la jeunesse. Mai 68 a comporté trois phases : une crise étudiante, une crise sociale (avec une grève de 5 semaines) et une crise politique. Finalement, des élections ont lieu et c'est le retour à l'ordre.

L'héritage de Mai 68

Dans un discours politique, Nicolas Sarkozy a dit qu'il voulait « liquider l'héritage de 68 ». On peut dire qu'on travaillait moins et qu'on gagnait moins depuis Mai 68. Cependant « interdire d'interdire », c'est commencer une nouvelle ère de liberté. Comme l'a écrit Daniel Cohn-Bendit, on peut dire que Mai 68 a été une véritable révolution culturelle et sociale. Elle reste le plus important mouvement social de l'Histoire de France du XXe siècle. Les affiches et les slogans de Mai 68 sont aujourd'hui encore des modèles dans la lutte politique et on les retrouve parfois dans les manifestations actuelles.

< Les affiches et les slogans de Mai Les affiches et les slogans de Mai 68 >

Activité 1

VRAI OU FAUX ?

1   Avant la révolution, les nobles et les paysans avaient les mêmes droits.
2   Les Français sont devenus citoyens dès 1789.
3   La devise de la République, c'est « Liberté, égalité, laïcité ».
4   Mai 68 a débuté dans la classe ouvrière.
5   Daniel Cohn-Bendit a mentionné que Mai 68 était une véritable révolution culturelle et sociale.

Activité 2

1   Expliquez ce que la Révolution de 1789 et Mai 68 ont changé en France.
2   Complétez l'extrait de la chanson Ah ! ça ira, symbolique de la révolution, avec les trois expressions : « Le peuple français », « L'aristocrate », « Le clergé ».

Ah ! ça ira, ça ira, ça ira !
Pierrette et Margot chantent la guinguette
Réjouissons-nous, le bon temps viendra !
_____ jadis à quia
_____ dit : « Mea culpa ! »
_____ regrette le bien qu'il a,
Par justice, la nation l'aura.

à quia = réduit, sans pouvoir
Mea culpa = c'est ma faute, je suis coupable

Discussion

1   Aujourd'hui, peut-on dire que tous les Français sont libres et égaux ?

2   Pensez-vous que Mai 68 ait eu un impact positif ou non sur la société française ?

4 Tolérance

Qu'est-ce que la tolérance ?

En France, on parle beaucoup de la tolérance, des limites de la tolérance, de l'intolérance ou de la tolérance zéro et on s'interroge sur le sens de ces formules. Dans le *Petit Larousse*, on peut lire la définition suivante de la tolérance : « Respect de la liberté d'autrui, de ses manières de penser, d'agir, de ses opinions politiques et religieuses ». On peut donc dire que la tolérance, c'est respecter ou comprendre les opinions et les croyances des autres malgré leurs différences. Avoir un comportement tolérant envers des êtres humains différents, c'est respecter la dignité des êtres différents de nous par la culture, la langue ou la religion.

Le massacre de la Saint-Barthélemy

La Saint-Barthélémy, 24 août 1572, est considéré comme l'un des évènements les plus honteux de l'histoire de France ; c'est le symbole de l'intolérance religieuse car des protestants ont été massacrés par des catholiques.

Les guerres de religion de 1560 à 1598 se sont arrêtées avec l'édit de Nantes signé par Henri IV : ce texte donnait la liberté de culte aux protestants. C'est pourquoi l'édit de Nantes, c'est l'édit de la tolérance.

< L'édit de Nantes, 1598>

< *Le Massacre de la Saint-Barthélemy* par François Dubois >

Tolérance zéro

La tolérance présuppose la devise de la République : la liberté, l'égalité et la fraternité. Autrement dit, la tolérance suppose la liberté d'exprimer ses idées, l'égalité entre les hommes et le mouvement fraternel envers l'autre malgré ses différences. La tolérance est, avant tout, une attitude généreuse.

Mais le gouvernement français a annoncé la « tolérance zéro » pour ceux qui ne respectent pas l'ordre républicain. François Fillon, le premier ministre, a dénoncé les « criminels » qui tirent sur des policiers ; "ce type de violence est inacceptable, intolerable".

< Le Premier ministre François Fillon et Michèle Alliot-Marie >

< Émeutes à Villiers-le-Bel >

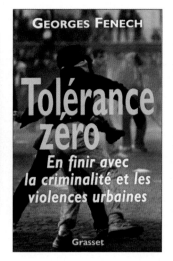

Activité 1

VRAI OU FAUX ?

1 L'intolérance, c'est respecter les opinions des autres.
2 Les guerres de religion de 1560 à 1598 se sont finies par l'édit de Fontainebleau.
3 Le massacre de la Saint-Barthélemy était un massacre de protestants.
4 La tolérance présuppose la liberté, l'égalité et la fraternité.
5 Le gouvernement français a annoncé la « tolérance zéro » pour les émeutes.

Activité 2

Décrivez, expliquez et commentez ce dessin humoristique.

Discussion

1 À votre avis, qu'est-ce que la limite de la tolérance ?

2 Antoine de Saint-Exupéry, auteur du *Petit Prince* a dit : « Si tu diffères de moi, mon frère, loin de me léser, tu m'enrichis ». Qu'en pensez-vous ?

centre de la vie
t intellectuelle

1

Naissance et évolution des cafés

La mort des cafés ?

En France, le café a depuis toujours inspiré les artistes. Il est vraiment différent du coffee shop, alors il ne faut pas les confondre. Montesquieu, qui aimait les cafés, a dit dans *Les lettres persanes* : « Le café est très en usage à Paris où on discute et joue aux échecs ; Paris est le paradis du café.» Dans un café, on parle de littérature, on rencontre des peintres et on échange des idées révolutionnaires. En 1910, le nombre de cafés était d'environ 51 000 ; il était de 200 000 en 1960. À l'heure actuelle, on n'en compte plus qu'environ 40 000. Certains parlent de « la mort des cafés ». Pourtant, le café reste un trésor de Paris et des petits villages où on discute à propos de tous les grands sujets (religion, politique, arts). Cela contribue au charme de la France.

ⓐ < Terrasse de café devant la Sorbonne >   ⓑ < Joli café au Marais >   ⓒ < Café Orbital, le premier cybercafé >   ⓓ < Café manga, ouvert en 2006 >

Du zinc au net

Depuis quelques années les cafés se transforment pour survivre. Récemment les cybercafés ou les cafés mangas plaisent beaucoup aux jeunes. Le café Orbital est le premier cybercafé ouvert à Paris en 1995, et on trouve des cafés mangas depuis juillet 2006. En général, ces cafés sont ouverts 24 heures sur 24. On peut non seulement y accéder à Internet ou lire des mangas mais aussi on peut y faire par exemple des photocopies ou scanner des documents.

Le Procope, premier café parisien

Le plus ancien café de Paris, c'est le Procope qui se situe au 13, rue de l'Ancienne-Comédie, dans le 6e arrondissement. Il a été ouvert en 1686 par Francesco Procopio qui a introduit en France le café. Il a souhaité créer un endroit élégant, orné d'un beau mobilier avec de grands lustres. Voltaire, Diderot, Verlaine et beaucoup d'autres écrivains fréquentaient ce café, qui était un centre actif durant la Révolution française. Robespierre, Danton et Desmoulins s'y réunissaient dans le but de trouver un moyen de renverser le pouvoir. Le premier bonnet rouge révolutionnaire a été exposé au Procope pour la première fois. Diderot y a écrit ses articles de l'*Encyclopédie*. Jean-Jacques Rousseau écrivait dans *Les Confessions* que Voltaire buvait 40 tasses de café chaque jour pour l'aider à rester éveillé. Les artistes et les écrivains y flânent encore et apprécient l'ambiance.

< Verlaine au café Procope >   < Le café Procope au XVIIIe siècle : Condorcet, La Harpe, Voltaire et Diderot >

Activité 1

VRAI OU FAUX ?

1 Le Procope est le plus ancien café de Paris.
2 Procopio a introduit en France une boisson nouvelle : le thé.
3 Le café était un centre actif durant la Révolution française.
4 Le nombre des cafés augmente rapidement tous les ans.
5 Il n'est pas possible de scanner ou imprimer au cybercafé.

Activité 2

1 Durant la Révolution française, qui fréquentait le café Procope ?
2 Pourquoi les Français vont-ils au café ?

Discussion

1 Ci-dessus un café Starbucks dans le quartier Saint-Michel à Paris. Aujourd'hui, le nombre de cafés de cette branche augmente à Paris comme à Séoul. Comment expliquez-vous ce succès ?

2 En France, la cigarette est interdite depuis le 1er janvier 2008 dans les cafés. Dans votre pays, peut-on fumer dans les cafés ? Est-ce une bonne chose ?

2 Cafés des arts

Cafés et artistes

Les cafés étaient un véritable centre d'animation pour les artistes modernes comme Manet, Monet, Renoir et Van Gogh, ainsi qu'un foyer intellectuel de la bohème comme Verlaine et Rimbaud. Les peintres et les écrivains fréquentaient un café après l'autre, et devenaient les meilleurs amis du monde après s'être rencontrés dans un café.

Cafés et peinture

Vincent Van Gogh peignait beaucoup de ses œuvres au café et il a dit : « Moi, j'ai toujours espéré, étant à Paris, avoir une exposition dans un café ». Aujourd'hui beaucoup de touristes visitent Arles pour apprécier *La terrasse du café le soir*.

Au café ou l'Absinthe est l'une des peintures les plus célèbres de Degas. Ce tableau montre un café parisien dans la deuxième moitié du XIXe siècle. L'absinthe, couramment

< Café Van Gogh à Arles >

< Van Gogh, La terrasse du café le soir, 1888 >

appelée « fée verte » est un alcool fort. Vincent Van Gogh, Toulouse-Lautrec, Verlaine, Rimbaud, Baudelaire, Oscar Wilde et beaucoup d'artistes lui donnaient une place d'honneur dans leurs œuvres et ils en consommaient beaucoup. Mais l'absinthe a été interdite en Suisse en 1910, et aussi en France en 1915, car c'était une boisson extrêmement dangereuse qui menaçait l'avenir du pays. On la produit à nouveau depuis 1999.

Haussmannisation et exode des artistes à Montmartre

< Georges Eugène Haussmann
en 1865 >

Dès la fin du second Empire, le centre-ville de Paris s'uniformise avec la construction d'immeubles haussmanniens. Napoléon III et le baron Haussmann ont dirigé la transformation de Paris avec la construction de grands boulevards et de grands parcs comme le Bois de Boulogne ou le Parc Monceau ; l'endroit le plus représentatif de ces changements est l'avenue des Champs-Élysées.

Avec l'haussmannisation, les ouvriers ont commencé à être expulsés du centre-ville. Les peintres se sont installés à Montmartre car ils étaient tous pauvres et les ateliers de Montmartre étaient bon marché. Aux XIXe et XXe siècles, Montmartre a inspiré certains

< Gustave Caillebotte,
Un balcon boulevard Haussmann, 1880 >

< Alexandre Steinlen,
Dans la rue >

< Toulouse-Lautrec, Moulin Rouge
- La goulue, 1891 >

artistes qui avaient en commun l'esprit bohème tels que Cézanne, Degas, Manet, Toulouse-Lautrec, Steinlen ou Van Gogh. À Montmartre, les peintres peignaient les ouvriers, les danseuses ou les prostituées ; ils rendaient compte de la différence entre les ouvriers et les bourgeois. Les ouvriers appréciaient les tableaux dans les cafés ou les affiches de cabaret dans la rue comme celle du Moulin Rouge de Toulouse-Lautrec.

Caf s ou restaurants

On trouve aussi des cafés devant ou à l'intérieur des musées. Les Parisiens, comme les touristes, peuvent y trouver le calme et prolonger une conversation sur les tableaux et les peintres en savourant un café ou un thé glacé en terrasse. Souvent, ces cafés offrent les plus belles vues de la France.

< Café Marly (Musée du Louvre) >

< Restaurant d'Orsay (Musée d'Orsay) >

< Café Beaubourg (Musée national d'art moderne - Centre Pompidou) >

< Le jardin de Varenne (Musée Rodin) >

< La Buvette du jardin (Musée Léger) >

< Restaurant Fournaise (Musée Renoir) >

Salade niçoise : la recette

INGRÉDIENTS

Pour 4 personnes
1 belle laitue / 4 tomates / 200 g de thon à l'huile / 3 œufs durs/
8 anchois à l'huile / 1 oignon nouveau / 100 g d'olives noires /
10 cl de vinaigrette à l'huile d'olive / sel / poivre du moulin /
250 g de haricots verts

1. Lavez la salade.

2. Faites cuire les haricots verts dans de l'eau bouillante salée et
   faites-les refroidir rapidement dans de l'eau froide.

3. Lavez les tomates, coupez-les en quartiers et épépinez-les.

4. Émiettez le thon.

5. Écaillez les œufs et coupez-les en rondelles.

6. Mettez tous ces ingrédients dans un saladier et ajoutez la
   vinaigrette à l'huile d'olive.

7. Mélangez et ajustez l'assaisonnement.

8. Décorez avec les anchois et les olives.

9. Bon appétit !

Activité 1

VRAI OU FAUX ?

1 Les peintres pauvres s'installaient à Montmartre.
2 Haussmann était contre l'urbanisation de Paris.
3 Le café, c'était un lieu d'exposition pour les ouvriers.
4 Toulouse-Lautrec a dirigé les modifications de Paris.
5 Il a longtemps été interdit en France d'écrire sur l'absinthe.

Activité 2

1 Décrivez, expliquez et commentez ce tableau, *Au café ou l'Absinthe*.

2 Pourquoi Haussmann a-t-il décidé de transformer Paris ?

Discussion

1 Pourquoi l'absinthe couramment appelée la « fée verte » ou « la bleue » a été interdite ? Pensez-vous que la consommation d'alcool doit être limitée ? Pourquoi ?

2 À Séoul, dans quels quartiers se concentrent les artistes ? Pourquoi ?

3 Cafés littéraires

< Café de Flore, la deuxième maison de Sartre et Beauvoir >

Trois cafés littéraires

Encore aujourd'hui, le café est un des lieux de rendez-vous des auteurs et des artistes ; il joue un rôle important dans la vie culturelle française. Beaucoup de Français aiment y parler de littérature, donner leur opinion ou critiquer tout le monde. Hemingway a écrit dans *Paris est une fête* : « ces cafés sont remplis d'intellectuels travaillant sur leurs œuvres ou bien refaisant le monde dans des discussions sans fin ». Après la Seconde Guerre mondiale, le quartier de Saint-Germain-des-Prés est devenu un lieu symbolique de la vie intellectuelle. Auteurs, cinéastes et musiciens se sont rencontrés dans les cafés à Saint-Germain-des-Prés ; ils venaient se réchauffer ou préparer des revues. Les trois grands cafés de ce quartier (Le Flore, Les Deux Magots et la brasserie Lipp) constituaient le centre du mouvement de pensée de l'après-guerre. Les existentialistes comme Sartre ou sa compagne, Simone de Beauvoir, les fréquentaient ; en particulier, les Deux Magots et Le Flore étaient la « deuxième maison » du couple. Le patron du Flore, Paul Boubal, a commenté : « Sartre était mon plus mauvais client, il demeurait des heures à gribouiller du papier devant une unique consommation.»

< L'abbaye de Saint-Germain-des-Prés, située dans le quartier Saint-Germain >

Ces trois cafés littéraires ont chacun créé leur propre prix littéraire. Le café des Deux Magots a fondé un prix littéraire en 1933 pour récompenser des auteurs au talent prometteur. Le prix Lipp a été créé en 1935 et le prix Flore a été créé en 1994 ; ils existent toujours. Les critères de sélection des prix sont l'originalité et la modernité. En France, il y a beaucoup de prix littéraires pour récompenser chaque année les meilleurs ouvrages parus dans l'année comme le prix Goncourt, le prix Médicis et le prix Femina. Le plus prestigieux des prix littéraires est le prix Goncourt, qui a été créé en 1903. La particularité du prix Femina est que les membres du jury ne sont que des femmes.

Le garçon de café

Le garçon de café est chargé de servir la clientèle ; il travaille derrière le comptoir, en salle ou en terrasse. Il a toujours joué un rôle important dans le café littéraire. Dans *L'Être et le Néant*, Jean-Paul Sartre écrivait d'un garçon d'un café : « Considérons ce garçon de café. Il a le geste vif et appuyé, un peu trop précis, un peu trop rapide, il vient vers les consommateurs d'un pas un peu trop vif ».

< Les garçons du café des Deux Magots & Pascal, garçon du café Le Flore.
Certains garçons de café étaient presque devenus des vedettes >   < Course des garçons de café - Paris >

Chaque année, a lieu la course des garçons de café. Cette course commence et se termine place de l'Hôtel-de-Ville : départ de la course à 16 heures, place de l'Hôtel-de-Ville, passage par Châtelet, les grands boulevards, avenue de l'Opéra, le Carrousel, quai Voltaire et retour place de l'Hôtel-de-Ville. Les participants, habillés de leurs vêtements de travail, doivent courir sans faire tomber les trois verres et la carafe d'eau qu'ils portent sur leur plateau. Il y a beaucoup de monde dans les rues de Paris pour encourager les candidats.

Déjeuner du matin

Jacques Prévert(1900 - 1977)
Il fréquentait le fameux café Le Flore
et il y écrivait ses poèmes populaires dans
une langue familière et avec des jeux de mots.

Il a mis le café
Dans la tasse
Il a mis le lait
Dans la tasse de café
Il a mis le sucre
Dans le café au lait
Avec la petite cuiller
Il a tourné
Il a bu le café au lait
Et il a reposé la tasse
Sans me parler
Il a allumé
Une cigarette
Il a fait des ronds
Avec la fumée
Il a mis les cendres
Dans le cendrier
Sans me parler
Sans me regarder
Il s'est levé
Il a mis
Son chapeau sur sa tête
Il a mis son manteau de pluie
Parce qu'il pleuvait
Et il est parti
Sous la pluie
Sans une parole
Sans me regarder
Et moi j'ai pris
Ma tête dans ma main
Et j'ai pleuré

Activité 1

VRAI OU FAUX ?

1 Jean-Paul Sartre était le meilleur client du café Flore.
2 Aujourd'hui encore, le café joue un rôle important dans la vie culturelle de Paris.
3 Les Deux Magots ont fondé un prix littéraire en 1933.
4 Les serveuses ne peuvent pas participer à la course de garçons de café.
5 Le prix Femina doit être décerné à des femmes.

Activité 2

1 À Saint-Germain-des-Prés, il y a beaucoup de nouvelles boutiques de luxe. À votre avis, comment s'explique cette tendance ?

2 Vous connaissez le « Déjeuner du matin » de Jacques Prévert ? Apprenez par cœur ce poème sur la terrasse d'un café.

Discussion

1 Est-ce qu'il y a beaucoup de cafés littéraires en Corée ? Quel est le rôle des cafés littéraires dans votre pays ?

2 Que pensez-vous de l'existence des prix littéraires? Connaissez-vous les prix littéraires coréens ?

4 Cafés et rôle des intellectuels

Le café : un foyer révolutionnaire

Beaucoup d'écrivains et d'intellectuels ont fréquenté les cafés et y ont écrit des romans ou des articles. C'était dans un café que Voltaire a écrit l'article du T*raité sur la Tolérance* et qu'Émile Zola a écrit l'article *J'accuse* lors de l'affaire Dreyfus. On peut dire que le café est étroitement lié aux intellectuels en France. Pour Raymond Aron, l'intellectuel est un « créateur d'idées » et doit être un « spectateur engagé ». Le savant qui travaille sur une bombe atomique n'est pas un intellectuel ; il devient un intellectuel quand il s'engage contre l'emploi d'une telle bombe. Il faut avoir une compétence dans le domaine de la science et intervenir publiquement sur les problèmes de société ou de politique. L'intellectuel se caractérise par son engagement.

Les intellectuels français : Voltaire, Zola et Sartre

Le terme « intellectuel » apparaît pour la première fois dans *Du Système industriel* de Saint-Simon en 1821. C'est depuis l'Affaire Dreyfus qu'il est utilisé plus précisément pour désigner quelqu'un qui s'engage. Parmi les intellectuels français, Voltaire, Zola, Sartre, Foucault et Bourdieu sont les plus renommés.

Voltaire passe pour le premier intellectuel engagé dans la mesure où il est intervenu publiquement dans l'affaire Calas. Le 9 mars 1762, à Toulouse, le protestant Jean Calas est condamné à mort - à être étranglé et brûlé - pour avoir assassiné son fils. En réalité, son fils s'est suicidé mais le père Calas ne s'est pas défendu pour dissimuler le suicide de son fils Marc Antoine. Voltaire a obtenu sa réhabilitation le 9 mars 1765.

< La malheureuse famille Calas >

Émile Zola a écrit *J'accuse* dans le journal *L'Aurore* en 1898 pour défendre le capitaine Dreyfus. Cet article se présentait sous la forme d'une lettre ouverte au Président de la République Félix Faure. Zola a dénoncé l'injuste condamnation de l'officier juif sous l'accusation d'espionnage. Cette affaire a divisé les intellectuels en deux groupes :

< *J'accuse* par É. Zola >

les « Dreyfusards » et les « anti-Dreyfusards ». Dans cette lettre, Zola a écrit: « la vérité est en marche et rien ne l'arrêtera.» Il a agi en intellecuel pour la justice et la vérité.

< Jean-Paul Sartre dans la rue >

< Sartre et Beauvoir au café Flore >

Jean-Paul Sartre a écrit dans *Qu'est-ce que la littérature* : « Longtemps j'ai pris ma plume pour une épée. Pensez-vous que la littérature soit une arme efficace pour défendre ses idées ? ». Pour lui, écrire c'est s'engager au nom de la liberté. Il a dénoncé la torture en Algérie. Il a décidé de témoigner dans la rue pour montrer que la justice d'État n'est pas juste. Il a dit : « C'est ce que j'appellerai l'extension du champ des possibles. N'y renonce pas » dans une interview avec Daniel Cohn-Bendit en 1968.

Grâce aux intellectuels, de nombreux faits ont été rendus publics en France. Or, Régis Debray, l'un des grands intellectuels français, a déploré la fin des intellectuels. Pour lui, « l'intellectuel est mort » : aujourd'hui les intellectuels ne sont pas engagés.

Activité 1

VRAI OU FAUX ?

1 Un intellectuel, c'est un savant qui s'engage.
2 Voltaire a écrit *J'accuse* dans *L'Aurore* pour défendre le capitaine Dreyfus.
3 L'Affaire Dreyfus a divisé les intellectuels en deux camps.
4 Émile Zola a réagi en écrivant qu'il ne s'engage pas pour la justice et la vérité.
5 Pour Jean-Paul Sartre, écrire, c'est seulement pour le plaisir.

Activité 2

DEVINETTES

Retrouvez les mots de la leçon.
1 Le capitaine Dreyfus n'était pas catholique ; il était j_____.
2 On a accusé le capitaine Dreyfus d'e_____.
3 Contre quoi s'est engagé Sartre : la t_____ en Algérie.
4 Cause de la mort de Marc Antoine Calas : s_____.
5 Nom d'un sociologue français : B_____.

Discussion

1 Yves Saint-Laurent, Georges Brassens ou Pierre Bourdieu sont-ils des intellectuels ? Pourquoi ? Aujourd'hui, qui sont les intellectuels en France ? Devinez quels noms figurent dans le *Dictionnaire des intellectuels français,* paru en 1996 en l'honneur de l'affaire Dreyfus. Qui sont les intellectuels coréens ?

2 Pensez-vous que la littérature soit une arme efficace pour défendre ses idées ?

Les lo
la cul

et

1 Les loisirs sont-ils un luxe ?

Les loisirs des Français

La plupart des Français sont fiers d'être français. Et ils pensent avoir de la chance de vivre en France malgré des problèmes sociaux comme l'exil imposé aux immigrés ou le chômage.

Ils sont fiers de quoi ? De leur histoire ? Peut-être pas, parce que leur histoire est sanglante, c'est pourquoi ils ont un peu honte de certains éléments de leur passé comme les marchands d'esclaves, la colonisation, l'après-révolution, la collaboration, le rôle de l'État et de la police.

La raison de la fierté d'être français est sans doute aussi leur patrimoine culturel. Toute personne peut profiter de ce patrimoine et avoir des loisirs. Le mot loisir apparaît pour la première fois dans *Le droit à la paresse* de Paul Lafargue. Pour lui, les ouvriers étaient trop fatigués par leur travail. Ils n'avaient pas de temps libre.

Congés payés

Les congés payés ont été établis par la loi en 1936. L'idée d'être payé pendant deux semaines sans rien faire était une idée exceptionnelle pour les travailleurs. Beaucoup d'ouvriers ont profité des congés payés pour partir en vacances. En 1936, 600 000 ouvriers seulement sont partis en vacances et environ 1 800 000 l'année suivante. Beaucoup d'ouvriers et d'employés dont la vie était limitée à un espace privé ont commencé à occuper l'espace public comme les plages. La classe bourgeoise, elle, a montré son mépris pour ces congés payés. Mais les ouvriers ont pris peu à peu des vacances grâce à la réduction du temps de travail. C'était la première

< 20 juin 1936 : Premiers congés payés, le gouvernement rend obligatoire
2 semaines de congés payés pour les travailleurs >

fois que les travailleurs voyageaient à la plage ou à la montagne. Les routes étaient couvertes de motos, de vélos, de tandems.

Les loisirs n'étaient pas un cadeau fait aux ouvriers : ils ont été plutôt obtenus par la lutte. Les ouvriers ont alors entrevu un avenir meilleur. Et ils étaient fiers de vivre en France. Mais la plupart des Français sont partis véritablement en vacances seulement depuis la fin des années 1950. En 1955, les Français ont obtenu la troisième semaine de congés payés ; puis en 1962, la quatrième ; et en 1982, la cinquième.

De la première quinzaine de congés accordée en 1936, à la cinquième semaine de congés et aux 35 heures, la perception des loisirs par les Français a changé. Les 3S (Soleil, Sable, Sexe) ont été remplacés par les 3A (Activité, Aventure, Apprentissage).

Paris Plage

D'après l'étude de Protourisme de juillet 2010, 48% des Français partent en vacances en juillet/août et seulement 20% à l'étranger. Quatre ou cinq Français sur dix ne partent pas en vacances. Première cause de non depart en vacances : les finances un peu justes. Parfois, c'est pour des raisons de santé. Les Parisiens qui ne partent pas en vacances peuvent se détendre sur la plage de la Seine grâce à l'opération <Paris plage>, durant laquelle les bords de Seine sont aménagés pouroffrir des espaces de loisirs aux visiteurs. Pendant 30 jours, du 20 juillet au 20 août, Paris Plage est gratuit et ouvert à tout le monde. Les Parisiens et les touristes peuvent participer aux nombreuses activités en plein air et passer de vraies vacances " balnéaires" à Paris.

Est-ce que les loisirs sont un luxe ? En France, les loisirs sont considérés comme un droit fondamental, une activité indispensable à l'épanouissement personnel.

Activité 1

VRAI OU FAUX ?

1 Les congés payés, c'était une idée banale pour les travailleurs en 1936.
2 Les 3A des loisirs des Français, c'est : amour, amitié, affection.
3 La classe bourgeoise s'est montrée peu enthousiasmée par l'adoption des congés payés.
4 « Paris plage », c'est gratuit seulement pour les Parisiens.
5 Les Français d'aujourd'hui ne pensent pas que les loisirs soient un luxe.

Activité 2

1 Expliquez ce qui fait l'originalité de « Paris plage »? Existe-t-il un concept similaire en Corée ?

2 Complétez :
a. Congés payés : _____ semaines (1936) / _____ semaines (aujourd'hui)
b. Durée du travail : _____ h (1936) / _____ h (aujourd'hui) par semaine

Discussion

1 À votre avis, qu'est-ce qui fait la fierté des Coréens ?

2 Qu'est-ce qui est le plus important dans la vie ? Le travail ou les loisirs ?

3 La plupart des Coréens partent-ils en vacances ? Où et quand partent-ils ?

2 La culture et le patrimoine

La culture au cœur des loisirs

Les loisirs sont indissociables de la culture en France. Les Français aiment visiter les musées et profiter de la richesse de leur patrimoine culturel pendant les vacances ou au quotidien. En 2009, l'exposition *Picasso et les maîtres* au Grand Palais a attiré un très grand nombre de visiteurs les nuits de vendredi et de samedi. C'était une première en France, voire mondialement. Effectivement, 3 nuits supplémentaires ont été ajoutées au programme. Ainsi, beaucoup de Français ont visité l'exposition même pendant la nuit et malgré une attente de plusieurs heures.

< Exposition *Picaso et les maîtres* au Grand Palais >

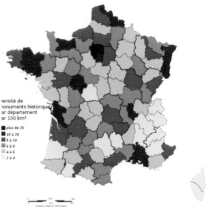

< Logo des monuments historiques, Atelier de J.-F. Millet>   < Densité de monuments historiques par département et par 100 Km² >

Le succès de cette exposition de Picasso montre l'intérêt croissant des Français pour l'art. Ils sont beaucoup plus nombreux qu'il y a quelques années à visiter les musées et les monuments historiques.

Notion de patrimoine

L'expression « monuments historiques » et la notion de patrimoine sont nées sous la Révolution. La révolution a repoussé l'ouverture du musée des arts au public au 10 août 1793. Dès lors, tout le monde pouvait voir les collections royales de peintures et de sculptures, ainsi que les biens du clergé. À ce moment-là, le palais du Louvre, transformé en musée pour tous, était ouvert au public 3 jours seulement. La France compte aujourd'hui 1 299 musées, dont 34 musées nationaux. Le Louvre, Versailles, Orsay et le Centre Pompidou sont les sites les plus visités.

Le patrimoine est un ensemble de richesses héritées du passé de génération en génération. La notion de patrimoine est très vaste ; le patrimoine comporte les paysages, les bâtiments, les vieilles pierres, les archives et il peut être gastronomique et folklorique.

ⓐ - Le palais du Louvre dans les années 1900   ⓑ - Le musée du Louvre, ancien palais des rois de France   ⓒ - Le musée d'Orsay créé en 1986, consacré à l'impressionnisme   ⓓ - Le centre Pompidou créé en 1977, consacré à la création moderne et contemporaine

< L'affiche des journées du patrimoine en 2009 >

Les journées du patrimoine

En France, le troisième week-end de septembre, on peut visiter gratuitement des lieux qui ne sont généralement pas ouverts au public comme le palais de l'Élysée, des châteaux, des musées et de nombreux sites privés.

Ce sont les journées du patrimoine, qui ont été créées en 1984 par le ministère de la Culture. Beaucoup de visiteurs peuvent découvrir le patrimoine national chaque année dans toute la France.

La notion de patrimoine universel a été formalisée en 1972 par la création d'un patrimoine mondial par l'Unesco. La France possède 33 sites classés « patrimoine mondial », dont 30 sites culturels, 1 site mixte (culturel + naturel) et 2 sites naturels. À titre d'info la cuisine française a été ajoutée au patrimoine mondial de l'UNESCO.

< La Corse, site du patrimoine naturel en France en 1983 >

< Le palais de l'Elysée est l'un des lieux les plus visités lors des journées du patrimoine >

Sur le pont d'Avignon

Ce pont Saint-Bénézet d'Avignon, couramment appelé *pont d'Avignon*, fait partie des sites classés au patrimoine mondial de l'Unesco. Ce pont est surtout célèbre pour la chanson *Sur le pont d'Avignon*.

Sur le pont d'Avignon

L'on y danse, l'on y danse

Sur le pont d'Avignon

L'on y danse tous en rond

Les beaux messieurs font comm' ça

Et puis encore comm' ça

Sur le pont d'Avignon

L'on y danse, l'on y danse

Sur le pont d'Avignon

L'on y danse tous en rond

Les bell' dames font comm' ça

Et puis encore comm' ça

< Le pont Saint-Bénézet d'Avignon, classé au patrimoine mondial de l'Unesco en 1995 >

Activité 1

VRAI OU FAUX ?

1 Les journées du patrimoine ont lieu tous les ans.
2 Le château de Versailles est l'un des lieux les plus visités lors des journées du patrimoine.
3 Le musée Léger est un des musées les plus visités.
4 L'expression « monuments historiques » et la notion de patrimoine sont nées sous la Révolution.
5 En France, il y a 33 sites classés « patrimoines culturels » par l'Unesco.

Activité 2

1 Qu'est-ce que le patrimoine ?
2 Établissez la liste des monuments qui sont ouverts lors des journées du patrimoine.

Discussion

1 Quel est le rôle de chacun pour préserver le patrimoine ?
2 Quel site coréen habituellement fermé au public aimeriez-vous visiter ? Pourquoi ?
3 Visitez-vous beaucoup de musées et de monuments historiques ? Pourquoi (ou pourquoi pas) ?

3 Politique culturelle française et démocratisation de la culture

L'État et les affaires culturelles

On dit souvent que les Français sont cultivés. Pourquoi ? Parce qu'il y a beaucoup de musées, de monuments historiques, de salles de concert en France, même si ces lieux culturels n'intéressent pas tous les Français.

En particulier, on

< André Malraux, premier ministre de la culture, 1958-1969 >

ne peut pas marcher 3 mètres sans trouver un musée à Paris. Comme dans n'importe quel pays, il y a aussi des centres culturels ou maisons de la culture qui sont ouverts au public. Les maisons de la culture permettent à tous d'accéder à la culture et elle proposent beaucoup d'activités de service : des loisirs, des cours, des spectacles, etc.

Pour réduire l'inégalité d'accès à la culture, André Malraux a établi les maisons de la

< Visite scolaire d'une exposition - Maison de la culture d'Amiens >

< Le musée Malraux, première maison de la culture du Havre, 1961 >

culture au début des années 1960 et a créé le ministère des Affaires culturelles en 1959.

En France, l'État a toujours joué un rôle essentiel dans les affaires culturelles. C'est sous le règne de François 1er que les

< François Ier vers 1527 >

< Le château de Chambord >

arts et les lettres se développent en France. On appellera cette période : la Renaissance. Il aimait les beaux arts italiens, alors il a fait venir de grands artistes italiens tels que Léonard de Vinci et Benvenuto Cellini. Les châteaux de la Loire et le château de Fontainebleau ont été construits sous François Ier. C'est pourquoi ces châteaux sont différents des châteaux-forts du Moyen Âge. Le château de Chambord est l'un des chefs-d'œuvre architecturaux de la Renaissance.

Louis XIV, qui a créé la Comédie-Française en 1680 et l'Opéra de Paris en 1669, s'est également beaucoup consacré aux affaires culturelles.

La démocratisaton culturelle

Avec la Révolution française a commencé la démocratisaton culturelle, en transformant le palais du Louvre en musée pour le public. Les maisons de la culture créées par de Gaulle et Malraux sous la cinquième République étaient un espace fondamental de la culture pour tous. Elles ont multiplié les activités, ont organisé des grandes expositions et ont veillé à la restauration du patrimoine. L'essentiel de la politique reposait sur la

< Jack Lang, Ministre de la Culture, 1981-1986, 1988-1993 >

부록

< François Mitterrand, Président de la République française.1981 -1995 >

démocratisation culturelle pour rendre l'art accessible au plus grand nombre possible de Français.

Sous François Mitterrand, Jack Lang, alors Ministre de la culture a développé des événements culturels pour les jeunes. Sa politique avait pour objectif la popularisation et la modernisation de la culture grâce à la croissance du budget des affaires culturelles. Beaucoup de musées et de monuments historiques comme le musée d'Orsay, le Louvre et la Bibliothèque de France ont été transformés dans le cadre des Grands Travaux. Parmi de nombreuses fêtes en France, plus de 60% ont été créés dans les années 1980. C'est le cas, par exemple, de la fête de la musique, célébrée chaque année le premier jour de l'été.

< L'affiche de fête de la musique, 21 juin 2010 >

Activité 1

VRAI OU FAUX ?

1 Louis XIV a régné durant la Renaissance.
2 La Révolution française a transformé le musée du Louvre en palais du Louvre.
3 Le musée d'Orsay, le Louvre et la Bibliothèque de France ont été transformés dans le cadre des Grands Travaux.
4 François Ier est le roi mécène par excellence.
5 Aujourd'hui, l'État n'a plus un rôle important dans la vie culturelle en France.

Activité 2

Reliez :

1 Fête de la musique   • a. François 1er
2 Maison de la culture   • b. André Malraux
3 Comédie Française   • c. Louis XIV
4 Château de Chambord   • d. Jack Lang

Discussion

1 François Ier reste pour les Français l'archétype du roi-mécène. Est-ce qu'il ruinait les finances ?

2 Est-ce qu'il y a beaucoup de manifestations culturelles en Corée ? Donnez deux ou trois exemples.

4 Gratuité des musées et exception culturelle

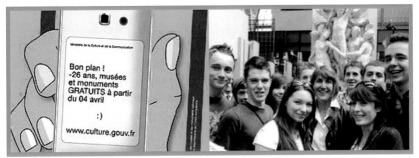

< BON PLAN : Gratuité des musées pour les jeunes de moins de 26 ans>

La gratuité des musées

Aujourd'hui encore, l'État intervient de différentes manières dans la vie culturelle en France. Nicolas Sarkozy, le Président, a jugé que la politique de démocratisation culturelle lancée par André Malraux ou Jack Lang a été un échec pour l'égalité d'accès de tous à la culture. Les musées en France sont encore payants et l'art opère comme un séparateur de classes et un instrument de distinction. Le président Nicolas Sarkozy avait dit que la gratuité des musées nationaux était très importante pour la démocratisation culturelle dès son élection en 2007 ; c'était une de ses grandes promesses.

Le 4 avril 2009, le chef du gouvernement français a annoncé, avec la ministre de la Culture Christine Albanel, la gratuité des musées pour les jeunes jusqu'à 25 ans et pour tous les enseignants. Cette mesure permet aux 18-25 ans de la Communauté européenne d'accéder gratuitement au patrimoine culturel et artistique français - (c'était déjà gratuit pour les moins de 18 ans) ; De plus, depuis 2009, les musées sont gratuits pour tous chaque dimanche, avant, ils étaint gratuits seulement le premier dimanche de chaque mois.

Le ministère de la Culture avait testé au premier semestre 2008 une expérimentation

< Christine Albanel, ministre de la Culture en 2009 >

de gratuité totale des entrées dans 14 musées et monuments nationaux. Ce test avait permis d'augmenter leur fréquentation en attirant les jeunes.

L'exception culturelle

Nicolas Sarkozy a dit qu'il était fier de la défense de l'exception culturelle française. L'exception culturelle, c'est quand on distingue la production culturelle des autres types de production. Cependant, beaucoup de Français ne considèrent pas le président comme le véritable successeur de François Ier, protecteur de la culture ; on a beaucoup critiqué le projet du musée du Louvre Abou Dabi. Le sentiment général est que la seule culture du président est celle du résultat et non celle de la qualité. On le considère comme un défenseur du libéralisme économique à l'américaine. Or, beaucoup de Français pensent que la culture ne peut pas être considérée comme une banale marchandise.

< N.Sarkoy et C.Albanel au musée du Louvre regardant le modèle du musée du Louvre à Abu Dhabi>

Activité 1

VRAI OU FAUX ?

1 Le président Sarkozy a jugé que la démocratisation culturelle voulue par André Malraux a été un succès.
2 La gratuité des musées est une mesure pour les 18-25 ans.
3 Beaucoup de Français ne pensent pas que N. Sarkozy soit le successeur de François Ier.
4 Le pont de Saint-Bénézet est dans le 12ème arrondissement de Paris.
5 L'exception culturelle, c'est supprimer la culture de la vie quotidienne.

Activité 2

Décrivez, expliquez et commentez le dessin ci-dessous.

Discussion

1 La gratuité des musées peut-elle permettre d'élargir le public ? Pourquoi ?

2 En dehors du prix, quels autres facteurs ont une incidence sur la fréquentation des musées ?

Fêtes en France

Festival d'Avignon

Fête des vendanges

Festival international de la bande dessinée d'Angoulême

Festival international d'art lyrique d'Aix-en-Provence

Festival Interceltique de Lorient

Fête de la musique

Fête du citron

Festival de Cannes

Mardi Gras

Fête nationale, 14 juillet

Toussaint

Poisson d'avril

사진 출처 및 인용자료

http://planetejeanjaures.free.fr/geo/europe.htm

https://www.pinterest.co.kr/pin/469218854897298792/

http://www.neung-sur-beuvron.fr/horaires-de-la-mairie/

https://m.gettyimagesbank.com/view/balcon-de-la-mairie-de-pont-de-
cheruy/974799260

https://www.plaqueandgo.com/plaque-immatriculation-auto-aluminium-standard-1.
html

https://fr.islcollective.com/francais-fle-fiches-pedagogiques/competence/comprehen-
sion-ecrite/ecrire-une-carte-postale/44605

https://sante-pratique-paris.fr/a-savoir/a-propos-a-savoir/comprendre-son-nume-
ro-de-securite-sociale/

https://lululataupe.com/decouverte/geographie/222-regions-france-departe-
ments-prefectures

https://en.wikipedia.org/wiki/Coat_of_arms_of_Paris#/media/File:Grandes_Armes_de_
Paris.svg

https://www.istockphoto.com/fr/photo/enseigne-de-rue-%C3%A0-paris-rue-du-lou-
vre-gm1173211678-325773814

https://in.pinterest.com/pin/513480795005814775/

https://worldinparis.com/8th-arrondissement-of-paris

https://www.axl.cefan.ulaval.ca/europe/france_dept-IledeFrance.htm

https://la-femme-qui-marche.fr/partir/13-eme-arrondissement-de-paris-street-
art-et

https://fr.m.wikipedia.org/wiki/Fichier:Plaque_avenue_du_Pr%C3%A9sident-Kenne-
dy,_Paris_16e.jpg

http://anicalor.over-blog.com/2014/01/les-climats-en-france.html

https://blogostelle.blog/2014/03/14/lautre-monde-et-les-dieux-celtiques/#jp-carou-
sel-34799

https://en.wikipedia.org/wiki/Vercingetorix#/media/File:Vercingetorix_stat%C3%A8re_
MAN.jpg

https://education.toutcomment.com/article/pourquoi-louis-xiv-est-appele-le-roi-
soleil-11573.html

https://en.wikipedia.org/wiki/Louis_XIV#/media/File:Louis_XIV_of_France.jpg

https://cityinhistory.blogspot.com/2015/08/musee-carnavalet.html

https://www.sedaily.com/NewsVIew/1OIGZM06Y3

https://ko.wikipedia.org/wiki/%EC%9E%90%EC%BD%94%EB%B1%85%ED%8C%8C#/me-
dia/%ED%8C%8C%EC%9D%BC:Club-des-jacobins.jpg

https://blog.daum.net/neop.hyte/5558

https://fr.wikipedia.org/wiki/Sans-culottes#/media/Fichier:La_femme_du_sans-
culotte.jpg

https://www.pinterest.fr/pin/95490454572519965/

https://www.ancientpages.com/2020/05/16/napoleonic-code-why-was-one-of-the-
most-influential-legal-codes-flawed/napoleoniccode11/

https://www.pinterest.co.kr/pin/438115869979520166/

https://commons.wikimedia.org/wiki/File:Le_Barbier_Dichiarazione_dei_dirit-
ti_dell%27uomo.jpg

https://www.reddit.com/r/PropagandaPosters/comments/kx3hvd/a_caricature_show-
ing_louisphillipe_dorl%C3%A9ans_king/

https://ko.wikipedia.org/wiki/%EB%82%98%ED%8F%B4%EB%A0%88%EC%98%B9_3%EC
%84%B8#/media/%ED%8C%8C%EC%9D%BC:Franz_Xaver_Winterhalter_Napole-

on_III.jpg
https://fr.wikipedia.org/wiki/Pr%C3%A9sident_de_la_R%C3%A9publique_fran%C3%A7a-
    ise#/media/Fichier:Emmanuel_Macron_(cropped).jpg
https://fr.wikipedia.org/wiki/Liste_des_pr%C3%A9sidents_de_la_R%C3%A9publique_
    fran%C3%A7aise
https://fr.wikipedia.org/wiki/Palais_de_l%27%C3%89lys%C3%A9e#/media/Fichier:Secretary_
    Pompeo_Arrives_to_Meet_with_French_Foreign_Minister_Le_Drian_in_Par-
    is_(50610423656).jpg
https://fr.wikipedia.org/wiki/Carte_d%27%C3%A9lecteur#/media/Fichier:Carte-elector-
    ale-francaise-recto.jpg
https://en.wikipedia.org/wiki/Socialist_Party_(France)#/media/File:Parti_socialiste.svg
https://en.wikipedia.org/wiki/Socialist_Party_(France)#/media/File:Parti_socialiste.svg
https://www.france-politique.fr/mouvement-democrate.htm
https://reflexions-echanges-insoumis.org/quelle-democratie-pour-la-france-in-
    soumise/
https://www.europe1.fr/dossiers/les-republicains
https://fr.wikipedia.org/wiki/Europe_%C3%89cologie_Les_Verts#/media/Fichier:Lo-
    go-e-e-l-v.svg
https://fr.wikipedia.org/wiki/Claude_Joseph_Rouget_de_Lisle#/media/Fichier:Marseil-
    laisenoframe.jpg
https://seeklogo.com/vector-logo/195694/paris-saint-germain-fc
https://fr.wikipedia.org/wiki/Iris_(genre_v%C3%A9g%C3%A9tal)
https://en.wikipedia.org/wiki/Fleur-de-lis#/media/File:Arms_of_the_Kingdom_of_
    France_(Moderne).svg
https://www.pinterest.fr/pin/145522631688529288/
https://www.pinterest.fr/pin/777996904372108342/
https://www.newworldencyclopedia.org/entry/File:Offizierskreuz.jpg
https://free3d.com/ko/3d-model/french-phrygian-cap-3198.html
https://www.seoul.co.kr/news/newsView.php?id=20200325030032
https://www.parisdigest.com/paris/parc-asterix.htm
https://fr.wikipedia.org/wiki/Francophonie
https://fr.statista.com/infographie/17421/pays-avec-le-plus-de-francophones/
https://lecafedufle.fr/la-francophonie-220-millions-de-locuteurs-sur-5-continents/
https://www.lecourrier.vn/les-plus-belles-unes-du-courrier-du-viet-
    nam-2018/587721.html
https://www.courrierinternational.com/article/la-coree-du-sud-un-ilot-de-
    democratie-qui-montre-lexemple
https://educateur.mondoblog.org/2017/03/20/francophonie-objectif-francais/예전 파일
    사용
http://www.egalite.cfwb.be/index. php?eID=tx_nawsecuredl&u=0&g=0&hash=ebffe5c-
    7069ce7ba84436b4ca31bce572a9ac317&file=uploads/tx_cfwbitemsdec/Mettre_au_
    feminin_Feminisation.pdf
https://demarchesadministratives.fr/demarches/utiliser-le-nom-de-son-mari-ou-
    de-sa-femme
https://www.nouvelobs.com/economie/20190909.OBS18161/quelle-est-notre-esperance-
    de-vie-en-bonne-sante-la-question-occultee-du-debat-des-retraites.html
https://www.loiret.fr/sites/loiret/files/media/documents/2018/12/DIAGNOSTIC%20
    DES%20BESOINS%2060%20ANS%20%2B%20juin%202018%20.pdf
https://www.contrepoints.org/wp-content/uploads/2015/04/individual-

isme-ren%C3%A9-le-honzec.jpg
https://upload.wikimedia.org/wikipedia/commons/3/36/Descartes%2C_%22L%27homme_
et_un_traitte...%22_Wellcome_L0025506.jpg
http://kid.chosun.com/site/data/html_dir/2016/09/05/2016090501944.html
https://www.barcelonaballoonflights.com/history-hot-air-balloon-montgolfier/
https://upload.wikimedia.org/wikipedia/commons/1/14/Avion_III_20050711.jpg
https://www.ipsa.fr/blogs/2011/10/avions-de-legende-le-bleriot-xi-premier-avion-
a-traverser-la-manche/
https://upload.wikimedia.org/wikipedia/commons/0/0a/Institut_Lumi%C3%A8re_-_
CINEMATOGRAPHE_Camera.jpg
https://pixabay.com/ko/photos/futuro
scope-%ED%91%B8%EC%95%84%ED%8B%B0-232597/
https://news.sbs.co.kr/news/endPage.do?news_id=N1005773029
https://pixabay.com/ko/photos/%EC%BD%A9%EC%BD%94%EB%93%9C-%ED%95%AD%EA
%B3%B5%EA%B8%B0-%EC%B4%88%EC%9D%8C%EC%86%8D-%EC%A0%84%ED%88
%AC%EA%B8%B0-203813/
https://fr.wikipedia.org/wiki/Voiture_%C3%A9lectrique_en_France#/media/Fichi-
er:Renault_Zoe_on_MIAS_2012.JPG
https://www.wikiwand.com/en/Ariane_flight_VA253
https://www.parismuseescollections.paris.fr/fr/musee-carnavalet/oeuvres/tri-
omphe-de-la-republique-0#infos-principales
https://www.bing.com/images/search?q=%e3%84%b7%e3%85%8d%eb%94%94%e3%8-
5%9b%e3%85%9c%e3%84%b7+%ec%87%84%e3%85%a1%e3%85%81%e3%84%b4&form=
HDRSC2&first=1&tsc=ImageBasicHover
https://www.cotelittoral.fr/vente-villa-moderne-430-m-sup2-vue-mer-pieds-dans-
l-eau-saint-aygulf-308828.html
https://www.parisdigest.com/goingout/zenith.htm
https://en.wikipedia.org/wiki/Olympia_(Paris)
https://www.bfmtv.com/economie/entreprises/culture-loisirs/le-palais-omnisports-
de-bercy-change-de-nom_AN-201509280197.html
https://futbolretro.es/mundial-francia-1998/?lang=en
https://www.sbnation.com/2013/5/24/4361940/2013-french-open-draw-novak-djok-
ovic-rafael-nadal
http://www.yes24.com/Product/Goods/78564938
https://whc.unesco.org/fr/list/1337
https://whc.unesco.org/fr/list/1317
https://whc.unesco.org/fr/list/1360
https://whc.unesco.org/fr/list/1434
https://whc.unesco.org/fr/list/1529
https://fr.wikipedia.org/wiki/Liste_des_indicatifs_t%C3%A9l%C3%A9phoniques_
en_France#/media/Fichier:Carte_indicatifs_t%C3%A9l%C3%A9phoniques_
fran%C3%A7ais.svg
https://fr.statista.com/statistiques/530840/part-population-disposant-telephone-mo-
bile-france
https://www.contact-telephone.com/pages-blanches/
https://www.rotary-district1700.org/Lettre-du-Gouverneur/D%c3%a9cem-
bre-2018/D%c3%a9cembre-2018_article?newsid=9f7c22e7-c99e-4e98-b4a2-
8a9c51169389&cric=0
https://www.istockphoto.com/%82%AC%EC%A7%84/%EB%9D%BC-

%EC%9A%B0%ED%8E%B8-
D%94%84%EB%9E%91%EC%8A%A4-%EA%B5%AD%EA%B0%80-%EC%9A%B0%ED%8E%B8-
C%84%9C%EB%B9%84%EC%8A%A4%EC%9D%98-%EB%A1%9C%EA%B3%A0-
gm1026198552-275218173?utm_source=pixabay&utm_medium=affiliate&utm_
campaign=SRP_photo_sponsored&referrer_url=https%3A%2F%2Fpixabay.
com%2Fko%2Fphotos%2Fsearch%2Fposte%2520france%2F&utm_term=poste+-
france

https://pixabay.com/ko/photos/%EC%9A%B0%ED%91%9C-
C%9A%B0%ED%91%9C%EB%A5%BC-%EC%88%98%EC%A7%91-%EC%BB%AC%EB%
A0%89%EC%85%98-789983/

http://www.observationsociete.fr/population/evolution-esperance-de-vie.html

http://www.observationsociete.fr/sante/divers_sante/evol_taux_suicide.html

http://www.observationsociete.fr/sante/divers_sante/evol_taux_suicide.html

https://www.compareil.fr/guide/mutuelle-sante/feuille-de-soins

https://ielanguages.com/health.html

https://www.ledauphine.com/france-monde/2018/03/06/a-quoi-va-ressembler-le-
nouveau-carnet-de-sante-de-l-enfant

http://www.sdm-protect.com/cabinet-medical-4320212.jpg.html

https://www.phil-ouest.com/Timbre.php?Nom_timbre=Medecins_sans_frontieres

https://fr.wikipedia.org/wiki/M%C3%A9decins_sans_fronti%C3%A8res

http://algogaza.com/447/

https://www.samu-urgences-de-france.fr/fr/

https://fresques.ina.fr/securite-sociale/fiche-media/Secuso01000/70-ans-de-secur-
ite-sociale.html

https://twitter.com/CafduVar/photo

http://cij.valdoise.fr/logements/wp-content/uploads/caf-carte-d-allocataire-alloca-
tions-familiales-apl-image-d-illustration-10941037tuhoi_1713-1.jpg

https://www.republicain-lorrain.fr/actualite/2013/12/11/carte-familles-nombreuses

http://ses.ens-lyon.fr/ressources/stats-a-la-une/levolution-de-la-duree-du-tra-
vail-en-france-depuis-1950

https://www.ladepeche.fr/article/2016/12/01/2470082-temps-de-travail-comment-
font-d-autres-pays-europeens.html

https://24heureinfo.com/societe/lanpe-recrute-un-coordonnateur-de-projet-et-un-
chauffeur/

https://fr.actualitix.com/blog/pyramide-du-chomage-par-sexe-depuis-1975-a-2012.
html

https://www.insee.fr/fr/statistiques/2489758

https://www.insee.fr/fr/statistiques/4277653?sommaire=4318291

https://www.insee.fr/fr/statistiques/4277653?sommaire=4318291

http://geoconfluences.ens-lyon.fr/actualites/veille/breves/insee-projection-2070

https://fr.statista.com/statistiques/505321/taux-chomage-selon-professions-france/

https://fr.statista.com/infographie/20832/taux-de-chomage-en-europe/

https://www.vistasineducation.com/wp-content/uploads/2016/09/gr%C3%A8ve.jpg

https://www.francetvinfo.fr/economie/greve/greve-aux-urgences/il-y-a-un-senti-
ment-de-trahison-chez-les-soignants-selon-un-membre-du-collectif-inter-
hopitaux_4131061.html

https://www.france-pittoresque.com/spip.php?article727

http://algogaza.com/314/

https://blog.daum.net/hansang8511/12736491

https://www.paris-europlace.com/fr/node/20085
https://kr.123rf.com/photo_68871426
https://www.touteleurope.eu/actualite/strasbourg-bruxelles-ou-se-situe-le-siege-
du-parlement-europeen.html
https://www.paris-europlace.com/fr/node/20085
http://www.ohmynews.com/NWS_Web/View/img_pg.aspx?CNTN_
CD=IE000945057&tag=HLM&gb=tag
https://www.viator.com/en-IN/tours/Strasbourg/Alsace-Day-Trip-from-Strasbourg-
Colmar-Eguisheim-Riquewihr-High-Koenigsbourg-Castle-and-Alsace-Wine-
Tasting/d5502-2016ALSACEHIGHLIGHTS
http://www.hotelroomsearch.net/im/hotels/fr/maison-normande-4.jpg
https://www.pinterest.at/pin/112238215690650463/
https://www.cosmoconsult.com/cosmo-consult-about-us/our-locations/france/lyon/
https://www.booking.com/hotel/fr/ferme-en-provence.ko.html?aid=356980;label=gog-
235jc-1DCAsoTUIRZmVybWUtZW4tcHJvdmVuY2VIM1gDaH2IAQGYARe4AR-
fIAQzYAQPoAQGIAgGoAgO4AorBsYIGwAIB0gIkOTA3OTE0OGQtMjdhMC00Z-
mZiLWJiZjYtOTZlMzJlMzhiNmQ12AIE4AIB;sid=b984431315dba35b06c303c0c1f-
555ca;dist=0&keep_landing=1&sb_price_type=total&type=total&
https://www.ouiinfrance.com/wp-content/uploads/2013/11/Pretty-volet-in-France.jpg
https://www.bautan.fr/marque/les-actualites/belem-volets-emboiture-haute.html
https://www.wikiwand.com/en/Drag%C3%A9e
https://www.hennebont.bzh/ma-mairie/demarches-administratives/etat-civil/duplica-
ta-dun-livret-de-famille/
https://www.easy-web.fr/acte-naissance-france/
https://www.insee.fr/fr/statistiques/1281436
https://couple.blogs.la-croix.com/wp-content/uploads/sites/4/2013/06/NATTEF02327.
gif
http://blog.needelp.com/2016/03/les-francais-et-le-bricolage.html
https://www.ladepeche.fr/article/2017/05/12/2573354-les-francais-adeptes-du-brico-
lage-pour-les-petites-reparations.html
https://www.francetvinfo.fr/sante/grossesse/770000-bebes-sont-nes-en-france-en-
2017-un-chiffre-en-legere-baisse_2924639.html
https://www.leparisien.fr/societe/en-france-six-enfants-sur-dix-sont-nes-hors-
mariage-04-09-2018-7876236.php
http://ses.ens-lyon.fr/images/actualites-rapports-etudes-et-4-pages/2019-01-15-
insee-ip1730.jpg
https://www.elle.fr/Societe/News/Accouchement-sous-X-l-anonymat-est-neces-
saire-2017864
https://fr.wikipedia.org/wiki/Accouchement_sous_le_secret#/media/Fichier:%C3%89vo-
lution_du_nombre_des_naissances_sous_le_secret_1965-2013.svg
http://www.observationsociete.fr/structures-familiales/couples/les-francais-divor-
cent-moins-mais-se-separent-davantage.html
https://en.wikipedia.org/wiki/Sorbonne_University#/media/File:P1300734_Paris_V_
place_de_la_Sorbonne_rwk.jpg
https://www.templedeparis.fr/actualit%C3%A9s-1/expositions/l-%C3%A9cole-au-moy-
en-%C3%A2ge/
https://www.britannica.com/biography/Jules-Francois-Camille-Ferry
https://pixabay.com/ko/photos/%ED%82%A4%EC%A6%88-%EC%86%8C%EB%85%80-
%EC%97%B0%ED%95%84-%EA%B7%B8%EB%A6%BC-

%EC%88%98%EC%B2%A9-1093758/

https://structurae.net/en/structures/college-victor-hugo

〈프랑스의 2천 5 백만명의 문맹자들〉

https://www.lefigaro.fr/actualite-france/2014/09/18/01016-20140918ARTFIG00135-l-il-
    lettrisme-une-realite-dont-on-n-ose-pas-parler.php

https://upload.wikimedia.org/wikipedia/commons/b/bf/Strasbourg_Lyc%C3%A9e_int_
    pontonniers_01.jpg

https://en.wikipedia.org/wiki/Baccalaur%C3%A9at

https://www.bangkokpost.com/world/1706350/french-baccalaureat-exam-hit-by-
    leaks-and-strikes

https://www.cours-thales.fr/preparation-bac/taux-de-reussite-au-bac

https://levraidevrai.wordpress.com/2016/11/06/les-activites-preferees-des-fran-
    cais-pendant-leurs-vacances/

https://cantondehatley.ca/en/recreation/recreation-program/randonnee-pedestre/

http://augmentationdutempsdeloisir.eklablog.com/-a72699373

http://www.newsroom-publicismedia.fr/le-budget-loisirs-des-francais-en-progres-
    sion/

http://www.observationsociete.fr/modes-de-vie/loisirs-culture/duree-ecoute-televi-
    sion.html

파리 지하철 노선표

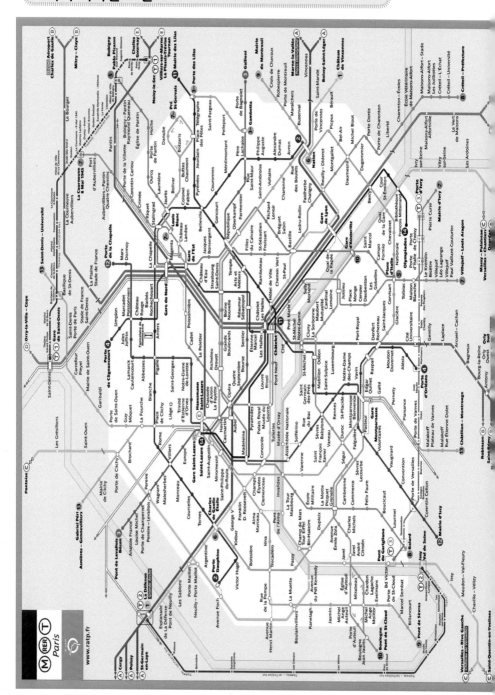

공저자 소개

김경랑

이화여자대학교 불어불문학과 졸업, 프랑스 Lyon II 대학 불어교수법 석사 및 서울대학교 사범대학 불어교육과 박사 학위 취득.

전, 서울대학교 강사, 경희대학교 연구교수
현, 한국교육과정평가원 연구원
주 논문: 「외국어교육에서 상호작용 활성화를 위한 교수자 담화전략」, 「프랑스어 교육에서 체면을 고려한 효과적인 상호작용 방안 연구」, 「프랑스어 학습자들을 위한 논증 교수/학습의 필요성 방안」, 「속담 속에 나타난 아프리카인들의 의식구조」, 「아프리카 동화를 활용한 프랑스어 교육 활성화 방안」 등.
저서 : 「동화가 있는 기초 프랑스어」, 아프리카의 상징 철학 아딘크라」 등
역서: 「프랑스학교, 흑아프리카의 전통과 구술문학」, 「아프리카 바로 보기」, 「아프리카인의 상징」등

최내경

이화여자대학교 불어불문학과 졸업
서강대학교 불어불문학과 불어학 석사 및 박사학위 취득

전, 서강대학교 삼육대학교 고려대학교 강사
현, 서경대학교 글로벌 비즈니스어학부 불어 전공 주임교수 한불문화예술연구소 소장
주 논문: 「"Déjà"와 "Encore"의 상(Aspect) 연구」 「계몽사상을 통해 본 프랑스 문화의 다양성과 대립양상」, 「프랑스 지식인의 역할:볼테르와 에밀 졸라의 혁신과 저항」 「계몽지식인의 문화적 열정 : 관념적 추상과 실증적 검증의 균형」 「프랑스적 가치 똘레랑스」 등
저서: 「고흐의 집을 아시나요?」 「몽마르트르를 걷다」, 「프랑스 언어학의 이해」 「프랑스어 첫걸음, Alain et Pauline」 「파리예술카페기행」, 「À la rencontre des Français et des francophones」 「프랑스어 첫걸음, Vive le français avec Baguy et Panette」, 「바람이 좋아요」 등
역서: 「목화의 역사」, 「모파상의 행복」, 「사서빠뜨」, 「비곗덩어리」, 「별」, 「보석, 목걸이」, 「어린 왕자」, 「샤를 페로가 들려주는 프랑스 옛이야기」, 「부자뱅이 가난뱅이」, 「만화로 읽는 세계문학 1,2」 「인상주의」 등

공저(김경랑·최내경): 「샹송으로 배우는 프랑스어」, 「상황별로 익히는 프랑스어 회화」, 「행복한 불어 읽기」, 「기초 프랑스어 문법」, 「간단한 프랑스어 표현 5000」

프랑스 문화의 이해

2021년 5월 1일 인쇄
2021년 5월 5일 발행

| 공저자 | 김경랑 · 최내경
| 발행인 | 김 창 환
| 발행처 | ㈜학 문 사

경기도 고양시 덕양구 화신로 284, 부영상가 B층 101호
TEL 02-738-5118 FAX 031-967-8023
신고번호 제300-2003-149호

정가 25,000원

ⓒHAKMUNSA PUBSHING CO. 2021

ISBN 979-11-89681-75-3
www.hakmunsa.co.kr

ISLANDE

NORVEGE

SU

IRLANDE

ROYAUME-UNI

DANEMARK

PAYS-BAS

BELGIQUE   ALLEMAGNE

LUXEMBOURG

TCHE

FRANCE   SUISSE   AUTRICH

SLOVEN

C

PORTUGAL

Andorre

ITALIE

ESPAGNE

MON